新潮文庫

新三河物語

上巻

宮城谷昌光著

新潮社版

9155

目次

美濃
信濃
三河
遠江
豊川
牛久保
小坂井
吉田城
浜名湖
天竜川

清須城
津島
尾張
庄内川
熱田
沓懸城
鷲津砦
鳴海城
大高城
丸根砦
桶狭間
境川
上野城
岩津
知立
安祥城
大樹寺
小河
苅屋
浄珠院
岡崎城
上宮寺
六名
英比
上和田
小豆坂
桜井
羽根
妙国寺
勝鬘寺
本證寺
本宗寺
西条城
(西尾城)
知多半島
矢作川
伊勢湾
東条城
上之郷
形原
三河湾
田原
渥美半島
N
0
10km

大久保氏系図（上巻）

- 忠茂《ただしげ》
  - 忠平《ただひら》
  - 忠俊《ただとし》【新八郎・五郎右衛門】《常源》
    - 忠勝《ただかつ》【新八郎・五郎右衛門】
      - 康忠《やすただ》【新八郎・五郎右衛門】
    - 忠政《ただまさ》【三郎右衛門】
    - 忠吉《ただよし》【四郎右衛門】
    - 忠豊《ただとよ》【喜六郎】
    - 忠益《ただます》【与一郎】
    - 忠直《ただなお》【権十郎】
    - 忠岡《ただおか》
    - 忠宗《ただむね》
  - 忠次《ただつぐ》【左衛門次郎】
    - 忠重《ただしげ》【甚兵衛・八郎右衛門】
    - 忠政《ただまさ》【四郎五郎】（阿部定次の養子）

忠員《ただかず》【平右衛門】

- 忠世《ただよ》【七郎右衛門】
  - 忠隣《ただちか》【千丸・新十郎】
- 忠佐《ただすけ》【治右衛門】
- 忠包《ただかね》【大八郎】
- 忠寄《ただより》【新蔵】
- 忠核《ただざね》【勘七郎】
- 忠為《ただため》【彦十郎】
- 忠長《ただなが》【甚九郎】
- 忠教《ただたか》【平助・彦左衛門】
- 忠元《ただもと》【弥太郎】
- 九平次

忠久《ただひさ》【弥三郎】

- 忠政《ただまさ》【三郎右衛門】（忠俊の次男）

※【　】は通称、《　》は号

新三河物語

上巻

三《み》河《かわ》の晨《しん》風《ぷう》

大高城《おおだか》は豪雨に消えた。

遠くない松平元康《もとやす》の朱具足《あかぐそく》は淡い影となり、すぐに雨中《うちゅう》にみえなくなった。

あたりは異様な脖《くら》さとなり、鎧《よろい》をつらぬくほどの雨に、兵馬がさらされた。

大久保五郎右衛門忠俊《ごろうえもんただとし》も顔面を烈《はげ》しく雨に打たれた。

――息ができぬ。

忠俊は顔をそむけ、身をよじった。背の指物《さしもの》の竿《さお》がしなって、折れそうになった。風にさらわれた指物旗はすくなくないはずだが、周辺をみまわすゆとりをもてない。目をあければ、雨に目を刺される。瞼《まぶた》の裏が急に明るくなったのは、電光のせいであろう。直後に地を震わせるほどの雷鳴をきいた。せっかくの勝ちいくさのあとに、雷にうたれてはたまらない。大高城にはいった兵はみなおなじ恐れをいだいたらしく、すさまじい雷鳴をきくや、避難するにふさわしい建物を求めて、四散した。

「伯父上――」

強烈な風雨のなかでも、忠俊の背後から発せられた声は、耳にとどいた。それが七郎《しちろう》右衛《え》門《もん》忠世《ただよ》の声であることは、ふりかえらなくてもわかる。忠俊は薄目のまま、矢倉をゆびさした。

「あそこへ趨《はし》りこめ」

という無言の指示である。多数の影が動いた。矢倉のなかに飛びこんだのは、二、三十人で、かれらはくちぐちに突然の荒天をののしり、

「棒《ぼう》山攻めは、この風雨でなくてよかった」

と、語りあいながら、濡《ぬ》れた顔をぬぐい、呼吸をととのえなおした。

忠俊の近くに大久保党の兵がかたまった。ただし忠俊の嫡男《ちゃくなん》である新八郎忠《ただ》勝《かつ》は、主君の馬廻りなので、ここにはいない。忠俊は遊軍のなかのひとりの将

であり、大久保党のなかの多数が忠俊の指図《さしず》に従っている。その多数のなかにあって忠俊の甥《おい》の忠世とその弟の治右衛門忠佐《じえもんただすけ》は、騎馬武者であり、徒立《かちだ》ちの雑兵ではない。ふたりは本家の当主である忠俊の指図を仰ぎながら、自家がある羽根《はね》の兵を率いている。

矢倉が風で揺れている。ときどき雨の音は耳をふさぎたくなるような轟音《ごうおん》となった。さいわい雨漏りはない。目をあげていた忠俊は、ふと気づいたように、忠世と忠佐のほうに顔をむけて、

「なかにある弓と鉄炮の数をかぞえておけ」

と、いった。

今朝まで、この城は鵜殿《うどの》藤太郎長照《ながてる》によって守られていた。鵜殿氏の本拠は東三河南部の西郡《にしのこおり》にあり、その家に今川義元《よしもと》の妹が嫁いだことにより、今川宗家の姻戚《いんせき》となった。それゆえ藤太郎長照は義元に大いに信頼されて、尾張東部にすえられている大高城の保持をまかされた。

大高城と、その城の東北にある鳴海《なるみ》城が、今川の勢力圏の最西端にあるといってよい。ただしこの二城の交通は、切断された。大高城から遠くないところ

に、鷲津《わしづ》砦と丸根《まるね》砦が築かれ、さらに鳴海城は、丹下《たんげ》砦、善照寺《ぜんしょうじ》砦、中嶋《なかしま》砦によって三方がふさがれた。いうまでもなくそれら五砦は織田信長によって造られた。

鵜殿長照は勇気のない男ではないが、さすがに敵地の孤城にあっては枕《まくら》を高くしてねむることができない。いつ敵の砦から兵がでてこの城を襲ってくるかわからないという恐れのほかに、織田がおこなう偽作《ぎさく》や詐術《さじゅつ》への恐怖がある。織田を離叛《りはん》して今川のために働いた鳴海の山口左馬助と笠寺《かさでら》の戸部新左衛門は、織田の策略のために、義元に誅殺《ちゅうさつ》された。陰謀のうわさをきいただけで、義元という猜疑心《さいぎしん》の強い人は、審覈《しんかく》をおこなうことなく誅罰を断行してしまう。たとえ今川家の姻戚であっても、いちど義元から疑いの目をむけられると、いかなる弁解も無力となる。

――こういうむずかしい地に長居は無用である。

苦痛のかたまりになってきた長照は、弘治三年九月に逝去した父の長持《ながもち》の三回忌をまだおこなっておらぬことと、城内の兵糧《ひょうろう》が不足していることを義元につたえ、城番の交替を訴願《そがん》した。

義元は長照には甘い。

「わかった。しばらく辛抱せよ」

と、なだめるようにいった義元が駿府《すんぷ》から大軍を発したのが、永禄三年五月十日である。その軍が遠江《とおとうみ》の国を通過して三河の国にはいり、西三河の知立《ちりゅう》（池鯉鮒）に達したのが十七日である。知立の西を流れる境《さかい》川を越えれば尾張の国である。翌日、義元は知立の北にある沓懸《くつかけ》城へ本陣を移したと言われるが、じつはそうではなく、そのまま本陣を西進させて、徐々に大高城に近づき、夜陰を利用して大高城へ兵糧を搬入した、というのが実情であろう。そうしなければならぬ最大の理由は、潮の干満にあった。大高城は海に近いのである。

「鳴海潟《なるみがた》」

は歌に詠《よ》まれた地名であり、熱田《あつた》から鳴海を経て大高へつづく海岸は、遠浅の海に瀕《のぞ》み、干潮になると干潟《ひがた》が出現し、人馬の道となる。鎌倉時代の紀行である『東関紀行《とうかんきこう》』には、

――此宮《このみや》を立《たち》て浜路《はまぢ》にをもむくほど。

と、あり、此宮というのは熱田社（神宮）であり、浜路が干潟の道であるこ

とはいうまでもない。しかしながら満潮になると、その浜路を通ることができない。

義元は大軍を擁しながらも、織田軍の奇襲を警戒した。夜間、干潮となり、熱田から直進できる道が海岸にあらわれる。しかし織田軍は夜間に起動しないと義元はみた。

——信長が起《た》つのは、夜明けであろう。

義元は駿府を発《た》つひと月まえ（正確には四月十二日）、小河《おがわ》の水野十郎左衛門に書翰《しょかん》を送り、今夏に軍を進発させることを予告し、協力を求めた。小河は緒川とも書かれるが、境川の西岸にある。いや、なかば海に臨んでいると想《おも》ったほうがよく、とにかく尾張の東端に位置している。領主の水野十郎左衛門は諱《いみな》を信元《のぶもと》といい、かれの妹のお大《だい》が松平元康を産んだことから、松平家の姻戚になったものの、松平家との同盟を破棄して織田家へ付属した。以来、信元は織田家との交誼《こうぎ》を保ってきたが、三河が今川家に領知されて、さらに今川家の勢力が尾張を侵すようになると、信元は水野家の頽落《たいらく》を避けるために外交を考えなおした。おもてむきは織田家に従いつつ、裏では今川家に通ずるというきわどいことをやらねばならない。三河と尾張の国境地帯にいる諸豪族は、信元と同様な外交的奇手をもちいたと想ってよく、織田家と信長に関する情報は、義元のもとにとどけられる。

——信長は、うつけではない。

永禄三年のこの時点までに、信長は岩倉《いわくら》織田家を潰《つぶ》して、尾張八郡の大半を領有した。岩倉織田家はながいあいだ尾張の上四郡を保有してきた。すでに下四郡を掌握した信長は、父の信秀《のぶひで》でさえ手出しをひかえていた岩倉織田家を蹴《け》倒《たお》した。うつけでは、できることではない。信長をあなどっていない義元は、織田軍が動かない夜間に兵糧を大高城へ運びこませ、夜明けを迎えた。

満ち潮である。

干潟の道は消え、織田軍はひとつの進路を失うことになる。策戦に狂いのないことを実感している義元の視界に、棒山すなわち丸根砦が徐々にあきらかになった。

義元は移動しながら丸根砦を熟視した。

このことはかなり重要で、義元の位置が丸根砦から遠くないことを暗《あん》に示している。その巡見を終えた義元は、諸将を集めて、評定《ひょうじょう》をおこなわせた。この評定が短時間で終わらなかったのは、丸根砦と鷲津砦の攻略が策戦外であったからであろうか、それとも攻撃にむかう将が決まらなかったせいであるのか。けっきょく義元は、

「さらば攻め取れ。その儀ならば、元康、攻めたまえ」

と、いった。決定を知った大久保忠俊は、

――駿府のお屋形は松平の兵を犬馬のごとく酷使なさる。

と、心中で嘆いた。義元に命じられて元康がむずかしいいくさに出陣したのは今回が最初ではない。そのつど激闘をおこなってきた者のなかには、

「駿府さまは、殿を、殺そうとなさっている」

と、いう者さえいる。

元康は幼名《ようみょう》を竹千代《たけちよ》といい、実家の岡崎松平家が西から伸張してきた織田家の勢力に耐えがたくなったとき、人質として今川家へ送られた。いや、送られる途中に田原《たはら》の戸田氏に奪われて織田信秀のもとへとどけられた。その後、今川軍が信秀の子を捕らえ、人質交換が成立したため、竹千代は駿府へ移住した。

それが八歳のときであり、以後、人質の身分から解放されることなく、駿府にとどまって、妻帯し、男子を儲《もう》け、今年十九歳になった。この間に松平諸家は義元に直属し、岡崎松平家が一門において宗家であるという意義を失いつつあり、元康自身も今川家の被官になりつつある。むごいことに、元康はひとつの城ももたず、旧領も返還されていない。すなわち、義元に養われている、とみることができる。いまや三河は今川家の支配地である。この現実にうちのめされた松平の譜代の臣は、義元にむかって、元康の帰還と城地の返還を、悲痛な声で訴えた。だが義元は、

「まもなく尾州へ兵をいれる。境目《さかいめ》（国境）を巡り、敵の城を取り、そのうえで父祖の旧領をかならず返し与えるであろう」

と、なだめ、すかした。本心ではない。西征の軍を発する二日前（五月八日）に、義元は三河守に任じられた。これまで不在であった三河の主に、義元が認定されたということであり、元康に父祖の地が返されることはないということでもある。それを大久保忠俊は知らなかったが、元康はどうであったか。

義元は丸根砦だけではなく、丸根砦に近い鷲津砦をも攻撃させることにした。

その二砦を破壊すれば、大高城は不断の脅威にさらされずにすむであろう。佐久間大学助盛重《もりしげ》が守る丸根砦へは、松平元康の兵をむかわせ、織田玄蕃《げんばのじょう》允秀敏《ひでとし》が守る鷲津砦へは、懸川《かけがわ》城主である朝比奈左京亮《さきょうのすけ》（のち備中守《びっちゅうのかみ》）泰朝《やすとも》の兵を遣《や》った。義元は二砦の攻撃中に、織田の援兵が寄せてくることを考慮して、陣を布《し》かせ、道を塞《ふさ》いだ。海辺の道が消えたことで、邀撃《ようげき》の布陣を散在させずにすむ。

――これで遺漏《いろう》はない。

義元の心身は自信に満ちた。

命令を承《う》けた元康は、いささかもいやな顔をせず、すみやかに兵を率いて朝明《ちょうめい》の路をすすみ、山城《やまじろ》というより丘城《おかじろ》というべき丸根砦に近づいた。二千余の兵である。いまの元康が指麾《しき》できる最大の兵数であるといってよい。

丸根砦に籠《こ》もっている兵の数は四百とも七百ともいわれるが、四百であっても、兵力としては大きい。それほど信長はこの砦を重視していたということであり、守将には信頼の篤《あつ》い佐久間盛重を任じた。盛重はこのとき佐久間一門の棟梁《とうりょう》といってよく、その剛勇は家中でぬきんでていた。それを元康は知ってい

ても、臆《おく》する色をみせず、軍を三手に分けて将士を配置するや、

「かかれ――」

と、号令した。三河の兵はこの合戦で元康が戦功を樹《た》てると、旧領を返還してもらえると信じ、懸命になった。しかしそれ以上の気魄《きはく》をもっていたのは砦の兵であり、全員が死戦を覚悟していた。佐久間盛重は眼下に松平の旗を瞰《み》るまえに砦内の兵士を集めて、

「今川の大兵がここを急襲すれば、枯朽《こきゅう》を拉《くじ》くほど、事はたやすかろう。吾《われ》は、ここで死ぬ。おのおのはすみやかに去り、向後、功名を立て、わが君に忠誠を尽くしてくれ」

と、訓告した。すでに信長の居城である清須《きよす》城へは急使を駛《はし》らせたが、即座に信長が反応して、城をでたという報《しら》せははいってこない。信長の幸臣《こうしん》というべき盛重は、信長に棄《す》てられたとはおもわず、かならず救援にきてくれると信じてはいるが、おそらくまにあわない、と予感した。この砦の消滅が必至であれば、信長の兵略的意義も失《う》せるので、砦内の将士が全滅するのはむだ死にということになる。これからの織田家で活用される人材がここには在り、それら

を意義のない戦いで喪《うしな》うことこそ、むだづかいであろう。

——吾、独り、死ねばよい。

砦内のすべての兵を去らして、盛重がただ独り、ひらいた木戸の内で今川の兵を迎えるという図は悪いものではない。

それをきいた兵士の顔つきが変わった。

盛重の近くにいたのは、武者頭《むしゃがしら》の服部玄蕃、渡辺大蔵、太田右近、早川大膳、兼田隠岐《おき》などであるが、眉目《びもく》に憤悱《ふんぴ》の色をあらわした服部玄蕃は、するどくすみでて、

「この急難のときにあたって、たれが死を遁《のが》れ去るようなことをしましょうか。しかしながら、坐《ざ》して敗亡を待つよりは、城外にでて、無二無三に戦って死ぬべきです。万一、天の幸いがあって、生きて援兵に遇《あ》い、忠戦を貫徹できることになれば、それこそ武略の一奇《いっき》です」

と、強い口調でいい、盛重の翻意《ほんい》をうながした。この言には、理もあり情もある。

想ってみればよい。服部玄蕃以下の武士が、守将の命令とはいえ、敵と一戦

もせずに砦と将を放棄して信長のもとに帰ることができるであろうか。

「そのほうどもは、それでも武士か——」

と、信長に大喝されて、たちまち首を刎《は》ねられるにちがいない。

「わかった」

感動で目をうるませた盛重は、砦を守るのではなく、敵を攻め破る、という念《おも》いをかためた。

寄せてきたのは松平勢である。いやな相手である。尾張兵からみると、松平勢はぶきみである。無策無謀の集団にみえるが、ひたひたと寄せてくる力は尋常ではない。兵の半数が死んでも、退かず、押すことをやめないのが三河兵である。三河人は、人種がちがうのではないか、とさえおもわれる。

大手に迫ってきた松平勢の足を弓矢と鉄炮で停めると、盛重は門を開き、剡《するど》く出撃した。これは松平勢の意表を衝《つ》いたようにみえるが、じつは奇策にはあたらない。このころ城または砦に籠もっている兵が、いちども出撃しないほうが奇異というべきで、兵力の衆寡《しゅうか》にかかわらず、城砦《じょうさい》の外にでて戦うのが合戦の常道であるといえる。それゆえ、寄せ手の将である元康はいささかも愕《おどろ》かなかった。元康には盛重の心情がわかりすぎるほどわかる。

「遠巻きにせよ」

と、元康が下知《げち》するまでに、決死の織田兵と刀槍《とうそう》をあわせた松平の兵が連続して斃《たお》れた。いちど退いて敵兵を包囲するという兵術に三河兵は慣れていない。両者が接戦するや、大草《おおくさ》松平の善兵衛（善四郎）正親《まさちか》、能見《のみ》松平の庄左衛門重利《しげとし》といった松平一門の当主あるいは嫡子《ちゃくし》が討ち死にした。ほかに高力《こうりき》新九郎重正《しげまさ》、筧《かけい》又蔵正則《まさのり》などがはやばやと戦死した。

めずらしく三河兵が退いた。退いたといっても、接戦を避けたにすぎず、その却歩《きゃくほ》は敵に背をむけたものではない。かれらは刀槍を措《お》いて、矢軍《やいくさ》をはじめた。この程度の戦術変更で、

――殿にはいくさの術がある。

と、松平の兵士が感心した。かれらは父祖の代から退いて戦ったことなどいちどもない。退くことは、負けることであり、勝つために退いたのは、これが最初であろう。

十九歳の元康がいくさの駆け引きを熟知しているはずがないと想った砦内の

将士は、寄せ手の度肝を抜くべく出撃して、敵陣を挫傷《ざしょう》させた。そこまでは盛重のおもわく通りであった。が、そこからがちがった。いつもの三河兵であれば、むきになって押し返そうとするのに、今日の三河兵は柔軟であった。そのため盛重は元康の陣を突き崩す位置まですすめず、短兵での決戦にもちこめないまま、じりじりと後退せざるをえなくなった。

——敵の疲れを待つ。

そういう戦いかたが、このときの元康にはできた。元康の祖父の清康《きよやす》と、清康の祖父の長親《ながちか》は、ともに野天での合戦の名人であり、馬上で指麾するだけではなく、みずから敵兵と戦って大兵を破った。とくに長親は神勇をそなえ、五百余という寡兵をもって、今川軍を率いて三河に侵入した北条早雲に勝ったことがある。元康の野戦の巧《うま》さは、天稟《てんぴん》というより、血筋によるのであろう。この戦場は、平坦《へいたん》な野ではないが、砦外であるので、元康にとって応変の進退をしやすかった。盛重はその伸縮する包囲陣を突破することも破壊することもできず、矢の雨を浴びて砦のほうへ退いた。それをみのがす三河兵ではない。包囲陣をちぢめて、再度、砦に迫った。

若い大久保忠世と忠佐は、いくさの呼吸を伯父の忠俊から学んできた。忠俊は今年、六十二歳であり、かぞえきれぬほど多くの戦場を踏んできたにもかかわらず、大きな負傷をしたことがない。

「いくさの達人だ」

と、いっているのは、大久保党の者だけではない。ここでも忠俊は織田の兵との距離を一定に保つように、微妙に動いていた。

やがて、

「佐久間の気は、老いたり」

と、忠俊はいい、配下とともに急速に砦にむかった。

忠佐はそういう伯父の表現を好んだ。戦場に生じた気にも、生死と盛衰があり、生をもって死を押し、盛をもって衰を圧すれば、かならず勝つとわかるのだが、それを知覚して実戦の進退として表現する能力は独特である。戦場は、いわゆる学問の場ではないので、学びとる、といっても、なまやさしくはない。忠佐はそれがわかったうえでなお伯父にあこがれた。

忠世と忠佐の父である平右衛門《へいえもん》忠員《ただかず》もいくさはまずくないが、忠俊にはおよ

ばない。ちなみに忠員はこの戦場にはきていない。体調がすぐれないせいもあるが、

「なんじの家は、七郎右衛門と治右衛門がゆけば、それでよい」

という忠俊の判断により、大久保一門の本拠である上和田《かみわだ》を留守《りゅうしゅ》するために、残された。

大久保一門とは、忠平《ただひら》、忠俊、忠次《ただつぐ》、忠員、忠久《ただひさ》という五人兄弟の家から成り、宗家の当主の座には長兄の忠平が即《つ》くべきであったが、はなはだしい肥満のせいで軍事に堪えられず、その座を次兄の忠俊にゆずって隠遁《いんとん》した。また末弟の忠久はすでに亡《な》く、忠俊は次男の忠政《ただまさ》を養子として送ってその家の断絶をふせいだ。忠政はこの年に三十三歳であり、三郎右衛門という通称をもち、この合戦では実父の忠俊の近くにいる。

大手口へは石川日向守家成《ひゅうがのかみいえなり》の兵につづいて山家《やまが》三方衆《さんぽうしゅう》のひとりである奥平九八郎貞能《さだよし》の兵が猛然とすすんだ。ただし東三河の奥平家は今川家に直属しているので、その兵は義元が元康に与力《よりき》としてさずけたものである。

忠俊は大手口へはむかわず、搦手《からめて》をさがすべく、配下を移動させた。幅二間

ほどの空堀に松平の兵が盈《み》ちて、かれらは降ってくる矢石《しせき》をものともせず、土をつかんで登り、塀にとりついた。それをながめた忠世と忠佐はさらに趨《はし》り、あたりに兵がすくなくなったのをみて、堀におりた。

「ここから登るか」

と、目語《もくご》しあったふたりが、目をあげたとき、人が落下してきた。ふたりの足もとに、苦痛でゆがんだ顔があった。

「弥八郎ではないか」

しゃがんだ忠世は、その武者の肩を抱くように、引き起こした。

痛みに耐えかねるように、

「足が、足が――」

と、忠世に訴えたのは、本多弥八郎正信《まさのぶ》といい、二十三歳の若武者である。忠世の友人のひとりであるといってよいであろう。忠世は正信の足をみた。膝《ひざ》が割られていた。

「血を止めてやろう」

すぐさま忠世は従者を呼んだ。忠佐はわずかにいやな顔をした。そういうことは本多の郎党にまかせておけばよく、正信にかまっていると、砦に乗り込むのが遅れる。ほどなく正信の従者が、破れた塀から堀におりてきた。正信に看護者が付いたので、

「さあ、ゆくぞ」

と、忠世は切り岸を登りはじめた。忠佐は不満顔である。

——無礼なやつ。

正信の従者は二十歳未満の色の黒い男で、いきなり忠佐を押しのけ、忠世には一言の礼もいわず、それどころか、一瞬、忠世を睨《にら》んだ。

——弥八郎の家の陋《いや》しさよ。

家風が悪い。功利を求めすぎる弥八郎のような男とはつきあわぬがよい、と忠佐はおもっている。だが、忠世にいわせると、

「弥八郎にはなかなか見識がある」

とのことで、淡い友誼《ゆうぎ》を保っている。

崖《がけ》を登って忠世と忠佐が砦内にはいったとき、とうに大手の木戸は破られ、二の木戸が破られる寸前であり、剛力の佐久間盛重は配下を励まし、大長刀《おおなぎなた》を

ふるって奮闘していた。が、もはや松平勢を砦外に押し出す余力はない。

——だいぶ、遅れた。

戦況をみた忠佐は舌打ちをした。砦内の名のある武人はほとんど討たれたであろう。大久保兄弟が多数とともに二の曲輪《くるわ》に突出したとき、本曲輪の建物から煙が昇った。盛重はみずから火を放ち、自身を火焔《かえん》のなかに投じたのである。

それをみた砦内の織田兵は、戦いを熄《や》めて、脱出した。

「旗を樹てよ」

検分のために本曲輪にはいった元康は、この戦場を遠望しているにちがいない義元を意識した。丘の上に樹てた旗は、最初の戦捷《せんしょう》報告となる。それから砦内の舎《いえ》を焼き払わせ、塀をことごとく倒壊させたあと、引き揚げた。

義元の本陣には、武将首がならべられた。

鷲津砦も陥落した。

佐久間盛重の死は、織田家にとって大きな損失であった。盛重はそれほどの偉材であった。以後、佐久間一門の棟梁は盛重の従兄弟《いとこ》の信盛《のぶもり》となる。

ついでにいえば、戦死した盛重には二男一女がおり、嫡子の盛昭《もりあき》（重定）は信長に仕えたあと、豊臣氏に仕えた。かれの子孫は姓を奥山に改めて、徳川幕府の旗本となった。女《むすめ》は同族の佐久間玄蕃允盛政《げんばのじょうもりまさ》に嫁いだ。のち、賤ヶ岳《しずがたけ》の合戦において盛政の驍名《ぎょうめい》は天下に知られることになるが、盛政は捕捉《ほそく》されたあと、秀吉に従うことを非として、誅罰《ちゅうばつ》された。佐久間氏は平氏であり、家の鼻祖は相模《さがみ》の三浦氏であるから、名門意識が強い。氏素姓の怪しげな秀吉に従うのは恥であったにちがいない。

さて、織田方の二砦を陥落させた義元は、松平元康と朝比奈泰朝の復命を享《う》けて、

「満足これに過ぐべからず」

と、上機嫌でいい、謡《うたい》を三番うたった。そのあと、ふたたび評定をはじめた。この評定の詳細をうかがい知ることはできないが、いまだに織田軍の主力の影がみえないとなれば、当然、鳴海城の向《むか》い城《じろ》である中嶋、善照寺、丹下の三砦を攻略すべきであり、その手順をどうするかが議題の中心であった。ほかの議題のひとつが、大高城番の交替であったことはまちがいない。

長い評定となった。この長すぎる評定が義元のいのちとりになった、とさえ

いわれる。義元は鵜殿長照をねぎらってから、

「元康は、夜中から働きづめである。大高で兵を偃《やす》ませたまえ」

と、いった。あらたな城番任命にしてはあいまいないいかたである。が、しばらく元康が大高城を守らなければならなくなったことは、あきらかである。三砦の攻撃については、翌日、あるいはそれ以降ということになったのではあるまいか。義元自身は、本陣を知立、または沓懸《くつかけ》のほうへ移動させたと想《おも》われる。その途中にあったのが、

「桶狭間山《おけはざま》」

である。急雨に遭い、昼どきでもあったので、そこに本陣をとどめ、昼食を摂《と》ったと想うのが無難であろう。

本陣から離れた元康は大高城に到着したとたん、すさまじい風雨に遭遇した。城内には少数ではあるが鵜殿の兵が残っていて、元康を迎えた家老は、さっそく城内を案内し、武器、兵糧《ひょうろう》、什具《じゅうぐ》などの引き渡しをおこなった。

元康は弁当を食べるひまもない。雨のなかを巡視して、鵜殿の家老とともに矢倉にきた元康は、なかに充満している兵のあいだに大久保忠俊の顔をみつけ

て、

「五郎右衛門――」

と、呼び、手招きをした。腰をあげた忠俊は、

「このなかにある弓矢、槍、鉄炮の数は、しらべておきました」

と、いい、忠世と忠佐に報告させた。手中の書き付けに目をやった元康は、うなずいて、

「手数がはぶけた」

と、淡く笑ったあと、小さな声で忠俊に何かを語った。こんどは忠俊がうなずき、元康と従者が去ったあと、忠世と忠佐に、

「交替で、海上を見張ってくれ。多数の武者船があらわれたら、駿府のお屋形に報告するために、本陣へ駛《はし》ってもらわねばならぬ」

と、いった。けわしい口調ではない。

そのいいつけを承《う》けて、最初に忠佐が三人の従者とともに矢倉をでた。風雨はまだ強い。

――どこの武者船なのか。

とは、忠佐は問わなかった。それが今川の戦略にかかわりがあることは、勘でわかる。

じつは義元の戦略は綿密で、信長が船をつかう場合を想定して、さきに制海権を得ておくために、尾張海東《かいとう》郡の鯏浦《うくいら》（のちにウグイウラと訓《よ》まれる）を本拠とする服部左京助という豪族に助力を要請していた。左京助は千艘《そう》の武者船を動かすことができる。先年、今川が尾張侵攻の足がかりにすべく、知多半島北部に築いた村木砦《むらき》を、信長は荒天にもかかわらず熱田から船をつかって急襲し、潰滅《かいめつ》させてしまった。このたびはその種の奇襲をあらかじめ封じておくことを義元は考えたのであろう。しかしながら、今日の午前に武装船団は海上に出現しなかった。時化《しけ》になることを予想したので、左京助が船をださなかったことも考えられるが、

「服部の船は、まだか」

と、義元は気にしていた。鳴海周辺の攻略のこともあるので、水軍の動静についで知りたがった。

天気が大荒れになってしまったので、船が海上にあらわれるとはおもわれな

いが、忠佐は、

――織田の船があらわれぬともかぎらぬ。

と、おもい、城外にでて見晴らしのよい高地に立った。海から風雨が吹きつける。鳴海のほうは煙幕を張られたようにまったくみえない。

一刻後に、

「交替、交替――」

と、いいながら忠世が従者とともに趨ってきた。風雨がすこし弱くなった。ずぶ濡《ぬ》れの忠佐だが、すぐに城にもどらず、

「話がある……」

と、いい、見張りを配下にまかせて、高地をわずかにくだり、松の大樹をみつけて、兄とふたりだけになった。忠世と忠佐は根もとにおもむろに腰をおろした。

「さきほど、矢倉のなかで、うわさをきいた。駿府のお屋形が、三河守に任ぜ

られた、ということだ。すると、三河は駿府のお屋形のものになったということか」

この弟の問いに、忠世は幽《くら》くうなずいた。

「そういうことだ」

「この合戦が終われば、わが殿に、旧領をお返しくださるという約束は、どうなる」

「三河と尾張の境目の地をくださる、ということになろう」

「この大高城に住め、ということか」

「あるいは、な」

忠世は現実を冷静に観《み》ている。三河のなかの西半分を元康が治めるという、松平の譜代の臣がいだいている願望は、おそらく実現しない。それどころか、松平の譜代の臣は元康から切り離されて、これからは義元に仕えることになろう。大高城主の元康に直属する臣は、せいぜい二、三百で、ほかの千数百人の臣はいくさがあるときだけ、義元から元康に付属させられる。

「殿の臣になるためには、大高城に残ればよいのだろうか」

今川の手先となって無報酬で働くことに厭《あ》きた、と忠佐はいいたい。本領が安堵《あんど》されているのは、松平一門のなかの数家にすぎない。松平の家臣は、知行はいっさいなく、餓死寸前の農民同然である。いくさで功を立てても、犬や馬が働いた程度にしかみなされない。それなら、せめて元康の下にいて、

「よくやった」

と、褒《ほ》めてもらいたい。それだけでよい。義元の陪臣では、奮闘し努力するかいがない、

「それは――」

忠佐の顔から目をそらした忠世はゆるやかに首をふった。忠佐は大高城に残ることはできまい。去就を決めるのは、元康ではなく、義元であるからである。元康に寸土も与えていない義元は、ここでも元康に大高城をさずけたわけではなく、城番に任命したにすぎない。

松平の家臣団のなかで譜代でも三通りの呼びかたがある。安祥《あんしょう》譜代、山中《やまなか》譜代、岡崎《おかざき》譜代がそれであるが、主家の松平が本拠を安祥から山中へ、山中から岡崎へ遷《うつ》したことに因《ちな》んでいる。じつは安祥譜代のまえに、岩津《いわづ》譜代があり、

大久保家はそのもっとも古い家臣団のなかのひとつである。家の成立が古ければ、分家が多くなり、それによって族の力が増す場合とそうならない場合とがある。大久保家の場合は、一門の総帥《そうすい》である忠俊が傑物であるため、族の力は分散せず、まとまりはよい。忠世がいいたいことは、そういう大久保のような族は、元康から切り離して、義元に属《つ》けようとする。いま元康の馬廻りである忠俊の子の忠勝も、大高城に残ることができるとはかぎらない。

「ますます三河は昏《くら》い」

やりきれぬという表情を忠佐はした。

義元が三河守になったのであれば、岡崎城にきて三河を治めてもらいたい。それなら三河衆としてはまだ仕えようもあるが、おそらく義元はいままで通り、岡崎城番をつかって治国《ちこく》をおこない、みずからは駿府から動かず、三河衆のまえには姿をあらわさぬであろう。一方、元康は三河の外で働かされ、しだいに譜代の臣とは疎遠《そえん》になってゆき、今川家の武将のひとりとして、攻め取った尾張の地に知行をさずけられて家を建て、三河へは帰らぬことになろう。しかも元康の妻子は駿府からでることを赦《ゆる》されず、義元の監視下に置かれつづけるのではないか。

そうなると三河は昏いどころか、暗黒であるといってよく、

――竹千代さまが成人となるまで。

と、元康の成長が唯一《ゆいいつ》の希望であり、今川の侍に頭をさげ、搾取《さくしゅ》されても不満顔をみせず、忍耐をつづけてきた譜代の臣は、もはや耐えがたくなり、叛乱《はんらん》を勃《お》こすか、他国へ奔《はし》るか、いずれにせよおさえにおさえてきた感情を暴発させる手段をえらばざるをえなくなる、と忠世はおもっている。午前に、棒山の戦場で、本多正信の従者が忠世らにむけたたけわしい目は、

「まだ、大久保は、ましだ」

と、いっていた。本多一門は大久保一門のようなまとまりのよさをもっていない。諸家を率いる棟梁格《とうりょうかく》の人物はおらず、それぞれの家が独立して、他家と歩調をあわせない。それは苦しいときに助けあわないということでもあり、正信の家は極貧にあるといってよい。

しかも正信が膝《ひざ》を割られるような重傷を負い、向後、戦場ではつらつと働くことができないかもしれないとあっては、

——弥八郎の家の昏さは、大久保の比ではない。

と、忠世はおもう。

「つらいのう……」

忠世は長大息をした。今朝の戦捷を喜ぶ気分はどこにもない。

「何とか、ならぬのか。お年寄りに知恵はないのか」

忠佐は手もとの草を烈《はげ》しくひきぬいた。

岡崎の老臣たちは、われらの人質を駿府にさしだすので、元康さまを岡崎にお還《かえ》しくだされ、と今川義元に訴えたことがある。が、聴きいれてもらえなかった。

「もっともつらいのは、われらではない。殿よ」

忠世の分別がそういわせた。

一昨年、元康は、西三河北部にある寺部《てらべ》の鈴木重教《しげのり》を攻めた。それが元康の初陣《ういじん》である。西三河北部は松平家発祥の地ではあるが、反松平色が濃く、とくに豪族の鈴木氏は岡崎松平の勢力が北進することをこばみつづけてきた。天文《てんぶん》年間に、寺部城主の鈴木重教は今川義元に属したが、義元が三河で検地をおこない、その支配を強めたため、近隣の佐久間氏と連携して反発した。重教は名うてのいくさ巧者であり、西三河の平定を義元から命じられた元康は、いきなり大敵に直面したといえる。だが、元康は臆《おく》することなく寺部城を攻めて重教を竦《すく》ませ、さらに陣を転進させて、息つくひまなく佐久間平兵衛の居城である広瀬《ひろせ》城を攻撃した。平兵衛は城に籠《こ》もらず、撃ってでた。その合戦で、大久保忠世は織田の援将である津田兵庫を討ち取った。元康の颯爽《さっそう》とした指麾《しき》ぶりをみた岡崎の将士は、

「なんとかお育ちくださったものの、弓矢の道はどうであろうかと朝夕心配してきたが、清康さまに肖《に》て、すぐれておられる」

と、いい、涙をながして喜んだ。

清康は元康の祖父であり、またたくまに三河を平定して、その威を尾張におよぼしたとき、陣中で不慮の死をとげた。清康公が生きておられれば、天下さえ平定できたであろうに、というのが老臣たちの口ぐせである。忠世も父の忠員から、

「善徳院《ぜんとくいん》（清康）さまほど目の美しい人を、ほかに知らぬ」

と、きかされたことがある。

元康も美しい目をもっている。岡崎の将士たちはその目を仰ぎみると、つい清康を追慕してしまうのであろう。清康とともにあった三河は覇気《はき》に満ちて明るく、それを潰《つい》えた美しい夢と想わず、いまを悪夢のさなかであると思いたいのである。

「やまぬ雨はない」

と忠世は忠佐にいって、起《た》った。悪夢もかならず寤《さ》める、ということでもあろう。

「それは、そうだが……」

忠佐も腰をあげた。雨がまた強くなった。従者とともに矢倉にもどった忠佐は、伯父の姿がみえぬので、忠政のもとへゆき、

「船はあらわれなかった」

と、報告した。雨中に立っていたので身体《からだ》が冷えたにちがいない忠佐をねぎらった忠政は、

「まだ本陣から何もいってこぬらしい。駿府のお屋形が、鳴海の付城《つけじろ》を潰《つぶ》すの

に、武者船をつかいたいのであれば、われらが動くのは明日以降になろう。今日は、何もない」

と、予測を口にした。

大高城を守らせるには五百の兵で充分であり、あとの兵を城内で偃臥《えんが》させておくほど義元は温情の人ではない。

「すべての付城を潰滅させれば、お屋形は駿府に帰る。そのあと、殿とともにこの城に残りたい。伯父上から、いってもらえまいか」

と、忠佐はあたりの兵をはばかりつつ小声でいった。忠政は微《かす》かに苦笑した。

「治右衛門はおもいちがいをしていないか。鵜殿は今川の姻戚なので、信用されて、この城をまかされたが、殿はちがう。かならず今川の家臣が監視にきて、常住する。岡崎城と、さして変わらぬ」

「わかっている。それでも残りたい」

雨下の海をながめているうちに、ふしぎに鬱屈《うっくつ》がやわらいだ。つぎの城番の交替は、二、三年後であろうが、それまで海をながめてすごしたい。

「羽根に帰りたくないわけでもあるのか」

「ない、ない」

忠佐は横をむいた。脳裡《のうり》に女の貌《かお》が浮かんで消えた。

「ふふ、はやく娶《めと》れ。妻子がいれば、ここに残りたいとは、口が裂けてもいわぬ」

と、いった忠政には、七歳と四歳の男子がいる。忠佐の兄の忠世の長男は八歳であり、幼名を千丸《せんまる》といい、のちに新十郎という世襲名をもち、さらに相模《さがみ》守《のかみ》を拝受することになる忠隣《ただちか》である。

兵が部署につき、さしあたり城の守りをおこなわない兵は、急造された小屋に移った。そのため矢倉のなかの兵がすくなくなった。

「われらは、この矢倉を守っていればよい」

と、忠政は気楽さをかくさずにいった。

「清須の上総介《かずさのすけ》は、何もせぬのだろうか」

と、忠佐は首をかしげた。

「出陣は、するさ。が、今日は、どうにもなるまい。明日、鳴海近くまで、兵をだすだろう。あるいは、夜中、潮が干《ひ》いた海辺の道をえらんで、この城か鳴海城を急襲する。何もしなければ、威名は一朝にして零《お》ちる」

いま信長は武門の面目を失わない道をさぐっているはずである。

「この城に、二千もの兵がいることを知っていながら、上総介は夜襲をおこなう……」

成功しがたい策戦ではないか。

「鳴海城の兵はすくない。が、疲れていない。ところが大高城の兵は疲れている。上総介がそうみれば、意表を衝《つ》いて、ここを襲う」

「殿は、どうお考えなのであろう」

「おなじことをお考えになっておられよう。夕《よる》、鎧《よろい》をつけたままでいよ、と仰《おお》せになるはずであるから、いまのうちにやすんでおくことだ」

と、忠政は強い口調でいった。

しかし忠佐はやすめない。

半刻、横になったあと、外にでて、忠世と交替した。風は弱くなったが、雨はまだふっている。暗くなりつつある海を眺めているうちに、海をみずに、また女の貌をみていた。女は、

「おとき」

と、いい、羽根の屋敷で働いている女である。父の婢女《ひじょ》のひとりで、忠佐がひそかにのばした手をこばまなかった。

――いつまでも、かくしておけるものではない。

みごもったかもしれない。父に叱《しか》られよう。忠佐は小さく嘆息した。

「おや、あれは――」

海上に船があらわれた。おびただしい数である。

――武者船にちがいない。

忠佐は本丸へ走った。本丸では重臣たちが集まって評定をつづけていた。伯父の忠俊の顔をみつけた忠佐は、

「船があらわれました」

と、告げた。重臣たちは話をやめて、立って、海をみようとした。忠俊が元康に報告した。

元康は自分の目で船を確認したあと、

「服部の船に相違ない。左京助が上陸して、この城にくれば、もてなさねばな

らぬ。本陣への使いは、ほかの者をやる。七郎右衛門と治右衛門は、城にとどめておけ」

と、忠俊にいった。が、このときすでに今川の本陣は潰滅《かいめつ》し、義元の首は信長に取られていた。しかし大高城にいる者は、たれもそのことを知らない。

ところで服部左京助は大高に上陸しなかった。大高城の下まできたが、船を返した。かえりがけに熱田の湊《みなと》に近づき、兵をおろして、熱田の町に火をかけようとした。が、武器を執った町人たちはその兵を充分にひきつけておいてから、どっと攻めて、数十人を討ち取った。それを知った左京助は、

「退け――」

と、不機嫌にいい、熱田から去った。けっきょく左京助は烈しい風雨のために船を遅くだしたので、今川軍と連動することができなかった。ついでながら、左京助の兵を撃退すべく熱田の衆を率いたのは加藤家であろう。加藤家は本家を東加藤といい、家主は図書助順盛《ずしょのすけのぶもり》である。分家は西加藤で、当主は隼人佐《はやとのすけ》延隆《のぶたか》である。遠祖は、源頼朝の側近中の側近といってよい加藤景廉《かげかど》であるから、そのふたりはふつうの町衆とはちがう。

じつは今朝、ふたりは熱田に到着した信長を迎え、熱田社内で戦捷《せんしょう》祈願をしたあと神酒《みき》を呑《の》んだ信長に、加酌した。その際、信長は、

「加藤は、勝とう、に通ずる。吉兆である」

と、いい、大悦した。

さらにいえば、東加藤家は海辺に要塞《ようさい》のような屋敷を構えており、かつて順盛は、尾張につれてこられた松平の人質を、織田信秀にいいつけられて、あずかったことがある。その人質は幼名を竹千代といった。

成長した竹千代は元康という名で、この日、大高城の守りについている。

夜になった。

水野信元の居城である小河城からでた一騎と数人の歩卒が、大高城へむかっていそいだ。騎馬の武人は浅井六之助道忠《みちただ》といい、

「大高の元康は、今川義元が討たれたことを知ったであろうが、城にとどまるようであれば、無益であるゆえ、すみやかに三河に帰るようにつたえよ」

と、信元に命じられた。

信元は元康を産んだお大の兄である。お大はいま小河から遠くない英比《あぐい》の久

松俊勝《としかつ》の妻となっている。

尾張と三河の境に領地をもつ信元は、むずかしい外交をおこなわねばならず、面《おもて》で信長に従い、腹で義元に通じた。今川の攻勢によって織田が衰退すれば、今川に従うという下地をつくった信元は、今川の諸将をひそかに援助した。このたび義元の主力軍が西進して三河を通過するまえに、尾張にはいった元康に、

「母上にお会いすることは、できまいか」

と、密使をもっていわれた信元は、こころよく便宜をはかった。英比の久松氏は昔から水野氏と同盟している。

運命の変転とはどこにあるかわからない。

元康という若い今川の武将を自邸に迎えた久松俊勝が、ほどなく英比から離れて、元康の幕営に参じ、かれの子孫が松平の姓を下賜《かし》されて、大封《たいほう》を得るとは、たれが予想したであろうか。

運命の変転は、信元の使者となって大高城に到着した浅井道忠にもあった。

かれの遠祖は橘《たちばな》氏で、河内《かわち》から近江《おうみ》へ移住した族があり、近江から西三河の浅井《あざい》郷へ徙《うつ》った者が、道忠の家の始祖である。この年に、道忠は三十歳であ

る。もともと浅井の家は桜井《さくらい》松平家に属していた。桜井松平家は松平一門のなかでも有力であり、かつてその家主である松平信定《のぶさだ》は元康の父を追放して宗家の地位を得たことがある。しかしながらその地位をとりもどされたため、やむなく岡崎松平家に従った。が、信定の子孫も岡崎松平家に反感をいだきつづけたので、当然、その家臣も反岡崎という気風に慣れた。道忠の伯父である浅井六郎三郎範光《のりみつ》が松平をみかぎって織田方の水野へ帰属したことにともない、分家の当主である道忠も松平の家臣団からぬけた。

「どこの松平も、もう衰えてゆくだけだろう」

と、伯父はあきらめ顔でいった。

桜井松平は義元に優遇されたほうである。その家は今川に従属し、いちおう旧領は安堵《あんど》された。が、なにしろ西三河は今川の搾取《さくしゅ》の対象にされたので、どこをみても貧困である。豊かに暮らしている者はひとりもいない。浅井の家も、水野に従わなければ食ってはゆけない、ということであった。

大高城には、火が異様に多い。

――元康は、異変を知ったのだな。

そう察知した道忠は、

「水野下野守《しもつけのかみ》が使いでござる。門をあけられよ。岡崎どのにお目にかかりたい」

と、大声を発した。歩卒が水野の家紋である沢瀉《おもだか》を染めた旗を高々とかかげた。

「伯父上の使者がきたのか」

重臣たちに諮議《しぎ》をおこなわせていた元康は目をあげた。

この時点で、大高城にいる元康と属将たちは、今川軍が総崩れになったことは知っていた。服部の水軍について今川軍の本陣へ報告に行った者が、桶狭間《おけはざま》の惨状をみて驚愕《きょうがく》し、馳《は》せかえってきた。諸将は色を失ったが、元康は動揺をみせなかった。たとえ軍が四分五裂しても、総大将とは死なぬものだ、とおもっている。すなわち今川軍は惨敗《ざんぱい》しても、義元は生きているのではないか。そう考えたので、平岩権太夫、平岩弥之助、本多久左衛門の三人に、

「お屋形の生死をたしかめよ」

と、元康はいいふくめて、戦場へ遣《や》った。かれらが還《かえ》ってきたのは、ついさ

きほどである。今川軍の本陣が織田軍に襲われて潰滅したことはまちがいないという。しかしながら夜中のことでもあり、義元の遺骸《いがい》をみつけることはできなかった。ちなみに首を失った屍体《したい》は、戦死をまぬかれた今川の兵によって、すでに東へはこばれ、おろされたのは東三河、牛久保《うしくぼ》の大聖寺《だいしょう》である。

「駿府のお屋形は、すでに亡《な》い、とおもわれます」

と、三人は口をそろえていった。

――おもわれる、か……。

元康はわずかに首をふった。確実に素手でつかんできた情報ではない。ほどなく元康の目のまえに、浅井道忠がすわった。

「水野下野守の勧告を申し上げます」

義元は油断したため桶狭間において討ち死にし、明日は信長の兵が押し寄せてくるにちがいないので、今夜のうちに仕度をして、早々に引き退《の》くがよい、と道忠は信元の篤志《とくし》をつたえた。

「うけたまわった」

と、元康はいったが、さらに迷った。

水野信元は数年前から織田にたいして面従腹背《めんじゅうふくはい》をつづけてきたが、今川軍の敗退を知って、義元が死んでもいないのに、訛伝《かでん》をもって大高城を開城させる策をもちいたかもしれない。もともと大高城は水野氏の城であった。なにしろ信元は、岡崎城主が元康の父の広忠《ひろただ》であったころ、岡崎松平との盟約を一方的に破って織田へ趨《はし》った人であり、信義に欠けるところがある。また、たとえ義元の死がまことであっても、かるがるしく城を棄《す》てるわけにはいかない。主家の命令を承《う》けてから、撤退するのが、武門の常軌である。

「それでは――」

伝述を終えた浅井道忠は腰をあげようとした。が、元康はそれを掣《せい》するようにすこし手をあげて、

「お帰しするわけにはいかぬ」

と、いい、側近に、六之助どのにおとどまりねがえ、と命じた。元康に近侍する者たちはわけがわからぬまま、道忠をとりかこんで刀を奪った。

「何を、なさる――」

道忠はわめいた。元康は厳乎《げんこ》として、

「しばらく、そのままで、別室にてお待ちねがおう」

と、いい、無礼ですぞと叫ぶ道忠を連行させ、遠ざけた。その一部始終を見守っていた重臣たちは、おどろきの目を元康にむけた。元康の深意がわからない。が、大久保忠俊は、

——なるほど。

と、小さくうなずき、微笑した。その微笑を元康はみのがさなかった。

「五郎右衛門、あの使いを、どうみた」

「水野下野どののご好意でしょう。しかし、かりにわれらを欺《あざむ》く使者であっても、今川勢が大崩れになったことはたしかであり、駿府《すんぷ》さまが生きておられれば、知立《ちりゅう》へお引きになったはずです。殿は、お屋形の難儀を知っても駆けつけず、のんびりと城を守っていたとあっては、それこそ天下の指笑《ししょう》するところとなります。もはや評定は無用と存ずる」

「おお、然《しか》り、然り」

ようやく元康が破顔した。尾張攻略の基地であった知立へ駆けつけるというかたちをとれば、大高城を棄てたことは非難されない。知立には人家が多く、

また敗退した今川の兵がかならず通過するか停留するか、という要地であるので、そこへゆけば、義元の生死があきらかになる。もしも義元が首を取られたといううわさが嘘《うそ》で、重傷の義元がそこにいれば、義元を護《まも》ってゆるゆると後退すればよい。なにはともあれ、今夜のうちに動かねば、進退がみぐるしくなる。

義元が無傷あるいは軽傷でありながら、死亡したとみせかけて、明日、織田軍を急襲するという詐術《さじゅつ》はない、と元康は心中で断定した。ながいあいだ駿府にいて、元康は義元をみてきた。義元は玄謀《げんぼう》の人ではない。いまだに今川本陣から指図がないということは、義元が自力では起《た》てず、口もきけぬ深刻な状態になっていて、それを重臣たちがかくしているとみるのが、正しいであろう。

元康は決断した。この決断こそ、元康と岡崎松平家が自立する第一歩といってよく、のちのことを想《おも》えば、天下総攬《そうらん》への初手であった。

「知立へゆく」

と、諸将に下知《げち》をあたえた元康は、別室の浅井道忠のもとへゆき、

「嚮導《きょうどう》していただこう」

と、いった。嚮導とは嚮道とも書くが、道案内のことである。道忠は目を瞋《いか》らせて、

「主命にないことは、いたさぬ」

と、横をむいた。目で笑った元康は急にやわらかな口調で、

「六之助は、もとは松平の臣であろう。われに仕えよ。ぶじに岡崎に着いたら、そなたに知行をさずけよう。岡崎に着けずに、途中で斃《たお》れたら、知行も消える」

と、説いた。知行ときいて、道忠の顔が動き、上目で元康を視《み》た。道忠はかろうじて一家を建たせてもらっているが、分家の分際でもあり、さきいきは明るくない。知行の話には飛びつきたい。が、よくよく考えてみると、元康は家臣にさずけるほどの領地をもっていないはずである。

「知行のこと、まことでござろうか」

「まことである」

元康は短く強くいった。じつは元康は重臣たちには、知立へゆく、といったのに、道忠には、岡崎へ帰る、といった。そのちがいを道忠は知るよしもないが、このとき、

——元康は岡崎に帰って、今川から離れるのだ。

と、直感した。そうしないかぎり元康は旧領をとりもどして家臣に知行をさずけられない。もしも知行のことが妄《うそ》であれば、その妄によって元康はたれからも信頼されなくなり、自滅するであろう。

「われらに、三百貫くだされたまえ。お供申さん」

と、道忠は大胆にいった。こまかなことであるが、われら、といっても、道忠ひとりを指している。この時代の「ら」は、複数を表すだけではなく、へりくだったいいかたのときにもつかう。それはさておき、三百貫文はのちの石高に換算しづらいが、五倍と考えれば、千五百石である。けっしてすくない知行ではない。しかし元康はいやな顔をせず、

「三百貫……、ふむ、かならず、さずけよう」

と、いい、道忠の幽閉を解いた。拘束されていた道忠の従者も愁色を払った。

城の内外にいた兵は、織田勢の夜襲を警戒していたので、集合して、城からでるのは早かった。ただしこの移動がつぎの尾張攻略のためではなく、今川軍の大敗と義元の不幸による撤退であると知って、さすがの三河兵も驚き噪《さわ》いだ。恐怖に襲われたといってよい。今川軍が敗走してからずいぶん時が経《た》ち、大高城の兵が孤立していたことに気づいたからである。あたりはすっかり敵地にかわってしまったであろう。勢威を煌《かがや》かせていた今川軍に媚《び》付《ふ》していた国境地帯の土豪も、今川軍の潰《かい》走《そう》を知って織田方に趨ったにちがいなく、ひごろは山野にかくれている匪《ひ》賊《ぞく》も、逃げまどう敗兵を襲っているであろう。かれらは闇の中で豺《さい》狼《ろう》のように目を光らせて、逃げおくれた岡崎勢をかならず急襲する。その想像が、城をでた兵の足並みをみだした。

元康は大高城に一兵も残さず、鵜殿氏が遺《のこ》していった武器に手をつけなかった。無人の城は水野信元に収得され、城内の武器は水野家の戦利品となる。それが信元への返礼である。ただし鳴海城主の岡部五郎兵衛元綱《もとつな》（元信《もとのぶ》）へは使いをださなかった。元綱がまだ鳴海城を守っているかどうかわからないということもあるが、元綱のほうがはるかに早く戦況を知りえたはずであるのに、元

康へは何の報《しら》せもとどけてくれなかったからである。おそらく元綱は今川軍の頽墜《たいつい》を知っても、

——大高城には報せる必要がない。

と、判断した。その判断の下にある意識と感情は元康にとってけわしいもので、要するに、

——元康は三河の小倅《こせがれ》であり人質にすぎぬ。

と、ここでも侮蔑《ぶべつ》されたのである。そういう侮蔑にさらされつづけて、元康はここまできたのである。それにたいして元康はあからさまに憤恚《ふんい》をみせたことはないし、卑屈さにすくんだことともない。今川家と義元を恨んだことも恐れたこともないような容態で生きてきた。十代の少年がそういう微妙な処世をこなしてきたことに愕《おどろ》くべきであろう。元康は自分の未来に岡崎の家臣団の夢が積まれていることを自覚しているがゆえに耐えた。この忍耐は、戦陣を馳せて敵陣を突き崩すより非凡である。そういう質の非凡さがあることを、若い元康が先んじて認識していることが、さらに非凡であった。それゆえ、戦国史上どこにもない性格と度量が生まれたのであり、はるかのちに法整備がなされる以

前に、諸大名はその巨大で邃密《すいみつ》な個に服従することになったのである。

元康の父の広忠と祖父の清康は、信義と勇気に欠ける者を侮蔑したことはあるが、弱い立場の者をいじめたりさげすんだりしたことはない。岡崎松平家の家風は、情性にあたたかさとあわれみがある。それが政治の根幹でもあった。

——人は徳にしか頭をさげない。

というのは中国的哲学であるが、強大な武力や権力に多くの人々は頭をさげてみせるが、それはうわべだけのことである、と元康はたれよりもよく知っていた。長い人質生活が、教訓をさずけてくれたのであり、人とは何であるかを熟考させてくれた。栄華のただなかにある義元に心服していない自分がある、というのがすべてであるといってもよい。義元が戦死したらしいと知ったとき、

——なるほど、人とはそういうものか。

と、強烈に感得した。義元は信長に殺されたのではなく、自滅したのだ、というのが元康の正直な感想である。義元には徳がなかった。僧侶《そうりょ》あがりの義元に、徳とはいかなるものか、わからなかったはずはないのだが、還俗《げんぞく》して守護の席に坐《すわ》るや、それを忘れた。徳を失えば、人が離れてゆき、孤独となる。人

は独りでは生きてゆけない、というのが世の定理であるとすれば、独りになった義元は斃死《へいし》せざるをえなかった。合戦がなくても、早晩、義元に死は必至であった。

——こころせねばならぬ。

岡崎の家臣団はどれほど今川に酷使され搾取《さくしゅ》されても、耐えに耐えて、元康の帰りを待ちつづけてくれた。父祖の徳のおかげというほかない。遺徳ほど大きな遺産はない。家臣団を率いて大高城をでた元康は、そういう認識から発したのである。

天空に月をみたものの、また雨になった。

浅井道忠の馬が軍頭にいる。兵はおびえているのか、軍行が乱れている。

——これでは、一揆《いっき》の兵に襲われれば、ひとたまりもない。

と、おもった元康は、

「五郎右衛門——」

と、大久保忠俊を呼び、軍行の乱れを匡《ただ》すように命じた。すぐさま忠俊は、忠政とともに馬をすすめて、

「よいか、かたまってゆけ。離れたり遅れたりする者は、闇に食われるぞ。織田の兵は残っておらぬ。たとえ襲われても、敵は賊にすぎず、寡兵《かへい》だ。恐れるな」

と、兵に声をかけつづけた。雨が急に烈《はげ》しくなった。

馬上の忠世と忠佐は、この軍が知立にとどまるはずがないと察しているので、

「矢作《やはぎ》を渡れるかな」

と、心配した。昼からの大雨で、矢作川が増水し、水勢が烈しいにちがいない。また敗走した今川の兵が舟を奪いあったであろうから、河岸から舟が消えたと想われる。さらに舟に乗れなかった兵がいまだに西岸にたむろしているはずで、かれらに接触すると軍が動けなくなるばかりか、めんどうが生ずる。

途中、なにごともなく、軍は知立に着いた。

雨はやんだ。

今川の本陣どころか一兵もみあたらない。ほんとうに桶狭間で驚天動地の激闘があったのか、といぶかりたくなるほど、ここは静かである。

知立までの軍行については、

「夜中に敵国を押し通るには、習いがある」

と、いった元康は、先頭の道忠に松明《たいまつ》を持たせ、歩卒には松明を持たせなかった。

「難所にさしかかったら、松明を振れ」

と、あらかじめ道忠にいいつけ、三十人ほどの士卒を従え、難所にはその士卒をひとりずつ残し、おくれてくる者に知らせた、といわれる。この軍行のみごとさを伝えきいた信長は、

「すえたのもしき大将よ」

と、称《ほ》めたという。それは後世の家康賛辞のひとつかもしれないが、規律でしばられることを嫌う岡崎衆が、四散して逃げ帰るようなみぐるしさを露呈しなかったことはたしかである。

知立では情報を蒐《あつ》めようがないとみた元康は、

「今川の陣は、東行したかもしれぬ」

と、あえて大声でいい、すみやかに軍を再起動させた。ただしこの軍はまっすぐ岡崎城へむかわず、別の道をすすんだ。

「上野《うえの》を通るのだ」

　忠世と忠佐は微笑を交わした。このままゆけば仁木《にっき》あるいは岩津の対岸に到《いた》り、そこには今川の兵が屯集していないはずである。早く帰国したい今川の兵は、矢作川を渡るのに、岩津よりはるか南の渡《わたり》から上和田《かみわだ》へという道を選んだにちがいない。

　上野は矢作川の西岸域にあり、酒井将監忠尚《しょうげんただなお》の居城がある。岡崎衆の重鎮である酒井家は、血胤《けついん》を大別してふたつのながれがあり、本流が左衛門尉《さえもんのじょう》と称し、支流が雅楽助《うたのすけ》（雅楽頭《うたのかみ》）と称する。

　酒井忠尚は酒井家の嫡流《ちゃくりゅう》にあるので、左衛門尉を官職名としてもよいはずであるのに、なぜか将監と称している。なお忠尚の弟または従弟《いとこ》が忠次である。

　忠尚と忠次の関係は明確ではない。

　永禄三年というこの年に、忠尚の年齢は不明であるが、忠次は三十四歳である。忠尚は岡崎松平家の家主が広忠であったとき、向背をくりかえしたように、くせのある人物で、それらの歳月を想えば、この年にすくなくとも五十代であろう。大久保忠俊が六十二歳であるから、それより数歳下であるとおもわれる。

西三河にあって忠尚は今川義元に優遇されたかずすくない武将のひとりであり、知行は義元からさずけられたので、今川の臣といったほうがよい。ただし今回の戦陣では元康の麾下《きか》にいた。与力《よりき》ということであろう。

「上野をお通りなされよ」

と、元康に勧めたのは忠尚であったにちがいない。かつて忠尚は酒井の分家である雅楽助が広忠に重用されたことに拗《す》ねて織田信秀に通じたことがあるが、いまは義元の厚遇に気をよくしており、義元の死を知っても、にわかに織田方へ趨ることはしないであろう。そう意《おも》った元康は、軍頭を上野のほうにむけた。

知立をあとにしたとたん、一揆の兵が出現した。千余人という多数が、落人《おちうど》を襲っており、かれらが最後にみつけたのが、夜の底を移動する二千余という兵であった。ただしその兵は整然とすすんでいて、隙《すき》がなかった。

――今川の敗兵ではないのか。

一揆の長である上田半六はいぶかり、闇からあらわれて、

「夜中、この道にかかったのは、何者か。われは上田半六である。ひとりも通さぬ」

と、夜気をふるわせる声で、誰何《すいか》し、恫喝《どうかつ》した。軍頭でその声をきいた道忠は、わずかに破顔し、馬を寄せて松明をふりあげた。

「そこにいるのは、半六か。われは水野どのの家人の浅井六之助だ。殿の仰《おお》せをうけたまわり、ただいま三州勢を追討しているところである。道をいそぐ。卒爾《そつじ》するな」

ふたりは既知《きち》である。

「さようか……」

上田半六は配下に道をひらかせ、軍を通した。ちなみに上田半六は平六とも史書に記され、水野家の苅屋《かりや》（刈谷）衆のひとりであり、松平元康が岡崎へ帰るのだ、と察して、嚮導《きょうどう》にくわわったともつたえられる。

――六之助には才覚がある。

戦闘を回避した元康は、内心、道忠を称めた。岡崎衆に不足しているのは、そういう才覚である。

今村《いまむら》にさしかかると、道忠は元康のもとへゆき、

「それがしは、これにて――」

と、いったん辞去した。今村の位置は安祥城のはるか北で、ここまでくると上野は遠くない。道忠は主君へ復命してから、水野家を去るつもりであろう。元康はその容儀のよさも気にいった。

「岡崎にくるがよい。さずけるものを、忘れはせぬ」

元康はもっていた扇子を道忠に与えた。

「かたじけなく存じます」

扇子は約束の証《あかし》である。道忠は従者とともに闇に消えた。その後の道忠について略説しておく。水野信元のもとに帰った道忠は詳細な報告をおこなったあと、すみやかに妻子と従者を率いて岡崎へ趨った。元康から恩賞の地がさずけられる旨《むね》の書を与えられたのは、二十二日である。それを知った信元は恚《いか》り、

「憎きやつばらめ。成敗してくれよう」

と、いったが、けっきょく信元と元康は敵対しなくなったので、その事件はうやむやになった。元康の家臣となった道忠は、騎馬同心十人があずけられ、行政的才能を認められて、奉行となった。はるかのち、天正十年に、武田勝頼を滅ぼして凱旋《がいせん》する織田信長が天竜川を渡るとき、船橋を架ける奉行として大

役をはたした道忠は、信長から黄金を下賜《かし》された。

義元の死は、さまざまな人たちの運命を、曲げ、紊《みだ》した。道忠は、その一例である。

元康も、すすむべき道を変えた。いや、旧道にもどることができた、といえなくもない。上野に到着するまでに、兵が、漸減《ぜんげん》した。兵が自家や在所に帰りはじめたのである。酒井忠尚は元康に会釈《えしゃく》して、家臣を従えて上野城にはいった。それをみた大久保忠世は、弟の忠佐に、

「情の薄い人よ」

と、いった。せめて元康を矢作川のほとりまで見送り、舟の手配をすべきではないのか。しかし酒井の本家は、伝承から、松平家とは兄弟の家であるという意識をもっているので、松平家への会釈はつねに軽い。

矢作川は水量が大きく、急流となっていた。西岸の配津《はいづ》村で船頭をさがした。

元康には徳がある。

川筋に顔のきく半三郎という者が、

「岡崎の殿さまのお帰りか」

と、悦《よろこ》び、大いそぎで舟と人を集め、おびただしい兵馬を対岸へ渡した。いくたび舟が往復したかわからない。対岸は仁木である。

夜明け前の激々たる川を渡り終えた元康は、

——ああ、帰った。

と、腹の底から安堵《あんど》の声がのどまで昇った。大高城からぶじに帰還したという小さな実感ではない。長い人質生活の終焉《しゅうえん》をはっきりと自覚したのである。人質となって岡崎城をでたのは六歳であった。それから十三年後の元康は、三河衆の命運を左右する義元の死によって、ようやく自分を縛っていた紲《つな》が切れたとおもった。いまおのれの意思で岡崎に帰ったがゆえに、これがほんとうの帰還なのである。

奔走し尽力してくれた半三郎をねぎらった元康は、ここからわかれてゆく諸将にもねぎらいの声をかけ、残った将士を率いてゆるやかに南下した。岡崎松平家の菩提寺《ぼだいじ》である大樹寺《だいじゅ》に近づいたとき、竜頭山《りゅうとう》にある岡崎城が幽かな晨《あさ》の光によって、浮きあがってみえた。

——おお、夜が明ける。

感動した元康は、これが岡崎松平家だけではなく三河衆にとっても、夜明けになればよい、と心中で祈った。それから晨旦《しんたん》の気を深く吸った。直後に、みなれぬ旗と多数の人が近づいてくるのをみた。旗には、

「厭離穢土《おんりえど》　欣求浄土《ごんぐじょうど》」

という文字がみえる。大樹寺の僧が兵となって元康の帰途を護《まも》るために寺を発してきたのである。元康を発見した僧兵は大いに悦び、

「上人《しょうにん》のおいいつけで、まいりました」

と、いった。上人とは、大樹寺住持の登誉《とうよ》上人である。謝意をあらわした元康は、百人ほどの僧兵の集団とともに大樹寺へむかい、門前に諸将を集めた。

「駿府のお屋形の生死は、いまだにさだかではない。予が岡崎の城にはいるには、お屋形かご城代のおゆるしが要《い》る。ゆえに、おゆるしを得るまで、大樹寺にとどまるであろう」

そう宣《の》べた元康は、わずかな兵を残して、軍を解散させた。

門の内には登誉上人が多くの僧侶を従えて立っていた。一礼した元康は、

「武門の面目を失いました。守るべき大高城を棄《す》ててきた元康は、死なねばな

りますまい」

と、いった。

登誉上人は戦乱の世にあって、法力《ほうりき》を信じ、法門を守りぬいてゆく堅剛の人である。すかさず、

「いかなる恥辱《ちじょく》がありましょうや」

と、元康をいさめ、堂室にいざなってから、

「死ぬとは天命を軽んずることです。名将というものは、天命を重んじるものであり、軽んじてはなりません」

と、懇切にさとした。

けっきょく元康は三日後に岡崎城にはいるのであるが、それまで寺内にあって聞法《もんぼう》をおこない、法力を再認識した。それゆえ登誉上人に、

「だいじな出陣には、あの旗をお借りしたいが、あの旗をかかげれば、勝利を得るのでしょうか」

と、問うた。登誉上人はこう答えた。

「あの旗を持って出陣なされば、勝ちもするが負けもする。心は無思《むし》でなけれ

ばなりません。無念無想がよろしい。ひたすら南無阿弥陀仏《なむあみだぶつ》を念ずべし」

その南無阿弥陀仏を念じたせいであろうか、岡崎城から兵が去った。城がおのずと開いたのである。

――これも法力によるか。

信長とちがって完璧《かんぺき》な合理主義者ではない元康は、そうおもったかもしれず、こののち出陣に際しては「厭離穢土　欣求浄土」の旗を樹《た》てることにした。

それはさておき、『松平記』によると、岡崎城を守っていたのは三浦氏と飯《いの》尾《お》氏であるが、この二将は桶狭間の陣にくわわっており、城内本丸には留守番の兵がわずかにいただけである。かれらに指図を与える者はもはやおらず、大樹寺にはいった元康がぶきみに静黙しているため、城の譲渡をおこなうわけにもいかず、二の丸にいる岡崎の兵が突然凶刃《きょうじん》をふりかざさないとはかぎらぬので、恐ろしくなって、かれらは逃げるように城をでて東へ奔《はし》った。それを知った元康は、

――捨《すて》城ナラバ拾ハン。（『三河物語』）

と、いって、入城した。

「めでたや」

譜代衆の喜悦は想像するにあまりある。

羽根の屋敷城で、元康の帰城をきいた忠世と忠佐は手を拍《う》って喜び、さっそく父の平右衛門忠員に、

「賀を献じに、城へまいりましょう」

と、いった。これで今川の圧政から脱したというおもいが、この広くない城内を沸き立たせた。

「ふむ……」

と、口をむすんで立った忠員は、着替えを終えると、その室《へや》に忠佐だけをいれて、

「いいそびれていることがあろう」

と、とがめるような口調でいった。忠佐はうつむいてから、意を決したように目をあげ、

「おときを、くだされ……」

と、いった。忠員は強い眼光に、微《かす》かにやさしさをまじえた。

「なんじの武辺には感心させられるが、女をぞんざいに扱うのは、感心せぬ。今川の敗兵が付近を通ったとき、殿も大敗なさり、大久保党も潰滅《かいめつ》したとおもわぬ者はいなかった。竈《くど》の近くで、おときは腹をおさえて泣きつづけていた。腹には、子がおろう」

「おそらく……」

忠佐の声は小さい。

「いたわってやれ。おときを泣かすな」

「父上――」

忠佐は頭を深々とさげた。

「奥にも、頭をさげておけ」

忠員がいった、奥、とは忠員の正妻である三条西氏《さんじょうにし》を指す。よりくわしくいえば、藤原氏閑院《かんいん》流の正親町《おおぎまち》三条家庶流である三条西公条《きんえだ》の女《むすめ》である。室町期の文化人のなかで尤《ゆう》なるものというべき三条西実隆《さねたか》の子である公条は、父の死後、天文十年に内大臣、十一年に右大臣に昇ってから職を辞し、十三年に出家して仍覚《じょうかく》と号した。この永禄三年に七十四歳になる。公条の女は、享禄《きょうろく》の末に大久保忠員に嫁《か》して、天文元年に忠世を、六年に忠佐を産んだ。

天文四年までは、岡崎松平家は清康という不世出の兵略的才俊をいただいて、破竹の勢いであった。清康の経略を佐《たす》けた大久保家へ公条の女を帰嫁《きか》させたのは、当然、清康のはからいであり、そこには清康の謝意と信頼とがみえかくれする。ただし、大久保家の棟梁《とうりょう》は、忠俊であるから、すじとしては、京都からくだってくる高貴な女は忠俊の正妻になるべきであったろう。が、忠俊はあっさりと、

「弟に――」

と、その話をゆずった。享禄年間に忠俊はすでに長男の忠勝と次男の忠政を得ており、家のなかの女たちの序列が定まっているところに、公条の女をいれると、やっかいな紊《みだ》れが生ずる。そういう事態を避けたかったのであろう。それゆえ、京ことばをつかう貴女は、忠員の妻となった。ちなみにそのころの忠員は、羽根に家をもつまえで、兄のもと、すなわち上和田にいた。

話がすこしそれるが、天文四年という年は、岡崎譜代衆にとっては忘れがたい。その年に、松平清康が兵を率いて尾張に討ち入った。ところが守山《もりやま》の陣中

において、家臣の阿部弥七郎に斬《き》られたのである。弥七郎は主君に深い怨《うら》みをもっておらず、妄想によって凶刃をふるった。のちに『三河物語』は、

――日本一の阿呆《アホウ》弥七郎メ。

と、最大限にののしったが、たれもがおなじ意《おも》いであったにちがいない。当然、清康の急死は家中を混乱させた。事態の収拾のために岡崎城に乗り込んだ桜井松平の信定《のぶさだ》は、清康の叔父であり、清康のしつこい批判者でもあった。信定は清康の遺児の広忠（当時は仙千代《せんちよ》）を追放して、強引に松平宗家の地位を得た。その地位をくつがえして、羈客《きかく》となっていた広忠を帰城させ、復位させたのが、大久保忠俊である。この功によって、大久保家の声実はいっそう大きくなった。しかしながら今川を恃《たの》む広忠の才徳は亡父におよばず、松平一門のなかで離叛《りはん》する家を扼《おさ》えきれず、さらに西からくる織田勢の侵攻を擯《しりぞ》けることもできなかった。矢作《やはぎ》川東岸の交通の要地というべき上和田は、はやばやと織田方に趨《はし》った佐々木《ささき》（上和田の対岸）の松平忠倫《ただのり》に奪われ、大久保党は東隣の羽根に退いた。大久保の本家が上和田にもどったのは、天文十七年に今川勢と織田勢が衝突した小豆《あずき》坂合戦のあとである。ちなみに小豆坂は羽根城の東にあ

り、さほど遠くない。上和田に帰還するに際して忠俊は、弟の忠員に羽根の城を与えた。

兄弟が仲のよいことは、

「孝悌睦友《こうていぼくゆう》」

と、『礼記《らいき》』に表現されるが、大久保兄弟がまさにそれで、他家の者がうらやむほどの睦親の家風がある。

——それこそ財よりまさる。

と、忠俊はつねづねいっている。いかなる名声と家産をもっていても、兄弟があい争えば、家は衰頽《すいたい》する。大久保家はそういう愚をおかさない。しかも父母をうやまう心が篤《あつ》い。

忠佐は奥へゆき、母のまえに坐《すわ》って、

「おときのことで、ご迷惑をおかけしました」

と、頭をさげた。三条西どの、とよばれるこの賢明な女性は、

「子を産むのは、おときだけではありません」

と、小さく笑った。忠員には脇腹《わきばら》の子が多く、まもなく小坂という氏をもつ

女が、子を産むという。さきばしってその子についていえば、生まれた男子こそ、のちの大久保彦左衛門忠教《ただたか》である。

上《かみ》和《わ》田《だ》砦《とりで》

大久保忠員《ただかず》は子福者《こぶくしゃ》である。

生涯に男女十二人の子をもった。彦左衛門忠教《ただたか》は、十番目の子で、男子としては八番目である。忠教は幼いころから、

「平助《へいすけ》」

と、呼ばれた。平凡きわまりない名であるが、少々うがったみかたをすれば、平助の生母の小坂氏は、伊勢平氏を先祖としていたかもしれず、平、という一字は、それに由来すると考えられなくもない。なにはともあれ、平助の生母は氏をもっていた。氏をもたぬ庶人《しょじん》ではなかったということである。

ちなみに大久保氏の旧姓は宇津《うつ》(宇都)あるいは宇都宮《うつのみや》であり、遠祖は藤原氏である。すると大久保氏は関東出身ということになる。主家の松平氏が清康《きよやす》のときに、上州新田氏の庶流である、

「世良田《せらた》」

を称して、関東出身を世間に印象づけた。譜代衆のなかでも古い大久保氏は、それにしたがい、系図の淵源《えんげん》を関東に求めたと考えられなくもない。

宇津のべつの書きかたである宇都は、ウト、とも訓《よ》むことができる。音だけをきいて想起することのできる地名と氏は、

「宇土《うと》」

である。その地と氏は九州肥後《ひご》にある。肥後の宇土氏が三河にいるはずがない、と笑殺されるのは承知であるが、足利尊氏《あしかがたかうじ》が九州まで落ち、その地でよみがえったことを想《おも》ってもらいたい。その後、三河の守護代は、九州の名族である菊池氏庶流の西郷氏となった。菊池氏も宇土氏も、反足利の南朝方であったが、足利を援《たす》ける族もいたのである。西郷氏の大移動を想えば、そのころ宇土氏の細流が三河にきて土着したといっても、ばかばかしいと笑いとばされずに

すみそうである。ただしそのようなことは、大久保氏の系譜に片言も記されていない。

　平助の生母はコサカとは呼ばれず、

「おさか」

と、呼ばれた。あえて生母と書いたのにはわけがある。忠員の家には母はひとりしかいないとされ、その母こそ、三条西《さんじょうにし》どの、である、と庶子である平助は教えられて育った。

　実際、平助は実母を、おさか、と呼び、三条西どのを、

「母上」

と、呼んだ。

　わが家に母はひとりしかおらぬ、という忠員の教えは徹底していた。それゆえ、おさかは平助を産んでも、忠員の側室というわけではなく、むろん部屋をもたせてもらえず、あいかわらず三条西どのに仕える女のひとりにすぎない。それは冷遇のようにみえるが、おさかは不満をもらすどころか、

「ありがたいことです」

と、幼い平助にいった。この家では、子の生母の貴賤《きせん》が問われることはなく、すべての子が三条西どのの子であるとされるので、嫡庶《ちゃくしょ》の差別がない。生母の尊卑を口にした子がいれば、忠員は猛烈に恚《いか》り、

「人をさげすむということは、みずからをさげすむということであるぞ。そなたは、天子や将軍の御子にくらべて卑《いや》しいと生涯おのれをさげすむ気か」

と、叱《しか》った。忠員はどちらかといえば理性的な人で、いわゆる猪《いのしし》武者《むしゃ》からは遠いところにいて、武を誇ったことはなく、当然、人としての風致はおだやかである。だが、子の教育に関しては、峻切《しゅんせつ》であった。

ふつう脇腹《わきばら》の子は、家臣同然の身分に貶《お》とされ、嫡子にさげすまれ、駆使されて一生を終える。しかしこの家風のなかで育てば、たとえ庶子でも、卑屈《ひくつ》になることはない。それが平助を産んだ者として、うれしい。平助は幼いながらも、そういう生母の心情を感じとることができる感性をもっていた。

平助の独特な感性は、人にたいしてだけではなく、物にたいしても、活力をみせた。

三条西どのは実家からもってきた書画の虫干しをするときがあり、四歳にな

った平助はたまたまそれを視《み》て、吸い寄せられるようにひとつの絵巻物に近づいた。土佐光茂《みつもち》（あるいはミツシゲ）の源氏物語絵巻である。嫁ぐときに父の公《きん》条《えだ》がもたせてくれたものである。光茂筆の絵巻物であれば、貴族のあいだでも珍重されるが、三条西どのはそれをふたりの女《むすめ》の教材として用い、読みきかせるためにつかっている。ちなみにそのふたりの女は、三条西どのの腹から生まれてはいない。とにかく、平助はその絵巻物をはじめてみた。

大和絵がもつ典雅な色彩は、平助の日常の視界にはけっしてないものである。その非日常的な美しさに、魅せられた。

やがて平助は眉《まゆ》をひそめた。

絵の主題というものに気づいたのである。

絵のなかに華容《かよう》の女たちが多くいるが、それらの人々は非現実のなかでやすらいでいるようであるのにたいして、絵の中心にいるふたりの高貴の男は切実さそのもののようである。臥《ふ》せている男は、苦しげに何かを語っているようで、もうひとりの男がからだをかたむけてそれを聴いている。その深刻さにたいして女たちは無関心であるようにみえ、その対照が、平助の目に異常として映った。

「平助……」

この声に、平助は飛びあがらんばかりにおどろいた。絵のなかの女に、名を呼ばれたと錯覚したのである。

むろん声は絵のなかから発せられたのではない。平助の背後に、三条西どのがいた。

「母上……」

平助はむきなおり、すわりなおしてから、すこし逃げ腰になった。絵巻物を盗みみたわけではないが、きまりが悪い。しかし、あとじさりする平助の肩にやわらかく三条西どのの手が置かれた。

「平助は、この絵が好きか」

帰嫁《きか》して三十余年が経《た》つ三条西どのは、もはや京ことばをつかわない。

「はい」

叱られないとわかった平助は、まっすぐに答えた。三条西どのは目で笑った。

平助は絵巻物のなかの絵を膝《ひざ》をおくってながめ、ある絵のまえで動かなくなった。それを三条西どののはみていた。平助が微動だにせず視ていたのは、柏木《かしわぎ》、である。ほかの絵ではなく、柏木を注視していた感覚がおもしろい、と三条西どののは平助の異才を察した。いうまでもなく、内大臣の子である柏木は光源氏の正妻である女三の宮に通じた。罹病《りびょう》して起《た》てなくなった柏木は、その罪の匂《にお》いのする秘事を、病牀《びょうしょう》において、光源氏と葵《あおい》の上《うえ》のあいだに生まれた夕霧にほのめかし、そのあと死去する。平助がみつめつづけていた絵のなかのふたりの男とは、重態の柏木とかれから話をきく夕霧である。

「この絵の、どこが好きか」

三条西どののは平助のからだを絵に近づけさせた。平助は口をむすんだまま、柏木の苦しげな口もとを指した。

「この人は、ほどなく死ぬ……」

それをきいて平助はうなずいた。三条西どののおどろきは深くなった。

「病に苦しんでいるだけではない。心の病に苦しんでいる。その病を治すためには、死ぬしかない。平助にわかるであろうか」

三条西どのにそういわれて、平助はこまったように眉をひそめた。その顔をみた三条西どのは、明るく一笑した。

「物語を知らねば、絵の良さがわからぬ、というわけではない。が、文字を知れば、さらに楽しくなる」

この日から平助は三条西どのに筆をもたされ、ふたりの姉のうしろに坐《すわ》って仮名を習わされた。その手もとをみた三条西どのは、無器用だが力がある、と感じた。坐っている容《かたち》に、厭気《いやき》も雑念もないことに感心した。

――武門の子よ。

平助に胆力《たんりょく》があることを見抜いた三条西どのは、半年後に、

「平助を妙国《みょうこく》寺へゆかせ、真名《まな》を学ばせたらいかがでしょう」

と、夫の忠員にいった。

真名とは漢字のことである。

妙国寺は羽根《はね》城の西南に位置している法華《ほっけ》宗の寺である。開基を、

「土岐日道《ときにちどう》」

と、いう。土岐は美濃《みの》の名門である土岐氏をいい、土岐頼貞《よりさだ》の子の小太郎頼《より》直《なお》が、日蓮《にちれん》の孫弟子の日印《にちいん》に教えを乞《こ》い、剃髪《ていはつ》して日道となった。その後、女《むすめ》

婿《むこ》の宇都宮泰藤《やすふじ》のもとにきて妙国寺を開創し、さらに尾尻《おじり》村の長福寺《ちょうふく》（開山は日印）を再建した、というのが伝承である。宇都宮泰藤という人は、妙国寺のまえに住み、南北朝期の正平《しょうへい》七年（観応《かんのう》三年）三月十九日に亡《な》くなったということしかわからない。まえに述べたように、宇都宮という氏姓の由来が怪しく、西三河では法華宗が発展しなかったのに、大久保家と結びついた実相は、わからないといっておいたほうがよいであろう。

「平助は文字が好きか」

と、父にいわれて、平助はとまどった。平助が感動したのは、あの源氏物語絵巻であり、文字に魅了されたわけではない。しかし平助は急に父に呼ばれて問われたことのうしろに三条西どのの好意があることを察知し、もしも、

「好きではありません」

と、いえば、三条西どのを失望させ哀《かな》しませることを知っていた。平助は幼いころから他者の情について敏感である。それゆえ、

「好きです」

と、はっきりといった。

三条西どのの好意にむくいるためには、そういう明朗な声を発しなければならないということを平助は知っていた。

「おお、学ぶがよい」

文武兼備を武人の至上の像とする忠員は、上機嫌で平助を妙国寺に通わせることにした。この決定は、平助の精神を醇化《じゅんか》したといってよいであろう。文辞《ぶんじ》に接することによって、仏教だけではなく儒教の知識をも得て、しかも物語のおもしろさを解して文筆の力を獲得した。はるかのち、慶長十四年に『源氏画巻物』(十二巻)を著《あらわ》したのは、三条西どのへの感謝の表現であろう。さらに元和《げんな》八年に『三河物語』を書き、その後も補訂の手をやすめず、寛永三年にいちおうその作業を終えた。そこまで平助を文思《ぶんし》に駆りたてた淵源は、三条西どのの存在と実家にあった書画であったにちがいない。

はじめて妙国寺へゆく日に、

「平助、ついてこい」

と、いってくれたのは、六歳上の兄である。彦十郎という。生母は三条西どのではないので、平助とおなじで庶子《しょし》である。この兄のほかに妙国寺へ通学する者がひとりいた。

「千丸」

と、いう。千丸は長兄である忠世《ただよ》の長男であるから、忠員の嫡孫ということになる。千丸は十一歳で元服直前である。すなわち四歳の平助にとって、兄の子のほうが年長なのである。ちなみに千丸はまもなく新十郎と称する。のちの忠隣《ただちか》である。

独りでも妙国寺へ通う千丸であるが、この日は、ふたりと同行した。彦十郎と平助は千丸に従うかたちで坂道をくだった。地形としては、羽根は高く、妙国寺付近は低い。

千丸はいつもよりゆっくりと歩き、ときどきふりかえった。平助はついてきているか、と確認しては、また歩いた。それだけのことであるが、平助には千丸の優しさがわかった。

千丸は剛毅《ごうき》を感じさせる少年で、人を近寄りがたくさせている。しかもかれは将来羽根の大久保家を背負わねばならぬ血胤《けついん》にあるので、家中では特別視されている。千丸より一歳下の彦十郎は、千丸にたいして多少のはばかりをもっているのであろう、けっしてまえにでず、従者のごとく歩いた。ただし平助は一家のなかで長幼《ちょうよう》とはべつの序列があることに気づいた。

陽射《ひざ》しのゆたかな坂道が尽きると、すぐに黒松の林がみえた。豊盛な翠緑《すいりょく》のかなたに妙国寺の山門があった。林のなかは幹枝《かんし》の翳《かげ》が濃く、涼しかった。三人は山門を通り、寺内にある道場にはいった。なかでは、すでに住持がみずからふくよかな声でふたりの少年に語っていた。

すこし幽《くら》い。

その幽さのなかに最初に足を踏み入れた千丸は、坐っている少年のひとりに会釈《えしゃく》した。それを平助はみのがさなかった。

——千丸さまが頭をさげる人とは、何者なのか。

千丸に頭をさげられた人は、よくみると、もはや少年とはよべず、元服を終えたしるしである頭髪のかたちが平助の心を威圧した。が、千丸は平然と住持のまえにすすみ、低頭して、

「平右衛門が八男、平助に、真名を教えていただきたく、つれてまいりました」

と、いい、ふりかえって手招きをした。平助は千丸のななめうしろに坐り、はっきりと名乗り、頭から堕《お》ちるような礼をした。

住持は微笑した。

——心気のまっすぐな子だ。

平助が教えがいのある子であることは、住持にとって一目瞭然《りょうぜん》であった。真名、ときいて、最年長の若者はいぶかしげに平助にまなざしをむけた。どうみても、平助は漢字を学ぶには幼すぎる。が、住持は羽根の家からの使いをすでにうけていたということもあって、まったくおどろかず、

「唐土《もろこし》には、仮名《かな》はない。幼少から真名を学ぶに、ふしぎがあろうか」

と、みなにきかせるようにいい、侍僧に目くばせをした。若い僧が起ち、はなれたところにすえられた机のまえに平助をいざなった。

まず墨《すみ》の磨《す》りかたを教え、それから筆をもたせて、

「仮名と真名では、指のかけかたがちがいます」

と、やさしくいい、

「天」

という楷書《かいしょ》の文字を手本に置いた。それは住持が書いた手本で、『千字文《せんじもん》』から抽《ひ》かれた文字である。

「天地《てんち》玄黄《げんこう》　宇宙洪荒《うちゅうこうこう》」

からはじまる『千字文』は、中国の梁《りょう》の周興嗣《しゅうこうし》の撰《せん》による四言古詩で二百五十句から成る一種の詩集である。そこにある一千字にすべての筆法がこめられているので、それを修めて応用すれば、書けぬ文字はなくなる。

「天とは――」

と、若い僧は平助に恐怖心をいだかせないような表情と口調で説いた。

「天とは、頭上にひろがる空《くう》をいうのではありません。天とは、光です。悪を破滅させる光です。それゆえ天とは吉であり善でもあるのです。また天は神です。帝釈天《たいしゃくてん》や大黒天《だいこくてん》などの名をきいたことがあるでしょう」

そういってからかれは平助に書き順を教えた。

紙は貴重である。平助は一枚の紙に天という文字をくりかえし書き、紙がまっ黒になっても、なおその上で筆を動かした。いちど平助のもとからはなれていた僧は、あらたに墨を磨り、天という文字を書きつづけている平助を遠くか

らみて、

――一紙のなかに天を視ようとしている。

と、感動し、あとで、

「あの子は、垂名《すいめい》の武人となるのではありますまいか」

と、師である住持に語《つ》げた。法筵《ほうえん》に坐って四人に語っていても、遠くにいる平助の居ずまいを知っていた住持は、

「いかにも、みどころがある。大久保の家名をさらに高く軒《あ》げるのは、かれであろうか」

と、うなずきつついった。

「さあ、平助、帰るぞ」

彦十郎に声をかけられた平助は、若い僧に教えられたように筆と硯《すずり》の墨をぬぐい去り、また頭から堕ちるように一礼した。僧侶《そうりょ》が去るまえに、余白がなくなった紙を一瞥《いちべつ》した千丸は、幽かに破顔して、

「平助の天は、すでに玄《くろ》い。よう、書いた」

と、称《ほ》めた。彦十郎はおどろいたように千丸をみた。そういう口調で人を誉《ほ》

める千丸をはじめてみたからである。その声につられるように最年長の若者が千丸の横まできた。すかさず千丸が、

「このかたは、本家の新八郎さまだ」

と、おしえ、平助に頭をさげさせた。ついでながら新八郎とともにいる少年は、新七郎で、新八郎の弟である。新八郎は上和田《かみわだ》の大久保家の嫡流《ちゃくりゅう》をあらわす世襲名なので、長男でも一郎や太郎などではない。新八郎は忠勝《ただかつ》の子であり、忠俊《ただとし》の孫である。

「平助は我慢づよいな。足がしびれて起てまい」

と、新八郎はなかば感心し、なかば揶揄《やゆ》した。その声に反発するように、平助は起った。足にしびれなどない。新八郎はすこしおどろき、苦笑した。

千丸はますます平助が気にいったようで、

「平助は、轍鮒《てっぷ》の急《きゅう》に遭《あ》っても、すぐさま起てる者になろう」

と、ことさら朗らかな声でいった。

――また誉められたらしい。

と、平助はくすぐったく感じたが、轍鮒の急の意味がわからない。あとで彦

十郎に訊《き》いても、知らぬ、といわれた。彦十郎の上には、勘七郎忠核《ただざね》、新蔵忠《ただ》寄《より》、治右衛門忠佐《ただすけ》、七郎右衛門忠世《ただよ》という兄がいるが、

「テップとは何ですか」

と、とても問えない。千丸に教えてもらったほうが早い。しかし、わからぬことを自分で調べもせずに人に教えを乞うことに、千丸は不快を示すであろう。平助の勘は鋭敏である。

――テップとは、人があわてふためくことをいうのだろう。

と、平助は自分で考えた。それはあたらずといえども遠からずで、轍はワダチをいい、鮒はフナである。轍がつくった小さな水たまりのなかであえいでいる鮒が緊急に水を欲しているさまを、轍鮒の急という。『荘子《そうじ》』という漢籍のなかにある成語である。三条西どのの蔵書のひとつは、それの抄本にすぎないが、それでも書物の力は大きく、異国の先賢の知恵が書物と読書家を介して、鄙《ひ》遠《えん》の地に建てられた家を涵濡《かんじゅ》してゆく。

テップも気になったが、平助にはそれより強く気になったことがあった。千丸は平助について、

「平右衛門が八男」

と、妙国寺の住持に告げた。しかし平助がどうかぞえても、自分より上の兄は五人しかおらず、自分は六男でなければならない。平助は帰宅してから彦十郎に、

「兄がふたり足りない」

と、むずかしい顔をむけていった。小さく唸《うな》った彦十郎は、あたりをうかがい、平助を物陰につれてゆき、

「ひとりは死んだ。討ち死にだ。もうひとりは、死んではいないが、仏門にはいっている」

と、ささやくようにいった。

知恵のつきかたの早い平助に、あいまいなことをいえば、兄としての信を失うと感じた彦十郎は、いずれたれかが平助に語《つ》げるにちがいないことを、ここでおしえた。

討ち死にした者は、大八郎忠包《ただかね》といい、忠員の三男である。

一族でひとりは仏門にはいるというのがこの時代のならいであり、羽根の大久保家では幼少の大八郎を俗累《ぞくるい》から切りはなし、清僧にすべく送りだした。かれはやがて慶典《けいてん》と称したものの、性来武を好み、僧侶で終わることを嫌ったため、ついに還俗《げんぞく》した。

桶狭間《おけはざま》の合戦後、兵力を温存したまま大高城《おおだかじょう》から岡崎城へ帰った元康は、駿《すん》府《ぷ》へ報告へゆかず、数日後には兵を発して苅屋《かりや》へむかい、水野下野守信元《しもつけのかみのぶもと》の兵と十八町畷《なわて》（縄手）で戦い、さらに月をおいて、知多《ちた》郡に侵入して小河《おがわ》城に近い石ヶ瀬で水野の兵と激闘をおこなった。

今川義元の死後、今川宗家の席に即《つ》いたのは、嫡子の氏真《うじざね》である。

武田信虎《のぶとら》の女《むすめ》（信玄の姉）を生母とする氏真は、死ぬまでに千七百首もの和歌を詠《よ》む文化人であるが、独特な宇宙観を必要とする文芸的才能は、独特な人間観を必要とする政治と兵略の才能との互換《ごかん》性をもっていなかった。父の戦死を知った氏真は、諸事を放擲《ほうてき》して、鎧《よろい》をつけ、馬に乗り、

「亡父の仇を討つ」

と、情恨《じょうこん》をあらわにして叫び、西行すべきであった。むろん家臣は総がかりで氏真の無謀をたしなめ、馬にむらがってひきとめるであろう。それでもあえて馬をすすめて三河にはいり、父の遺体が運びこまれた牛久保《うしくぼ》の大聖寺《だいしょうじ》に詣《もう》で、岡崎城に乗りこんで元康を引見して、

「そなたのみが今川のために戦ってくれるのか」

と、ねんごろに声をかけたとすれば、国内の混乱はその一事でしずまってしまったにちがいない。むろん元康は氏真の器量を恐れ、今川から離れることに逡巡《しゅんじゅん》せざるをえなくなったであろう。だが、現実は、そうではない。おそらく氏真は父の死後にむらがり生じた内政的な難件を処理することに忙殺されたとおもわれる。駿府から動かなかった。そのことは義元の急死という大事件に氏真が無反応であったかのようにみられた。群臣の心を理で攬《まと》めきれないときは、情でつかむしかない。それが氏真にできなかったことは、『今川記』に、

——義元公。不慮に討死なされ。諸人の心まち〳〵になりける。

と、あることから、わかる。まちまちになったということは、今川に属していた個人と家が、独自の生きかたを模索しはじめたということである。

元康と岡崎松平家も、今川の勢力圏から離脱する意志をもった。が、この意志をいきなり明示するには危険がありすぎた。

三河の広さと岡崎松平家の小ささを想《おも》ってみればよい。三河は大別すると東と西になる。東三河の南部は海に瀕《のぞ》み、東部は遠江《とおとうみ》の国に接し、北部は信濃《しなの》の国に隣《とな》る。そこに散在する群豪、たとえば奥平《おくだいら》、菅沼《すがぬま》、西郷《さいごう》、牧野《まきの》、鵜殿《うどの》、本多《ほんだ》、戸田《とだ》などは、いわゆる国衆《くにしゅう》であり、岡崎松平家に臣従しているわけではなく、今川家に所領を安堵《あんど》されたかぎり、今川家を見限りにくい。また、岡崎を中心とする西三河は、北部はもともと反松平色が濃いうえに、そこに織田の勢力がはいったため、よけいに統御《とうぎょ》しにくい地となった。南部には、名門の吉良《きら》氏がいる。足利将軍家に亜《つ》ぐ名家であるといわれる吉良家の主は、往時から、

――賀茂《かも》の成り上がり者めが。

と、松平家をみくだし、嫌いつづけている。賀茂はのちに加茂とも記されるが、西三河北部にある郡で、松平氏の発祥はその郡内である。

もっとも吉良家の主であった義安《よしやす》は、吉良家の分家というべき今川家にも頭をさげることを好まず、織田信長に保庇《ほひ》されている斯波《しば》氏に通じたので、三河

支配を完成したい今川義元はそれに不快をおぼえ、義安を攻めて、その身柄を駿州《すんしゅう》に遷《うつ》して幽閉してしまった。それから吉良家の本拠である西条城《さいじょう》に牛久保の牧野をいれて守らせ、佐治《さじ》の城というべき東条城《とうじょう》に義安の弟である義昭《よしあき》をいれた。義昭が松平家にむける感情も兄のそれと大きなちがいはない。

ざっと三河の状況をみれば、そんなところである。

――今川の支配から脱したい。

というのは、ながいあいだ今川にしいたげられてきた松平家臣団の大半が望んでいることであり、元康も駿府で侮蔑《ぶべつ》のまなざしにさらされてきただけにおなじ志望をいだいているが、岡崎城に帰って右顧左眄《うこさべん》すれば、志望をたやすく具現できない現実に悩まざるをえなかった。はっきりとわかったことは、岡崎松平家のような小さな家にとって、独立不羈《どくりつふき》とは夢想のなかのありかたである、ということであった。

――大家《たいか》に頼らざるをえない。

その大家とは、織田家でよいのか。織田信長の器量の全象がみえておらず、今川氏真の才徳があきらかではない時点で、元康は両者のようすをみることにした。それが水野信元との戦いであった。

みかたをかえれば、元康が水野を攻めたのは、自分を隠す、いわば韜晦《とうかい》の術であった。信元と戦いながら、背中で駿府を遠望し、今川氏真の徳量と才知をみさだめようとした。だが氏真は、足もとの動揺をしずめることに躍起である。そうみせておいて三河にいぶかしく残った元康の本意をみぬくというような玄妙な術をつかえなかった。

「おお、元康は、けなげに尾張勢と戦っているか」

と、称めた時点で、元康は氏真の視界から消えたといってよい。

信元も元康と戦う必要があった。かれはひそかに今川義元に通じていたというしろめたさをもっていたので、

――下野守はまことに織田に従う気があるのか。

という信長の疑いをかわさなければならない。のちに信元が信長に誅殺《ちゅうさつ》されることを想えば、信長は自分に背いた者への憎悪《ぞうお》は深く、旧悪をけっして忘れない質《たち》であるといえる。

だが、この時点で、信元はそれほどの恐れを信長にたいしていだいてはおら

ず、桶狭間合戦のあとに、せいいっぱい三河勢と戦ったことを信長にみせつけたと考え、翌年の晩春、密使を岡崎へ遣《や》って、

「わたしが仲介する。織田と盟《ちか》わぬか」

と、元康を誘引した。信長が元康に好意をもっていることも、信元は知っている。

「よしなに――」

と、元康は速答したいところであるが、盟うというのが言辞の飾りにすぎず、実態は信長と織田家に隷属《れいぞく》するのでは、ふたたび家臣団が辛酸をなめる。

「織田とは戦わないことにします。ただし、三河から今川の勢力が消えたわけではありませんので、せめて西三河の敵を掃蕩《そうとう》してから、盟うことにします」

元康はそう答えて、盟約をいそがなかった。

ここから元康の三河平定が開始されたといってよい。武力と調儀を併用した。近隣の反勢力を討伐する一方で、東三河の国衆に撫循《ぶじゅん》の手をのばした。岡崎松平家が今川に従っているかぎり、今川に属《つ》いているかたちの東三河の国衆を口説けない。織田と結ぶ、と元康が決心したため、外交的寝技が効く。たとえば

元康は、四月に、東三河の田峯《だみね》菅沼家の小法師《こぼうし》に本領安堵の証文を与えた。元康が今川と絶ったことを知った東三河の諸豪族は、岡崎松平家に靡《なび》いた。

——岡崎の小僧が、ふらちなことをたくらんでいるわ。

今川義元の死の直後に、元康は不審な動静をしめした、と遠くから観《み》ていた目がある。東条城の吉良義昭の目である。以後、かれは元康の進退から目をはなさず、三月に、中島《なかしま》城の板倉弾正重定《しげさだ》が元康に兵馬をむけられたことを知り、

——元康め、今川に叛《そむ》いたな。

と、見定めた。中島は岡崎の南、東条の北に位置する。板倉重定は今川方の武将であり、かれを元康が逐《お》ったということは、向後、西条城と東条城を攻略する志望をもっているということにほかならない。

——岡崎の小僧の履《くつ》をなめられるか。

名門意識の強い義昭は、三河に残存する今川勢力を糾合《きゅうごう》して岡崎松平勢を潰《かい》滅《めっ》させ、自身が三河を統治するという大望をもった。そのためには今川宗家に義昭が三河の旗頭であることを認定してもらう必要がある。そうおもった義昭は駿府へ使者を発して、松平元康の叛逆《はんぎゃく》を報《しら》せ、氏真の認可を得ようとした。

実際、認可はくだったであろう。

「以後、わが指図《さしず》に従うべし」

義昭はすぐさま西条城の牧野貞成《さだなり》、八《や》ッ面《おもて》城の荒川義広《よしひろ》、上之郷《かみのごう》城（西郡《にしのこおり》）の鵜殿長照《ながてる》に使いを遣り、戦略をさずけた。鵜殿には、

「形原《かたのはら》を攻めよ」

と、命じた。形原は東条と上之郷の中間にあり、松平家広《いえひろ》の居城がある。家広は岡崎の元康に従い、今川から離れた。そういう指図を与えておいて、義昭はひそかに兵を城からだして、矢作《やはぎ》川をさかのぼらせ、酒井将監忠尚《しょうげんただなお》が守っている上野《うえの》城を攻めた。

――今川に恩のある将監が、このまま岡崎に従ってゆくはずがない。

密使を遣って忠尚を説いても、埒《らち》があかなかったので、武をもって決断を迫った。

上野城が吉良勢に急襲されたと知った元康は、深溝《ふこうず》松平の好景《よしかげ》に救援を命じた。好景は板倉重定が退却したあとの中島城を与えられたので、そこに嫡子《ちゃくし》の伊忠《これただ》をいれ、自身は深溝にいた。深溝は岡崎の東南、東条の東、形原の北に位

置する。上野へ救援にゆくとなれば、深溝よりも中島から兵をだしたほうが早く到着するので、好景は中島の兵を北にむかわせた。

——中島が空《から》になったわ。

ほくそえんだ義昭は、すかさず東条から兵を発して、寡兵《かへい》しかいない中島城を攻めた。

急報をきいた好景は、深溝から中島へ駆けつけて吉良勢を撃破し、逃げる義昭を追った。だが、義昭の逃走は、佯《いつわ》りであった。好景は深追いしすぎたというべきであろう。東条城の西北の狭間《はざま》で、好景は吉良勢の後尾をとらえた。が、丘の上に伏せていた六十騎がどっと駆けくだると同時に、義昭も馬のむきをかえ、兵も槍をめぐらした。伏兵の出現によって不利になった好景は、やむなく引き返した。ところがすでに退路は断たれていた。吉良家の重臣である富永伴五郎は、二十五歳という若さでありながら、その剛勇は西三河に鳴りひびいており、本拠の牟呂《むろ》（室《むろ》）の兵を率いて、深溝勢を包囲して殲滅《せんめつ》した。好景と弟たち、それに家臣三十余人が戦死した。この永禄四年四月十五日の合戦を、善《ぜん》明《みょう》堤の戦い、といい、吉良勢の完勝であった。

——吉良や、憎し。

一敗地にまみれた元康は、東条城攻めに本腰をいれ、東条の四方に砦を築かせて大きく包囲した。青野《あおの》松平の家老である松井忠次に友国《ともくに》と津平《つのひら》の砦を守らせ、本多の一門で彦三郎を通称とする本多広孝《ひろたか》を小牧《こまき》の砦にいれ、幡豆《はず》の小笠原氏の一家である小笠原三九郎（のちの諱《いみな》は宗忠《むねただ》）を糟塚《かすづか》の砦にすえた。

が、敵は東条城にいるだけではなく、その勢力は八ッ面城と西条城と連携しているので、元康は敵の連携を切断すべく、酒井雅楽助正親《うたのすけまさちか》に調儀をおこなわせて、八ッ面の荒川義広を味方にひきいれ、岡崎の兵を八ッ面にいれた。元康は、目のつけどころがよい。荒川義広は、往時東条城の主であった吉良持広《もちひろ》の弟であり、持広の死後に東条の家を継ぐ機会があったのに、吉良宗家である西条の家に後嗣《こうし》権を奪われた。いま義昭は東条城にいるが、もとは西条の人であり、義広にはかれを援《たす》けるいわれはない。かねて西条の家と東条の家は憎みあってきた。そういう義広の感情を洞察した元康は、

「今川の衰運に、荒川の家をお託しになってはなりますまい」

と、酒井正親に説かせて、翻意させた。

八ッ面城と西条城のあいだは、わずか二十二、三町であり、

——雞犬《けいけん》の声サエモ相聞ユル。

と、地誌にあるように、そうとうに近い。八ッ面城にはいった岡崎勢はそこから出撃しては西条城を攻めつづけ、ついに城将の牧野貞成を疲れさせ、城から去らせた。元康は空《あ》いた城に正親をいれ、ほどなくその城を正親に与えた。

酒井家のなかでも雅楽助を称する家は、元康の父の広忠の代から、岡崎松平家にひとかたならぬ忠信《ちゅうしん》をささげてきた。しかも酒井家は家臣の家とはいえぬ特別な家なので、元康はさまざまな意《おも》いをこめて、正親に城をさずけた。ちなみに西条城は主が替わったため、

「西尾《にしお》城」

と、呼称も変わった。

東条城は孤城となった。それでも義昭は降伏しなかった。九月の上旬から中旬に移ったとき、小牧砦の本多広孝は他の砦の二将を招いて、

「敵の城をとりかこんでいるだけで、攻め落とせぬとあっては、後人のあざけりにあおう。殿にご出馬を請《こ》い、有無《うむ》の合戦を遂げたい」

と、いい、同意を得るや、岡崎へ使者を発した。この要請に応じて元康は兵を率いて小牧砦にはいった。正親も東条に兵を寄せた。総攻撃のけはいである。城内から観《み》てその気配を察した富永伴五郎は、義昭のまえにすすみでて、

「もはや勝利を得ることはむずかしいと存じます。ただし、何もせず、城を開くことは無念でありますゆえ、それがしは戦って名を残したく、殿は、ひとまず降参なさって、後日にご本望をとげられますように」

と、いいおいて、城門を開き、藤波畷《ふじなみなわて》へ撃ってでた。九月十三日である。畷は、細長い一本道をいい、ここも例外ではなく、道の左右が湿田であるので、多数が展開できない戦場である。三十余人しか率いていない富永伴五郎でも、畷で進退すれば、十倍の敵と戦うことができる。激戦となった。

話が長くなったが、大久保平助の兄である大八郎忠包《ただかね》は岡崎勢のひとりとしてこの合戦にくわわり、討ち死にした。二十二歳であった。平助が二歳のときの合戦であり、その兄の顔を憶《おぼ》えていないどころか、そういう兄がいたことさえ知らなかった。

「負けるはずのないいくさで討ち死にするとは、阿呆《あほう》よ」

と、彦十郎は、やや冷えた口調でいった。

――僧でいれば、死ななかった。

それはたしかであるが、仏門にいることは死ぬよりつらかったかもしれない。彦十郎は藤波畷合戦の詳細を語らなかったが、それは詳細を知らなかったせいであり、じつは富永伴五郎に切りつけ、組み伏せたのは忠包であり、首を馘《き》る寸前に、吉良勢に殺された。富永伴五郎を討ったのは本多甚四郎である。

富永伴五郎の戦死を知った義昭は気落ちして、まもなく開城した。平助は晩年に『三河物語』を書くが、藤波畷の戦いについても自身で案《しら》べ、

「伴五郎が討ち死にしたとあっては、落城は近い」

と、敵も味方もいっていたことに注目し、伴五郎は若かったのに、そういわれるほどの武人であったことが偉い、と独特の感想をもった。平助の武道観とはそういうものである。

降伏した義昭の処置については、元康は、

――岡崎へ召寄られ。（『改正三河後風土記』）

と、囚繫《しゅうけい》するような荒々しさを嫌い、城下に屋敷を与えて住まわせたであろ

う。

城主が不在となった東条城を管守《かんしゅ》するために、鳥居元忠《もとただ》と松平信一《のぶかず》（藤井松平）がはいったが、七か月後に、元康は青野松平家の幼主である亀千代《かめちよ》に松井忠次などを付けて、東条城にすえた。以後、青野松平は東条松平と呼称がかわる。

元康は吉良家を滅ぼすことによって西三河南部の平定をほぼ完了した。じつは東条城攻めと併行する軍事を西三河と東三河の境にある長沢《ながさわ》でも展開した元康は、今川の勢力を交通の要地から駆逐した。

――東三河攻略のめどがついた。

と、感じた元康は、年があらたまると尾張の清須《きよす》へゆき、信長と盟った。盟約というものは、起請文《きしょうもん》をしたためてからそれを焚《や》き、その灰を水にといて飲むというものであるが、清須会盟では、起請文を焚かず、別紙に牛という文字を書き、それを三つにちぎって、信長と元康、それに仲介者である水野信元が、

――是《これ》ヲ水ニテ呑玉《のみたま》フ。（『武徳編年集成』）

という風変わりなことをした。起請文の用紙は牛王宝印《ごおうほういん》であるのがならいで

あるから、牛と書けば何を意味しているのかわからぬ武人はいない。奇趣を嗜《この》む信長らしい誓盟であったといえる。

元康の行動は疾風迅雷《しっぷうじんらい》のようである。

岡崎に帰るや、西郡征伐の軍旅を催し、二月四日に、上之郷城を陥落させて鵜殿長照を殺し、長照の二子を獲《え》て、駿府に残っていた嫡子（竹千代）と交換するという放れわざをやってのけた。

東三河に勢力を斗入《とにゅう》させた元康は、三河一宮《いちのみや》に砦を築かせた。なんとその砦を潰《つぶ》すために今川氏真がみずから兵を率いてきたのである。が、元康はいささかも恐れず、その大軍を退かせて、砦を救った。氏真の威信が堕《お》ちたことはいうまでもない。

ただし氏真は、父の遺骸《いがい》がはこびこまれた牛久保の大聖寺で三回忌をおこなった。そのための遠征であったはずはないが、今川宗家の容《かたち》としては、父への孝敬を表現したことになる。ついでながら、今川軍は戦場でむやみに火を放たない。今川軍が通ったあとは神社仏閣さえ焼灼《しょうしゃく》されてあとかたもなくなる、という醜陋《しゅうろう》さはみられない。信長と元康は兵術として火を用いる。それを想《おも》えば、今川軍は行儀がよい。

元康はつぎの攻撃目標を牛久保の牧野家に定め、進攻のさまたげとなる今川方の砦を、秋に、潰滅させた。

牧野はふしぎな家で、東三河では潮が引いてゆくように今川方の勢力が縮小しているのに、今川に背かず、義理をつらぬいた。旧を守りぬくという思想を、明治のはじめに、越後《えちご》長岡の牧野家も体現するが、牧野家が俗陋《ぞくろう》な功利から遠い家であることは、動かしがたい。時勢にうとい、というより、倫理観がちがうのである。じつは攻める側の元康はそういう牧野家のありかたを、好ましい、と感じていた。この時代に、

――武士とは、どうあるべきか。

などと考えていた統治者は、ほとんどいなかったであろう。三河という農業国に生まれて、尾張という商業地の風にふれ、駿河《するが》の京風文化をのぞいた元康に、渾大《こんだい》の人格が育とうとしていたことはたしかであり、独特な倫理をもちはじめていた。その成熟まえの思想が、牧野家の家風と通有《つうゆう》するものをもって、

――武士とは、牧野家の主従のようでなくてはならぬ。

と、具体的な模範を示す手段を得たといえる。これよりすこしあとに、牧野家が吉田城の対岸域にある聖眼寺《しょうげんじ》に、戦勝祈願のために納めた二本の金扇のうち一本をゆずりうけた元康（すでに改名して家康）は、のちのちまで大将の所在を示す馬標《うまじるし》としてその金扇を立てた。それには玄妙な意味があるというべきであろう。

牧野の血胤《けついん》のなかで、大きなながれはふたつある。出羽守《でわのかみ》家と民部丞《みんぶのじょう》（あるいは右馬允《うまのじょう》）家である。今川のために西条城を守って岡崎衆と戦い、退去したのは民部丞貞成である。その後、家督は貞成の子の成定《なりさだ》に継承されたが、成定は趨勢《すうせい》を観て、元康と戦う愚をさとり、病と称して抗戦に参加しなかった。それゆえ西から寄せてくる岡崎勢に不屈をつらぬいて戦ったのは、出羽守保成《やすなり》である。

保成は気宇の大きい人で、かつて牧野氏が今川家から東三河の旗頭であると認定された誇りを失わず、元康の軍に挑んだ。今川のために戦ったというより、自家の名誉と自身の矜持《きょうじ》のために戦った。

永禄六年の三月六日、千五百余騎を率いてきた元康にたいして、保成は牛久

保城に籠《こ》もらず、十二、三町も撃ってでた。すでに老将といってよい保成であるが、みずから馬に騎《の》り、矢を射る姿は、

――両ノ足空中ニ有カ如ク。（『牛久保密談記』）

というすさまじいもので、岡崎勢を辟易《へきえき》させた。

牧野の重臣は六人衆とよばれる。その六人に率いられた兵が牧野勢の主力である。六人のなかでも稲垣平右衛門が最高の実力者であり、当然、稲垣勢が最強であった。平右衛門は牧野家が今川氏真の指図を承《う》けて営々と働くことに難色を示したことがあるが、この合戦では主家をみかぎらず、力戦した。だが、家中のなかでとくに勁鋭《けいえい》であった士が十六人も討ち死にし、平右衛門自身も深手を負ったため、稲垣勢が崩れた。その時点で勝負がついたといえる。

城にしりぞいた保成は、年寄衆を集め、こういったという。

「わが余命はいくばくもない。今川家は氏真で断絶するとおもわれる。これから東国と西国の猛将が位を争って戦うであろうが、天下を治めるほどの器量はみあたらない。北条氏康と上杉謙信は老武者というべきである。足利の公方《くぼう》家には武徳が欠けている。織田信長こそ、時に適《あ》った人ではあるが、かれには慈《じ》

仁《じん》がすくなく、せわしなく計略をおこなう気質であるから、なんらかの過《あやま》ちのせいで滅ぶであろう。かわって天下は元康の手にはいると考えるのが自然である。わが甥《おい》（成定）は元康に従うつもりで蟄居《ちっきょ》しているが、その態度を憎んではおらぬ。かれが牧野の家を相続して子孫を興《おこ》すべき者である。みな心をあわせて甥をとりたててくれ」

保成は牧野家の記録がはいった箱をとりだして、年寄衆にあずけたあと、宴を催して夜を更《ふ》かした。それから私邸にさがって、腹を切った。

成定が実際に保成の甥であったとはおもわれないが、出羽守家が兄、民部丞家が弟というみかたをされていれば、弟の家の子ということで甥と呼ばれたかもしれない。

岡崎勢にまったく戈矛《かぼう》をむけなかった成定であるが、すぐには元康に従わなかった。牧野家の武士道的美学というものであろう。成定は従者とともにひそかに牛久保を去り、国境を越えて、浜名湖西岸の宇津山《うづやま》城にはいり、朝比奈紀伊守の庇護《ひご》をうけた。まだ今川に背いていないことを成定は表現したのである。

――牧野の家風は、よくわかった。

元康は苦笑したであろう。牧野の六人衆を直参にしたものの、牧野家の消滅は国の損失となると考えた元康は、岩瀬吉左衛門という者を遣《や》って成定の翻意をうながし、翌年、ようやく牛久保に帰還させた。

話が前後したが、四歳の大久保平助が兄の彦十郎から、羽根の家からふたりの男子が消えたわけをきかされている時というのは、岡崎松平の勢力が、東三河をながれる豊川《とよがわ》まで達した時でもある。豊川の東岸の吉田、さらに渥美《あつみ》半島の田原《たはら》には、今川の武将が常住して、西から寄せてくる兵威を阻塞《そそく》している。

ちなみにこの年の七月六日に、元康は改名して、

「家康」

と、なる。さらにいえば、松平を徳川に改姓するのは、三年後の永禄九年十二月二十九日である。

ここからは、元康ではなく家康という名で、話をすすめたい。

岡崎衆は家康の麾下《きか》でやすみなく戦いつづけてきた。この年の晩夏から晩秋にかけて、小憩をとっているといってよい。農繁期のあとに、家康はいよいよ豊川を越えて吉田城を攻めるであろう。

彦十郎の話はつづく。

「ひとりは討ち死にしたが、もうひとりは生きている」

と、いった彦十郎は、にがさを口もとにただよわせた。その表情をみた平助は、もうひとりの兄が難物であることを感じた。

「妙国寺にいる」

そうおしえられた平助は眉《まゆ》をひそめた。妙国寺とは、今日、行った寺ではないか。

「歳《とし》は、われとおなじだが、たいそうな暴れ者で、父上、母上のいいつけをきかず、遊びまわっては、近所のこどもを傷つけたりしたので、妙国寺へいれられた」

甚九郎《じんくろう》のことである。三条西どのの子なので、生母がちがう彦十郎と同年であってもふしぎではない。すなわち大久保忠員の妻となった三条西どのは、三人の男子を産んだことになる。

同母の三兄弟のうち、うえのふたりである忠世と忠佐は、武人としてのできが出色《しゅっしょく》であるのにひきかえ、甚九郎は、家の内外で、のである。

――できが悪い。

と、顰蹙《ひんしゅく》を買った。そういう比較にさらされつづけることに耐えがたかったのであろう、甚九郎は突如、父兄の手におえない乱暴者となった。とびこんでくる悪評に悩んだ忠員は、忠世と忠佐だけではなく兄の忠俊にも相談し、妙国寺の境内に一宇《いちう》を建てて、そこに甚九郎を押しこんだ。このままでは甚九郎の人格がゆがんでしまうので、若いうちに修省《しゅうせい》を強要するという荒療治をほどこしたといえる。

「僧になれ」

ということでもある。大八郎忠包が還俗《げんぞく》して戦死したため、一家のなかで仏に仕える者がいなくなった。甚九郎を家の外にだして僧侶《そうりょ》にするのが最善の策であった。

「妙国寺には、ひとりでは近づかぬがよい」

と、彦十郎は平助に警告した。うなずいた平助は、

――きっとその兄は鬼のような貌《かお》をしているにちがいない。

と、内心おびえると同時に、ひそかに腹を立てた。家のなかでは絶対の人で

ある父に反発したことでも信じがたいのに、三条西の母にさからったということは、あってよいことではない。父母を苦しめたのは、すでに罪である。その兄は、大久保家で生まれたとはいえ、外の凶《わる》い魂に住みこまれたのではないか。その日以来、平助は妙国寺へゆくたびに、寺域に住んでいる兄について想った。たれも甚九郎の消息について語らない。

――僧になったのではないのか。

あれこれ教えてくれる彦十郎が口をつぐんでいるということは、甚九郎が修《しゅう》道《どう》という明るい道にまだ踏みだしてはいないということであった。

さて、平助は、

「天地玄黄」

と、書けるようになった。そこで、首をひねった。

「天は玄《くろ》く、地は黄《き》である」

と、教えられたからである。夜、天空は暗くなるので、黒いともいえるが、黄色い土など、みたことがない。平助がみるかぎり、天は青く、地は黒い。書を教えてくれる若い僧にそのことをいった。

「日進《にっしん》」

と、呼ばれているこの僧は、問いに答え、教えることをいとわない。

「唐土には、動かしがたい思想があり、その思想の目で天地をみると、天は玄く、地は黄なのです」

平助は眉をひそめた。

――思想とは、何だろう。

その心の問いを心でうけたように日進は微笑して、

「まえに天とは光であるといいましたが、光がきわまると玄くなるのです。すなわち、もっとも明るいものは、もっとも暗くみえるのです」

と、いい、平助の脳裡《のうり》を混乱させた。

童子の思考は、逆説に適応するようにはつくられていない。が、日進は平助の聰明《そうめい》さをなみなみならぬものとみたので、あえて常識的な説述を避けた。

「おなじように、もっとも強い者はもっとも弱くみえ、もっとも賢い者はもっとも愚かにみえます。欲がきわまれば無欲にみえ、勝ちがきわまれば不争《ふそう》にみえます。それらのことさえ、天は玄い、ということが教えているのです」

フソウときこえた語が、争わず、と訓《よ》み、戦争をしない、という意味をもつことを知ったのは、かなりあとであるが、平助の知識が急に増えたのは、日進のおかげである、ということはたしかであった。武門の子弟である平助は、当然のことながら、強さにあこがれている。

だが、

「ほんとうの強さとは——」

と、日進に説諭されたことが、平助の精神形成に特異な明暗をもたらしたといえるであろう。たとえば、

——みずから伐《ほ》むる者は功無く、みずから矜《ほこ》るものは長《ひさ》しからず。

というのは、外典《げてん》（仏教以外の書物）の『老子《ろうし》』にある一文であるが、平助の生涯を通観すると、自身を誉《ほ》めず、自身を誇らなかったがゆえに、その功は大きく、その命運は寿康《じゅこう》にめぐまれたといえる。すなわち平助は逆説の正しさを証明するように生きぬいた。もっとも、歴史的にいえば、最大の逆説は、主権が民に在る、という思想であり、その思想に支持されたがゆえに平助・彦左衛門の名は日本国じゅうにひろまったのであり、主権が将軍と幕府にあった江

戸期では、かれの像はそれほど巨《おお》きくない。

妙国寺の境内に初冬の風が吹きはじめた。

「いくさは、近いぞ」

帰途、彦十郎は血がさわぎはじめたようにいった。

農繁期が終われば、いくさをする、というのが西三河の武士の共通の認識であるから、彦十郎の予言はいたって平凡なものであるが、それをきいた平助には忘れがたいことばとなった。

たしかに、いくさは近かった。

ただしそのいくさは、今川方との戦いではなく、西三河内で、親子、兄弟、親戚《しんせき》が二分して対立するという凄惨《せいさん》なものとなったからである。とくに大久保一門にとって重大な戦いとなった。

彦十郎と平助が羽根の屋敷にかえったとき、父とふたりの兄は外出していた。上和田《かみわだ》の大久保忠俊から使いをうけたためである。ちなみに忠俊はすでに剃髪《ていはつ》

して、

「常源《じょうげん》」

と、号していた。六十五歳になる。

羽根から坂道をくだって、上和田の屋敷にはいった忠員、忠世、忠佐は、室内の空気に重さがあることをいぶかった。

――明るい話ではないらしい。

忠員は無言のまま、おもむろに坐《すわ》った。常源の子がほとんどそろっており、めずらしいことに、忠員の兄である左衛門次郎忠次《ただつぐ》の貌《かお》もとなりにあった。

くりかえすことになるかもしれないが、常源の弟は、忠次、忠員、忠久である。それぞれが一家を建てた。ただし忠久は天文十三年に戦死したので、その家を断絶させぬために常源は次男の忠政を継嗣として送りこみ、家康の父の広忠の認可を得て家を継続させた。当然、ここには、その家の主としての忠政もいる。上和田の宗家を含めて、その四家が大久保一門の根と幹である。

首座には常源のほかに嫡子《ちゃくし》である忠勝が就いている。一門の者はその左右に列座した。

首座からもっとも遠く、しかし首座とむきあったかたちの父子がいる。衆目がこの父子にそそがれたことはいうまでもない。

父子の氏は加藤であり、父を宮内右衛門景成《かげなり》といい、子を与八郎景直《かげなお》という。ちなみに与八郎景直は、のちに大久保を称し、名も忠景《ただかげ》と改める。というのは、この加藤家は大久保家の姻戚であり、常源の妹が景成に嫁《か》して景直を産んだので、景成は常源の義弟であり、景直は外甥《がいせい》であったからである。さらにいえば、加藤家の位置は、大久保家からさして遠くない。

忠員、忠世、忠佐が坐ったのをみた忠勝は、厚い唇を動かした。

「今日ここに、集まってもらったのは、一揆《いっき》が生じるかもしれぬからである。宮内右衛門がゆゆしき報《しら》せをもってきた」

そういった忠勝は、目で景成に説明をうながした。わずかにうなずいた景成は、

「数日前に、野寺《のでら》の本證寺《ほんしょう》で、こういうことがござった」

と、語りはじめた。語り口は初老のおだやかさに終始したが、内容はそうとうにけわしかった。

野寺は地名である。その地は上和田の西南にあたり、矢作川の西岸域にある。本證寺は浄土真宗の寺である。野寺は上和田からはかなり遠く、むしろ荒川氏の居城である八ッ面城に近い。ところで、浄土真宗の信者を、

「門徒《もんと》」

と、いうのが世のならいで、かれらは寺の近辺に住んで町を形成し、寺もかれらを保庇《ほひ》するために、濠《ほり》をつくって、そこまでを寺内《じない》とした。寺内に町があるので、

「寺内町」

と、よばれる。町民はみな門徒であると想《おも》えばよい。

門徒の鳥井浄心《じょうしん》という商人は、米穀もあつかう高利貸しで、矢作川西岸の渡《わたり》村（上和田の対岸）で少々財を得てから、本證寺の寺内町に居を移して、さらに財をふやし、大きな屋敷と蔵を建てるほどの富人《ふじん》となった。その鳥井浄心が、とりいれたばかりの穀物を干しておいたところ、岡崎の若侍が馬を乗りいれて、その穀物をことごとく踏みにじった。若侍が馬を御《ぎょ》しかねたのか、わざとやったのか、仔細《しさい》は不明である。

ただならぬ物音におどろいて、屋敷から趨《はし》りでた浄心は、乱暴をじかに視《み》て大いに怒り、若侍をののしった。が、若侍はあやまらない。

「こざかしき雑言を吐くものかな」

と、いいすてて、かれは馬を返そうとした。腹の虫がおさまらない浄心は、

「狼藉者《ろうぜきもの》よ、であえや、ものども」

と、叫んだ。この大声に応じて、寺のなかと門前から人が湧《わ》きでて、それぞれが棒をもって若侍を追った。かれらは礫《つぶて》を打った。その小石が馬にあたったためか、おどろいた馬から落ちた若侍は、自身も礫に打たれ、棒におびやかされて、ほうほうの態《てい》で逃げ去った。

岡崎まで歩いて帰った若侍は、くやしくてたまらず、

「無念だ」

と、朋輩《ほうばい》に事の顚末《てんまつ》を語った。武士が庶人に打擲《ちょうちゃく》されたのである。朋輩はひとごとではないという顔つきをした。

「鳥井浄心といえば、あこぎな業《なりわい》をしているというではないか。あやつに泣かされている者は、数知れぬ。なにしろ寺内町には徳政令が効《き》かぬからな。それ

をよいことに、つけあがっている。ここで、こらしめてやろうではないか」

徳政令は徳政法ともいう。ただし厳密にいえば、行政における命令は、法とはいわず、令というのが正しいので、それはやはり徳政令であろう。質入れしたものを無償返還させるものである。借金の棒引きと解してもさしつかえないであろう。

西三河の武士は今川の苛政《かせい》に苦しめられて、家宝を売り、家財を質入れして、糊口《ここう》をしのいだ。浄心のような商人から銭を借りた者もすくなくない。今川の勢力が西三河から退去したあとも、岡崎衆の生活は豊かになっていない。たとえ家康が徳政令を発しても、寺内町には効力がおよばないので、家臣を救済することはできない。

寺内町には特権があり、それを、

「不入《ふにゅう》」

という一語で象《あらわ》してよいであろう。領主の検断《けんだん》権（警察権）が、寺内では行使されないのである。

昨年の秋に、ひと悶着《もんちゃく》があった。

出没する悪徒を、酒井正親が捕らえるべく、猛追した。逃げ場を失ったかれらは本證寺の寺内町にかくれた。かれらの住居がその寺内町であるようにもみえた。そこで酒井正親は配下とともに寺内町にはいって探索をはじめた。これが寺内町の人々を刺戟《しげき》した。ついには本證寺住持である空誓《くうせい》に、

「ここは、開山上人以来、ひさしく、不入の地ですぞ」

と、尖《とが》った声を揚げさせることとなった。たとえ領主でも手がだせぬ地に、臣下の分際で押し込むとは、言語道断である、と怒った空誓は、おなじ真宗本願寺派の寺である佐々木《ささき》の上宮寺《じょうぐう》と針崎《はりさき》の勝鬘寺《しょうまん》に、

「岡崎の違犯ですぞ」

と、つたえ、抗議の声を増大させ、家康にたいして示威《じい》運動を展開した。門徒衆が噪《さわ》いだのである。たとえば上宮寺の末道場だけでも百五もあり、そのうち六十四が三河にあるというのが文明十六年の上宮寺の記録である。それから七十九年が経《た》った永禄六年に、その数が大幅に増減したであろうか。

昔、松平家は矢作川の東岸の岩津に本拠をすえて発展し、ついに川を越えて西進し、安祥《あんしょう》城を居城とした。その背景には、門徒衆の支持があったとおもわ

れる。ところが家康の祖父の清康がふたたび矢作川を越えて岡崎へ遷《うつ》ったのは、そういう宗教力と距離をとりたかったためでもあろう。直接支配ができない勢力を恃《たの》んでいては、国力は向上しない。東三河の平定を予定している家康は、祖父と似たようなことを痛感したにちがいない。しかし西三河にある真宗本願寺勢力は巨きく、もしもそれと全面対決すれば、東進の速度がにぶるばかりか、自身さえ摩滅されかねない。

——ここは、かれらをなだめるしかあるまい。

家康は調停人を立てた。上宮寺末道場の専福寺《せんぷくじ》祐欽《ゆうきん》とその女婿《むすめむこ》の渡村の善秀《ぜんしゅう》である。が、調停は不調に終わった。三ヶ寺の住持に会ったふたりは、

「うぬらは、岡崎の手先になりはてたか」

と、ののしられ、たたきのめされて放りだされた。

三ヶ寺の僧侶《そうりょ》と門徒衆が、家康にたいしてべつの感情をもちはじめた遠因は、家康が織田信長と結んだことにある。信長が真宗本願寺勢力と良好な関係を築こうとしない事実があり、いずれ家康も同様な威圧を三河の寺と信者にくわえてくるであろうという予感と用心のなかに門徒衆の指導者がいたから、この事

件を重視したのである。

――岡崎どのは、われらをかろんじはじめた。

調停は謝罪ではない。

「岡崎どのは、われらにあやまりなされよ」

というのが、門徒衆と寺をあずかる者たちの声である。だが、家康はかれらに頭をさげなかった。したがって家康と三ヶ寺との和解が成らぬまま、今回の事件が起こったのである。

若侍たちは十四、五人で鳥井宅を襲うことにした。かれらは、夜、野寺へむかい、浄心の屋敷に踏みこみ、門戸を破り、

「今日の仕返しにきたぞ」

と、叫んだ。が、それがまずかった。寺の僧侶と町内の人々がはね起きて寄り集まり、若侍たちをみつけるや、さんざんに打擲した。寺内衆は仲間意識と自衛意識が高い。この騒動のあとに、ひとつのうわさが生まれた。

軍事を続行してきた家康は、ここにきて軍資の不足を懸念《けねん》して、その三ヶ寺に兵糧米《ひょうろうまい》の提供を求めたが、三ヶ寺はそろって拒絶した。それもあったので、

「今夜の押し込みは、岡崎どののいやがらせである」

と、考えた者がいて、それを口にしたところ、多数の者が相槌《あいづち》を打ったので、うわさとなった。このうわさは、翌々日には、西三河じゅうの門徒衆に知られた。

「昨秋のことといい、このたびのことといい──」

門徒衆はそろって憤激した。

「かならず一揆となり申そう」

と、加藤宮内右衛門景成は断定ぎみにいった。

西三河における加藤氏は、大久保氏とちがって、族としての根幹と枝葉がはっきりしておらず、もろもろの家は散在している。族人に浄土真宗の信者が多いのが特徴である。

景成の家は、中島の西南にある永良《ながら》郷にある加藤家から岐《わか》れた。その家がいわば本家で、当主である加藤三之丞教明《さんのじょうのりあきら》から、

「そこもとは、子の与八郎とともに、針崎の勝鬘寺へゆくべし」

という指図があった。緊急の会合があるという。その会合がきわめて不穏な

ものであることは、ゆかなくてもわかる。一夜、景成は子の与八郎景直とじっくり話しあった。門徒であることをやめるということは、信仰の対象をかえることであり、この父子にとって大問題である。しかしながら、

「常源どのを裏切り、岡崎の殿に弓を引けようか」

というところに、話が定まった。実際に一揆が勃発《ぼっぱつ》すれば、かれらは改宗して常源に属《つ》いて戦うつもりである。

大久保忠佐は兄の忠世と顔をみあわせた。かつて大久保一族は三木《みつぎ》松平の信《のぶ》孝《たか》（清康の弟）と犬猿の仲となり、勝鬘寺の援《たす》けを借りて、迫害をかわしたことがある。大久保一族の姻戚《いんせき》には門徒が多い。この加藤父子のようには、三ヶ寺の指示をこばめまい。

――やっかいなことになりそうだ。

忠佐と忠世が目語《もくご》していると、忠勝の声が挙がった。

「まだ決めたわけではないが、近々、ここを城砦《じょうさい》に造りかえることになるかもしれぬ」

情勢が容易ならぬ方向へむかっていることを、常源と忠勝は認めてはいるが、

——一揆の衆とは、戦いたくない。

と、意《おも》っている。

ところが上和田での会合を終えた直後に、岡崎城からの使者を迎えた。その使者に従って城に登った常源と忠勝は、

「ただちに屋敷を城とせよ。危急の際は、矢倉から貝を吹いて、われに報せよ」

と、家康に命じられた。

家康のほうがはるかに多くの情報をにぎっている。岡崎城下から幡豆《はず》郡の岡山郷へ遷っていた吉良義昭《よしあきら》が姿をくらました。どうやら、義昭は野寺の本證寺にはいったらしい。そこまでは、わかっていたのだが、今日、突如、吉良義昭は東条城にはいった。城主である松平亀千代と家老の松井忠次は不意を衝《つ》かれ、逃げるのがせいいっぱいであった。まさに奇襲であった。

——東祥（条）之城え飛上《とびあがり》て手ヲ出サせ給ふ。（『三河物語』）

吉良義昭が城を奪取したさまがそれである。本證寺の門徒のほかに八《や》ッ面《おもて》城の荒川甲斐守《かいのかみ》義広が陰助した。吉良義昭の帰城を知った吉良家の旧臣たちが、

野から起《た》って東条城に集まった。

吉良義昭と荒川義広が叛逆《はんぎゃく》したことはあきらかである。ほかに上野《うえの》城の酒井将監忠尚《しょうげんただなお》も、病と称してながいあいだ出仕しておらず、この機に乗じて岡崎を攻めるべく、叛旗をひるがえすであろう。酒井忠尚は自尊の心が旺盛《おうせい》でありすぎて、つねに不遇感をおぼえる質《たち》であり、広忠が岡崎城主であったときにも、織田信秀に通じて、松平宗家に楯《たて》をついた。広忠の歿後《ぼつご》に、今川義元に厚遇されると、機嫌を直して、おとなしくなった。ところが家康が帰国して、今川家から離れようとすると、それに難色をしめし、織田信長との同盟が成ると、出仕しなくなった。忠尚に主義や倫理があったとはおもわれず、要するに、じかに命令されることを激しく忌《い》むだけのことであろう。他人に頭をさげたくないだけである。その点、忠尚の政治力は未熟であるので、家康は脅威をおぼえなかったにちがいない。

なんといっても、家康にとって真の敵は、真宗本願寺の勢力である。大刹《たいさつ》は本證寺、上宮寺、勝鬘寺であるが、そのほかに一家衆《いっけしゅう》の寺である本宗《ほんしゅう》寺が土呂《とろ》にある。一家衆とは、本願寺法主《ほうしゅ》の血縁者をいう。

本宗寺の住持は証専《しょうせん》という。ただしこのころ不在である。そこでいま、本證寺の空誓、上宮寺の勝祐《しょうゆう》、勝鬘寺の了順《りょうじゅん》が主導者となり、門徒の武士とともに岡崎城攻めを画策しているであろう。

佐々木の上宮寺からでた兵が矢作川を渡渉して岡崎城をめざせば、まず上和田に到《いた》る。また本宗寺あるいは勝鬘寺の兵が北上しても、上和田にでる。上和田とはそれほどの要地で、その地に本拠をすえている大久保党は、それほど危険が大きい、ということでもある。門徒の武人は家康の臣下であっても、真宗信者として鎧《よろい》をつければ、仏に仕えることを優先して、主君に鉾《ほこ》をむける者が多いであろう。

浄土真宗中興の祖というべき蓮如《れんにょ》は、かつて西三河にあった真宗高田派の寺の多くを、またたくまに本願寺派に更《か》えてしまい、

「三河はわが郷党」

とさえいったとつたえられる。実際、岡崎家中の半分が門徒武士であるといってよい。かれらが大挙して上和田の屋敷を襲えば、一朝一夕に屋敷を破壊し、大久保党を殲滅《せんめつ》してしまうにちがいない。そうなると、南無阿弥陀仏《なむあみだぶつ》を唱える

大波は岡崎城をも呑《の》みこんでしまうであろう。その危殆《きたい》を恐れるがゆえに、大久保一門の総帥《そうすい》である常源と忠勝に、

「屋敷を城に造りかえよ」

と、家康はいったのである。

「うけたまわりました。さっそく、そのように――」

下城した常源は、きびしい顔つきで、

「人手が要《い》る。ふたたび、みなを集めよ。親戚《しんせき》、友人もだ。わたしは、坂部《さかべ》の家にまわってから帰る。むだ足になるかもしれぬが、そなたは渡辺の家へ行って、説いてみよ」

と、いいつけ、忠勝とわかれた。

馬上の常源は、目をあげて、天空を瞻《み》た。天空は冬の澄みをもっていた。

――天は地の不穏を映していない。

謐《しず》かさが常源の胸にしみた。

「ここまできて、内乱か……」

と、つぶやいた常源はくやしげに鞍《くら》を拳《こぶし》で打った。今川の支配から脱してま

もなく東三河の征伐をおこなおうというのに、という意味あいが、ここまできて、ということばの裏にある。

一《いっ》向《こう》一《いっ》揆《き》

大久保常源《じょうげん》は、家康の祖父の清康《きよやす》が、いかにはつらつとしていたかを知っている。

清康は戦えばかならず勝ち、その武威は四隣の国を恐れさせた。家中では、

——天下平定も夢ではない。

と、明るくささやかれた。が、清康の横死から岡崎衆の運気は暗転した。譜代の家臣は二十八年も苦しんできた。その苦しみから解放されたとたん、この内訌《ないこう》である。しかも家康にとって相手が悪い。有力者という個ではなく、一向《いっこう》専修《せんじゅ》の団体である。その団体は、いわば感情の塊《かたまり》であり、そこへは支配者の理

義が通じない。それゆえ宗教戦争には妥協も和睦《わぼく》もなく、つねに全滅させるか、全滅させられるか、という戦いになる。

——戦いがながびけば、国がこわれてしまう。

それと同時に、家康の未来に載せた夢もこわれてしまう。常源は暗然とした。

胸の重さを馬上で耐えつつ、坂部《さかべ》家へ往《い》った。常源の妻は坂部家からきた。妻の父を正利《まさとし》というが、すでに亡《な》く、当主は妻の兄にあたる造酒丞正家《みきのじょうまさいえ》である。

下馬して家のまえに立った常源は、張りのある声で、

「どなたか、おられぬか。上和田《かみわだ》の常源でござる」

と、問うた。家は静かである。やがて少年がでてきた。九歳の又十郎で、正家の長子である。又十郎は常源にむかって頭をさげてから、

「法敵《ほうてき》には会わぬ、と父は申しております。まもなく針崎《はりさき》に籠《こ》もるゆえ、お会いするのは、槍をもってからとなりましょう。おひきとりください」

と、気象のでている声ではっきりといった。針崎とは勝鬘《しょうまん》寺のことである。

その寺は、上和田から十二町しか離れておらず、そこに兵が籠もれば大久保党にとって最大の脅威となる。坂部は一族を挙げて勝鬘寺にはいるのであろう。

「法敵と申されたか……」

常源はあえて苦笑してみせた。が、又十郎は笑わなかった。その目には、すでに敵意があった。

常源はむなしさにまみれて馬上の人となった。

――法は、真宗にしかないというか。

仏教における法とは、何であろう。法とは、正義であり真理でもあろう。あなたはその敵である、といわれた常源はやるせなくなった。法華宗《ほっけ》にも、法はある、といいたい。しかるに門徒《もんと》以外の者は、法敵よばわりされる。家康も例外ではない。いや、家康こそ、法敵の首魁《しゅかい》にされつつある。

――平四郎はどうしているだろう。

急に馬首をめぐらした常源は、いぶかしげに顔をあげた従者に、

「久世《くぜ》の家に立ち寄ってから、帰る」

と、いい、さきに帰らせた。久世家は尾尻《おじり》村にある長福寺《ちょうふく》の檀越《だんおち》のひとつである。平四郎長宣《ながのぶ》の父の広長《ひろなが》は、常源とおなじ法華宗の信者なので知人であり、主君の広忠《ひろただ》が織田の攻勢に苦しめられていたころ、妻と子をつれて上和田の大

久保屋敷にきて、涸渇《こかつ》をしのいだことがある。そのころ大久保一門だけが豊かであったわけではない。族人はひとしく貧困にあえいでいた。その広長は十七年前に亡くなった。子の平四郎が内藤十右衛門正広《まさひろ》の女《むすめ》を娶《めと》ったとき、常源は祝いに往った。それからおよそ三年が経《た》ったが、その間に久世家を訪ねたことはない。家中が大きくふたつに割れつつあるこの時に、

「上和田にきたらどうか」

と、血気盛りの平四郎に声をかけたくなったのである。

家のまえに立つと、微《かす》かに子どもの声がきこえた。常源が問訊《もんじん》の声を発すると、子どもの声は熄《や》み、すぐに平四郎の妻がでてきた。妻の目に幽かにおどろきと困惑が浮かんだ。常源もすくなからずおどろいた。平四郎の妻をまともに視《み》たのは今日がはじめてであり、

――これほど夭《わか》くて美しい女《ひと》であったか。

と、驚嘆したのである。

「平四郎どのにお会いしたい」

起伏が生じた感情を均《なら》しつつ常源はやわらかくいった。平四郎の妻はわずか

に目を伏せて、

「あの……、夫は、針崎へゆきました」

と、細い声で答えた。一瞬、常源は、法華宗の平四郎が真宗の一揆に加わろうとしていることにおどろき、理解に苦しんだが、すぐに、

――なるほど、内藤の指図《さしず》か。

と、気づいた。内藤氏の本貫《ほんがん》は上野《うえの》の下《しも》村であり、上野上《かみ》村城主である酒井将監忠尚《しょうげんただなお》に属《つ》いて、家康に敵対するのであろう。

内藤は姻戚《いんせき》となった平四郎を上野に呼ばずに、激戦が予想される針崎の寺へゆけと指示したにちがいない。これが門徒の威力なのであろう。常源は坂部一門のほかに久世一門とも戦わねばならない。

常源は暗くなった目を平四郎の妻からはなさず、

「そなたは、子とともに、この家に残っているのか」

と、問うた。

「はい」

「上野へは、ゆかぬのか」

「ゆきませぬ」

細いが勁《つよ》い声である。

上野もかならず戦場になるので、きてはならぬ、と実家からいわれたのであろう。それなら、夫とともに針崎へ往くべきである。

「いくさは、いつまでつづくかわからぬ。他国の浪人がながれこんでくる。盗賊も跋扈《ばっこ》しよう。針崎や上野へゆかぬのであれば、親戚か知人の家へ徙《うつ》ったらどうか」

「郎従《ろうじゅう》がおります。それに、夫の弟が二日に一度は、針崎から帰ってきてくれます」

平四郎の弟は甚九郎という。まだ二十歳になっていないはずである。かれも門徒にまじって大久保党と戦うことになろう。針崎は上野よりもいっそう危険なので、妻を家に残したという平四郎の処断であろう。この妻は夫のいいつけを堅く守っているようにみえる。

――しかたがない。

説諭《せつゆ》をあきらめた常源は、

「きたるべきいくさでは、父と子がわかれて戦うことにもなろう。そなたの子は、門徒ではあるまい。平四郎どのが針崎にいても、あぶないとおもったら、長福寺へゆくか、上和田へ奔《はし》ってこられよ」

と、いいおいて、馬に乗った。

いまや針崎だけではなく、佐々木と野寺にも、家康を敵とする武士が雲集して、侃諤《かんがく》の謀議をおこなっているとおもうべきである。

――わが屋敷の増築をいそがねばならぬ。

と、常源は気をひきしめた。

ここまでくると家康には門徒衆をなだめる意思はないらしい。肚《はら》をすえて、その巨大な宗教勢力と戦うつもりである。上和田は大津波をうける防波堤となる。よほど堅牢《けんろう》に造っておかなければ、むざんに破壊されてしまう。

この時点で、岡崎松平家中のたれが敵となり、たれが味方となるかは、常源には的確にわかっていない。門徒武士がひとりのこらず家康に叛《そむ》けば、まちがいなく家康は殺されるか放逐《ほうちく》される。大久保党は全滅せぬまでも、生きのびる者は寡《すく》ないであろう。

——そのときは、そのときよ。

常源には亡命する気はない。父祖の地である上和田で死ぬまでだ、とおもっている。ただし孫の新八郎康忠だけは斃死《へいし》させたくない。

すでに上和田屋敷には多数が集合していた。

常源には八男五女がいる。八男のうち、

忠勝（五郎右衛門）
忠政（三郎右衛門）
忠吉《ただよし》（四郎右衛門）
忠豊《ただとよ》（喜六郎）
忠益《ただます》（はじめ忠利《ただとし》、与一郎）

という五男がそろって常源の帰りを待っていた。六男の権十郎（忠直《ただなお》）は、この年に十三歳であるので、会合にくわわることがゆるされない。以下の弟（忠岡《ただおか》と忠宗《ただむね》）については、いうまでもない。

常源から家督をゆずられた忠勝が首座にすわっている。忠勝の妻は、渡辺八右衛門義綱《よしつな》の女である。渡辺家は上和田から遠くない赤渋《あかしぶ》村にあり、かつて赤渋には真宗の道場があってそれが発展して針崎の勝鬘寺となったといわれるくらいであるから、その一族はすじがねいりの門徒である。義綱と嫡子《ちゃくし》の八郎三郎秀綱《ひでつな》は、忠勝の呼びかけに耳もかさなかったという。渡辺一門はこぞって針崎にはいるようである。

「源五左衛門と半蔵も、か……」

上和田から南へむかい、針崎をすぎて、本宗寺《ほんしゅう》よりさらに南へゆくと、占部《うらべ》(浦辺)郷があり、そこに住む渡辺家の当主が源五左衛門高綱《たかつな》であり、嫡子は半蔵守綱《もりつな》である。父子そろって槍の名手である。とくに守綱は、

「槍の半蔵」

と、呼ばれて、岡崎家中では知らぬ者がいない。そのふたりと郎党が渡辺家に近い本宗寺ではなく、勝鬘寺にはいるとなると、大久保党にとって強敵がまたふえることになる。やっかいなことに渡辺半蔵は、矢田作十郎助吉《すけよし》と仲がよい。助吉の本貫は泉田《いずみだ》といい、そこは尾張と三河の国境をながれる境川《さかい》に近い。岡崎からはるかかなたに采邑《さいゆう》をもつ助吉が、家康に臣従したことは、少々解《げ》せない。

矢田氏は清和源氏の義家流を称し、助吉の祖父の助兼《すけかね》から、松平家に仕えるようになったと『士林泝回《しりんそかい》』にはある。松平清康の威勢が三河の辺境におよんだとき、矢田家は近い水野家に仕えず、遠い松平家に従ったのであろう。たとえば三河や遠江《とおとうみ》でも北条家に従っていた者がいるのであるから、その程度の距離を疑問視してはなるまい。

助吉は昨年、松平勢の一騎として東三河の八幡《やわた》の戦いに参加しており、足を傷《いた》めた際に、渡辺守綱に助けられている。守綱が驍名《ぎょうめい》を得たのはその戦いにおいてである。そのあとの小坂井《こざかい》合戦でも、守綱の働きはすさまじく、しかも負傷して動けぬ近藤伝次郎を肩にかけて退くという仁勇を発揮している。

その渡辺守綱と矢田助吉が門徒の兵を率いるとなれば、矢田助吉と義兄弟の約束をしたといわれる蜂屋半之丞貞次《はちやはんのじょうさだつぐ》と筧《かけい》助大夫正重《まさしげ》も門徒側につくであろう。

――半之丞と助大夫は、こぬか。

常源の三女の夫が半之丞貞次であり、四女の夫が、助大夫正重の兄の又蔵正《まさ》則《のり》である。正則は、三年前の丸根《まるね》砦攻めのときに戦死した。正則には子（正《まさ》康《やす》）がいるが、助大夫正重の後見が必要であろうから、独断で上和田にはくることができない。常源は内心さびしく嗤《わら》った。

長女の夫は本多藤平重定《しげさだ》である。重定の兄はのちに高名となる本多作左衛門重次《しげつぐ》であり、かれらは門徒であったが、改宗することに決め、家康に誓書をさしだした。が、この時点では、大久保の族人たちはそれを知らず、重定と兄の重次は敵にまわると想《おも》った。

本多一門は門徒なのである。

次女の夫は黒柳孫左衛門正利《まさとし》、五女の夫は大津土左衛門時隆《ときたか》であるが、両家も門徒で、この会合にはひとりも姿をあらわさない。

多くの苦難をしのいできた常源は、ある考えがあって、上和田の大久保家を、門徒衆と紐帯《ちゅうたい》を強める方向にすすませてきたので、こういう事態となっても、やむなし、というしかない。だが、気落ちした常源を喜ばせた人物がいる。

「杉浦八郎五郎吉貞《よしさだ》」

である。この杉浦家は、遠祖が平氏の三浦氏であり、吉貞の祖父が安祥《あんしょう》城の松平信忠《のぶただ》に仕えたというから、安祥譜代である。常源の妹が上和田の北の六名《むつな》郷に住む杉浦政次《まさつぐ》に嫁ぎ、四男を産んだ。その長男が八郎五郎吉貞である。

吉貞は三人の弟のうちのふたりと、嫡子の勝吉《かつよし》を率いて、この会合にきた。なお、このときすでに勝吉が八郎五郎という通称を襲《つ》いでいたであろうから、父の吉貞は改称して大八郎五郎といっていたと想ったほうがよい。吉貞の次弟の藤次郎時勝《ときかつ》がここにいないのは、岡崎城に詰めたからであるという。

「ありがたい」

と、常源は吉貞に頭をさげた。

杉浦一門も、門徒なのである。しかもこの族は、ただの門徒ではない。上宮《じょうぐう》寺の如光《にょこう》を産んだという伝承を保持している。

如光という名は、西三河の宗教史では卓犖《たくらく》としている。蓮如《れんにょ》に絶大に信頼されたという点では、本願寺史でも欠かすことのできない名であろう。寛正《かんしょう》六年に、延暦《えんりゃく》寺西塔の衆徒が本願寺を襲い、破壊した際に、凶報をきいた如光は疾風のごとき速さで上洛《じょうらく》し、山門の襲撃は礼銭《れいせん》めあてであろう、とあたりをはばからずに大口をひらいていい、みなに、

「それほど礼銭が欲しければ、国からいくらでももってこよう。銭でかたづけよ」

と、豪語した。『本福寺跡書』に載っている譚《はなし》である。実際かれはそのように闘争を斂《おさ》めてしまった。胆知にすぐれた高僧であった。西三河における本願寺派の隆昌は如光による、といっても過言ではあるまい。

——杉浦の諸族は、こぞって一揆側へ趨《はし》るであろう。

と、おもっていた常源にとって、杉浦吉貞とその子弟が駆けつけてくれたことは、うれしい誤算であった。

さきに門徒衆の不穏を告げにきた加藤宮内右衛門景成《かげなり》もふたたび子の与八郎をともなって会合にくわわり、

「兄の家にゆき、説いてみたのですが、きいてもらえなかった」

と、常源にむかってくやしげにいった。景成は常源の妹婿《いもうとむこ》であるとはいえ、女婿《むすめむこ》がひとりもここに姿をあらわさないことを想えば、かれは常源の人格に惚《ほ》れて、門徒衆に背をむけてきたといえる。ところで、景成は、兄の家、といったが、実際は父の兄の家のことで、その当主を加藤孫次郎教明《のりあきら》という。いまや通称は、孫次郎から三之丞《さんのじょう》にかわっている。

三之丞教明は熱烈な真宗の信者で、景成の諭示《ゆし》を一喝してしりぞけた。

「そのほうは、法敵となるか。地獄へ堕《お》ちよ」

是非も利害も超えてゆく感情の声である。

話をきいた常源は、

「家の命運にかかわる事態になりつつある。ゆえに親戚《しんせき》の暴挙を匡《ただ》すべく、いちどは諫止《かんし》してみる。それが人の情よ。宮内右衛門にはおもいやりがある」

と、うなずいてみせた。ところで三之丞教明は歴史の陬僻《すうへき》で埋もれてゆく名にすぎないが、かれの子は光彩を放った。教明には生まれたばかりの男子がいて、一向一揆の終熄《しゅうそく》後に、かれはその男子を背負って西三河を去った。教明は真宗の敵となった織田信長を憎悪《ぞうお》し、信長に抗争する勢力の中心となった足利義昭《よしあき》に仕えたものの、義昭が没落してしまったので、真宗にひそかに寛容をしめしている羽柴秀吉に仕えた。教明の子も十代の前半から秀吉に仕えた。その男子こそ、加藤嘉明《よしあき》である。いうまでもなく、かれは、

「柳瀬《やながせ》の七本槍《やり》」（のちにいう賤《しず》ヶ岳《たけ》七本槍のこと）

のひとりとなり、晩年に、会津四十万石の領主となる。嘉明の葬地は東本願寺であるから、父子ともに真宗への信仰をつらぬいたといえる。

それはさておき、常源は集まりのなかに宇都野《うつの》京三郎正勝《まさかつ》と子の与五郎正成《まさなり》の顔をみつけて微笑した。宇都野氏は大久保氏と先祖がおなじで、いまは姻戚という近さにないが、遠い親戚である。

「助力してくださるのか」

常源は目礼した。

「もちろん――」

正勝の返答は力強い。

常源は弟たちをみた。次弟の忠次は、嫡子の甚兵衛忠重《ただしげ》をつれてきている。忠重は三十三歳である。そのとなりに坐《すわ》っている忠員《ただかず》は、次男の治右衛門忠佐《ただすけ》しか随《したが》えてこなかった。いぶかしげに忠員にまなざしをむけた常源は、

「七郎右衛門はどうした」

と、問うた。忠員の長男である七郎右衛門忠世《ただよ》は、大久保一門のなかの偉材であるという評判があり、ここに忠世がいないことは全員に不安をあたえる。

忠員はわずかに横をむき、忠佐に発言をうながした。

忠佐の口はすぐにひらかなかった。

常源の問いが心にとどかなかったといえる。忠佐はべつのことを考えていた。突然、おときが女児とともに消えたのである。おときが門徒であることは知っていた。が、大久保党が門徒の敵になるとわかったとたん、忠佐を憎み、産んだ女児まで抱いて、屋敷から去るとは、どういうことであろう。おときの実家は野寺《のでら》にある。当然、羽根《はね》を出たおときは本證寺の寺内町に逃げこみ、そこに籠《こ》もったということであろう。それとも、実家からひそかに人がきて、おときと女児をさらっていったのか。いずれにせよ、忠佐の心は昏《くら》い。

「治右衛門よ。忠世が、なにゆえここにこぬのか、そなたの口から申せ」

父の声によってゆすぶられた感じの忠佐は、衆目にさらされている自分にようやく気づき、あわてて常源のほうに顔をむけて、

「ただいま来客があり、少々、遅参するとのことです。病ではありません」

と、答えた。みなはほっと表情をゆるめた。すかさず首座にいる忠勝が、

「殿のおいいつけで、この屋敷を城に造りかえねばならぬ。かたがたも家族とともにここに住んでもらう。そのためには家屋を増し、塀を建て直すなど、なすべきことが多い。明朝までに人数を集めて、増築にとりかかってもらいたい。

門徒衆の蜂起《ほうき》は必至である。ここが激戦地となることはいうまでもない。どれほどいそいでも、いそぎすぎるということはない」

と、いってから、屋敷の図面をひろげた。どこをどのように拡《ひろ》げて家屋を建てるか、みなの意見と希望をききつつ、朱筆で書き入れをおこない、そのあと、その図面をもって立ち、与力してくれる人々に増築予定の土地をみせた。忠員も羽根の屋敷にいる者をのこらずここへ移すのである。人だけではなく建物も移すといったほうが正確であろう。

「平右衛門どのは、搦手《からめて》を守っていただきたい」

と、忠員は忠勝から声をかけられた。すると当然、屋敷を裏門近くに建てなければならない。

「きいているか、忠佐――」

この父の声に反応しない忠佐は、ぼんやりと茜雲《あかねぐも》をながめている。

そこへ、兄の忠世が趨ってきた。地はすでに昏い。

「おそくなりました」

忠世は容儀にくずれのない男なので、まず宗家の忠勝に遅参の詫《わ》びをいい、ついで叔父の忠次に会釈《えしやく》し、忠次の子の忠重とは仲が良いのでみじかくことばを交わし、それから父と弟のもとにきた。

忠佐はまなざしをけわしく忠世にむけて、

「帰ったのか」

と、低い声で訊《き》いた。

「うむ……」

あいまいにうなずいた忠世は、これ以上忠佐に問われたくないのか、父の忠員のわきに寄って話をはじめた。

さきに忠佐が、忠世に来客がある、といったのは、なかば妄《うそ》である。客ではない。来訪したのは忠世の友人である本多弥八郎正信《まさのぶ》と弟の三弥《さんや》左衛門正重《まさしげ》である。

その兄弟は、そろって世間での評判が悪い。兄の正信は、

「むごき者」

と、いわれ、薄情さで有名であり、弟の正重は、

「腹あしき人」

と、いわれ、腹を立てやすい、短気者として知られている。ちなみにこの年に正信は二十六歳であり、正重は十九歳である。
本多一門はことごとく門徒である。だが、事態が深刻化して、家康と本願寺派の勢力の衝突が避けられないとわかった時点で、それぞれの家は独自の選択をおこない判断をくだすこととなった。本多一門には大久保一門のように指導的な宗家というものがない。
西三河にあるおもな本多家は、
平八郎系（忠勝《ただかつ》と叔父の忠真《ただざね》）
彦三郎系（広孝）
弥八郎系（正信と弟の正重）
作左衛門系（重次と弟の重定）
などであるが、本多平八郎と叔父の忠真は家康の命を承《う》けてただちに浄土宗に改宗し、岡崎松平家への忠誠をあきらかにした。本多彦三郎広孝は家康に信用され厚遇されているという自覚をもっているので、叛渙《はんかん》するはずがなく、ためらうことなく嫡子《ちゃくし》の彦次郎康重《やすしげ》を人質として岡崎城へ送り、浄土宗に宗旨《しゅうし》をかえた。ちなみに康重の康は、家康の偏諱《へんき》である。本多作左衛門重次と弟の重定については、さきに述べた。残る一派は本多弥八郎正信の家である。弥八郎正信は三年前の丸根砦攻めの際に、足に重傷を負った。以来、歩行がなめらかではない。

——これでは武功を樹《た》てられない。

三河は武の国である。文才も商才も尊重されない。正信は苦しんだ。他の本多家をみれば、着々と地歩を占《し》めているではないか。とくに本多広孝の躍進ぶりはめざましく、

——それにひきかえ、わが家は……。

と、意《おも》えば、ちかごろ自分にむけられる家康のまなざしに冷えがあるように感じられ、ますます前途が昏くなった。

「いっそ、他国へゆくか」

と、ため息をまじえて弟の正重と語っているときに、本證寺から使いがきた。

「一揆か——」

正信の容貌《ようぼう》に生気がよみがえった。門徒衆の力で領主を倒し、合議制で国を

運営する。そういう国を虚空《こくう》に描いた。正信には策謀家という一面がある。さっそく本證寺へ往《ゆ》き、情報を掌握し、兵略を練った。いうまでもなく、門徒衆の勝利とは、岡崎城を攻め取り、家康を殺すか追放することである。さいわいなことに、家康にはばかられるほどの実力者である上野城の酒井将監忠尚《しょうげんただなお》が門徒衆に味方してくれるという。すると岡崎城を北からも攻めることができる。

「われは上野城にはいる。そなたは勝鬘寺にはいれ」

と、正信は弟にいった。

いうまでもなく南から岡崎城へむかう門徒の兵が主力である。それにたちはだかるのは、

「大久保党か……」

と、正信はつぶやいた。本證寺をでたこの兄弟は、矢作川《やはぎ》を渡り、羽根に立ち寄った。

「七郎右衛門に、話がある」

応対にでた忠佐は、本多の兄弟をみて、露骨にいやな顔をした。

――兄を一揆に誘う気だな。

と、察したので、奥にいた忠世に、

「ふたりは殿への叛逆をそそのかしにきたに相違ない。会うまでもない。追い返しましょう」

と、忠佐は烈《はげ》しくいった。が、忠世は、

「もしも、そうであれば、弥八郎は道をあやまる。わたしがひきとめるしかあるまい。それが友というものだ」

と、おだやかにいい、ふたりと面会した。

はるかのちに正信によって著されたといわれる政道書『治国家根元』に、

万民ハ天地ノ子ナリ。君ハ父母ノ惣領ノ如シ。

という語句がある。天の子を天子といい、地の子を后《こう》すなわち侯というのが、中国から渡来した思想であることがわかれば、その表現はずいぶん革新的である。君主というものは、父母のようなものであり、また、一族の長のようなものでもある。それゆえ、君主は家の内の者をあわれみ、国の内の者に恵みをほどこさなければならない、と著者はいっている。

そこには宗教色がまったくないが、もともと正信には狂信的な要素はなく、理性が克《か》っている。その理性が、家康を批判し否定したがゆえに、一揆に加担する気になったのである。

「政治とは、要するに、公平さの実現である。ところがいまの殿では、それはできぬ。これからも、できぬであろう」

忠世のまえに坐った正信は、そう切りだした。

——弥八郎には、なみなみならぬ見識がある。

忠世はそうおもったがゆえに、

「本多のあの兄弟は……」

と、大久保の族人たちがいちように眉《まゆ》をひそめるなかで、正信との友情を切断せずにきた。人とは情でつきあうものであり、理でつきあうものではない、というのが、農業を重視し商業を軽視する三河人の根元の思想であり、その点、正信は異類であった。また、正信は読書家でもある。書物に接する者がきわめてすくない三河人のなかで、忠世は生母のおかげで幼いころから書冊に親しみ、書癖《しょへき》をもった者との友誼《ゆうぎ》を尊重した。

とはいえ、ここにあるのは、書林におけるのどかな談義ではない。

「弥八郎よ、一国の主とは、能力の有無で定まるものではなく、いわば天によって決められる。家臣は矩《のり》を踰《こ》えてはなるまい。一揆は、君への叛逆であり、僭越《せんえつ》よりさらに悪い。もしも殿が悪そのものであれば、一揆を起こして倒さなくても、おのずと斃《たお》れる。そうはおもわぬか」

忠世の言志《げんし》には澄みがある。その澄みにはねじれのない性格が反映されている。

わずかに横をむいて哂《わら》った正信は、

「おのずと斃れるのを待っていては、そなたとわれは、老年になってしまう」

と、いった。忠世は笑わない。

「われらが老人になるまで、岡崎松平家が衰亡しないのであれば、正義は主家《しゅか》にあり、門徒にはない、ということではないか」

「七郎右衛門――」

にわかに正信の目つきがけわしくなった。

「大久保家は、いまの殿に厚遇されているか。先代の道幹《どうかん》（広忠）さまが、後嗣《こうし》の位を失って、他国をさまよいながら、奇福によって帰城できたのは、ひとえに上和田の常源どののお働きによる。しかるに道幹さまは、旅次《りょじ》つねに左右にいた阿部大蔵《おおくら》に、政事をおまかせになり、常源どのを遠ざけた。忘恩の主家というべきではないか。いまの殿もおなじで、酒井家については雅楽助《うたのすけ》を重用し、本多家に関しては彦三郎に目をかけている。大久保家もわが家も、殿の眼中にはない。やがて両家は、犬馬のごとく酷使されて、棄《す》てられる」

この正信の言説は、なかば正しい。

流浪《るろう》の主というべき広忠を岡崎城主に復帰させるために、国内で尽力した者たちは、さほど優遇されず、すぐに広忠の政治に失望した。たとえば常源とともにいのちがけで広忠帰城の策を練った大原左近右衛門は、事が成就《じょうじゅ》したあと、広忠から十五貫文の知行地をさずけられたものの、ほどなく酒井将監忠尚とともに、広忠に重用されはじめた石川安芸守《あきのかみ》と酒井雅楽助を糾弾《きゅうだん》する側に立ち、広忠が両人に何の処罰もおこなわないとみるや、離叛した。常源も離叛組につれられそうになったが、かろうじて広忠側へ趨《はし》った。家中の政争の波をまともにうけたというべきで、内訌《ないこう》にかかわりたくない常源は迷惑であったにちがいない。離叛勢力から強烈に怨《うら》まれた常源は、上和田から羽根へ退去し、勝鬘寺の力を借りて、家族と一門の者を守りぬいた。その勝鬘寺を敵とすることで、大久保一族は忘恩の徒になりさがるのか、というのが正信の論旨である。

「恩は、勝鬘寺にあり、主家にはない」

そこまでわれにいわせるのか、という顔つきを正信はした。

忠世は憮然《ぶぜん》とした。

「常源さまが、勝鬘寺への報恩を忘れようか。これは苦渋の選択である。なんじが苦しげでないことのほうがいぶかしい。本多の家を建てることができたのは、主家のおかげではないか。法主《ほうしゅ》がいちいち手をさしのべてくれたわけではあるまい」

「法主は侵略のために人を酷使せず、人を殺さぬ。迫害する者と戦うだけだ」

正信の語気はますます烈しくなった。忠世も負けてはいない。

「門徒衆が殿を倒したとしよう。それから、どうする。たれが三河の国を治めるのか。三ヶ寺の大坊主と酒井将監、荒川甲斐守《かいのかみ》、吉良左兵衛佐《さひょうえのすけ》などが集まっては、治要《ちよう》を定めてゆくのか。できるはずがない。三日で分裂し、ふたたび乱が生ずる。それくらいのことが、なんじにわからぬはずはない」

正信は鼻で哂《わら》った。

「七郎右衛門は、寡聞《かぶん》だな。加賀を知らぬのか」

七十五年前の長享《ちょうきょう》二年に、加賀の門徒衆は結束して、守護の富樫政親《とがしまさちか》を倒した。以来、かれらは自治を保持している。加賀にできたことが、三河でできぬはずはない。忠世は門徒の力を軽視しすぎている。

「知らぬ」

と、忠世はあえていった。

三河と加賀はちがうのである。富樫氏は守護であったが、岡崎松平氏は守護のような高みの職で坐看《ざかん》していた族ではなく、京都の伊勢氏の被官であったときがあり、いわば土着の代官で、地生《じば》えの根の深さは、本願寺派の猛威にさらされても耐えられるものである。それに、今川の支配から脱して、ようやくここまできたのに、もしも門徒衆と上野《うえの》の酒井、東条《とうじょう》の吉良などが勝てば、ふたたび今川の力が西三河へ及んでくるという恐れを、家中の半分はもっている。門徒衆に力を貸している有力者が、今川色をもっていることが、一揆側を暗くしているといえる。

「考え直せ」

正信と忠世は、おなじことをいいあった。正信は理想主義者で忠世は現実主義者であったともいえようが、この激論はかたすみに冷静さをもっていた。ふたりはたがいに相手の論述に、一理ある、とひそかに認めていた。

ふたりがいいあっているあいだ、正信の弟の正重は、黙りこくっていた。正信が忠世を説伏することをあきらめて立つまで、かれは無言であった。そういう正重を、忠世は心の目で観察していた。

——変わり者だが、短気ではない。

そう感じたので、兄につづいて忠世に背をむけた正重に、

「三弥よ、そなたも上野へゆくのか」

と、声をかけてみた。が、正重は答えなかった。かわりに正信が、

「弟は、勝鬘寺へいれる」

と、答えた。忠世は慍然《うんぜん》と眉をあげた。

「弥八郎は弟を死なせる気か。針崎はよせ。上野へつれてゆけ」

しかし正信の背も、もはや応《こた》えなかった。忠世は舌打ちをしながら起《た》ち、

「ゆえに、弥八郎は、むごき者といわれるのだ」

と、烈しくいった。上和田は門徒衆に襲われやすいが、針崎の勝鬘寺も家康側の兵に狙《ねら》われやすい。すなわち両処に籠《こ》もる兵は、死に比《ちか》いといえる。正信はまだ男子をもうけておらず、弟は家を保つに大切な存在である。その弟を激戦が予想される寺へ投げ込む正信の非情さを、忠世は理解できない。ただし、と忠世は想念をずらした。正信が門徒側の戦略に深くかかわっているとすれば、

——弟を使番《つかいばん》としたのか。

と、考えられなくもない。正重は上野城と針崎を往復することになる。それなら、死から遠くなろう。

しかしながら本多の兄弟が一揆にくわわることを諫止《かんし》できなかったという事実は厳然としてあり、忠世は不快をひきずりながら、上和田の屋敷へ行ったの

である。

ここで、忠世より遅く到着した者がいた。

「父上、遅くなりました」

と、遠くに声があった。落照《らくしょう》がすでに消えているので、声の主の貌《かお》がわからない。

「あれは、四郎五郎であろう」

と、忠員がいった。

四郎五郎とは、阿部忠政《ただまさ》のことである。忠政は大久保左衛門次郎忠次の次男として生まれた。ところが、後嗣《こうし》を合戦で喪《うしな》った阿部四郎兵衛定次《さだつぐ》の家が断絶しかねないことを愁《うれ》えた常源が、弟の忠次に懸《け》念《ねん》をうちあけ、諒解《りょうかい》した忠次が次男を四郎兵衛の家へいれたのである。ちなみに四郎兵衛は阿部大蔵定吉《さだよし》の弟である。

それほど大久保家と阿部家は強い親交があった。

なにしろ常源の母は阿部大蔵定吉の叔母である。大久保家と阿部家は姻戚《いんせき》として良好な関係にあった。しかしながら、この関係が綻《ほころ》びはじめたのは、大蔵定吉と三木《みつぎ》松平の信孝《のぶたか》（清康の弟）がするどく対立したせいである。大蔵定吉は家康の父の広忠に絶大に信用されて、専横ぎみに家政の切り盛りをおこなった。広忠の後見《こうけん》の地位にあった松平信孝は、大蔵定吉を嫌っていたせいもあって、そのお手盛りの政治を痛烈に批判した。ついにふたりは私闘を敢行した。ただし与党のすくない大蔵定吉は、

「三木松平家は宗家である岡崎松平家をないがしろにした」

と、きめつけて、私闘の色を消して、信孝を叛逆者《はんぎゃくしゃ》にするという巧敏《こうびん》さを発揮した。

困惑したのは常源である。かれは大蔵定吉に親しかったが、それ以上に信孝に親しかった。当時の軍制では、大久保党は信孝の麾下《きか》にあった。忠世の父の忠員は、他の譜代衆とともに三木城にいたのである。ところが信孝の敵が広忠になると知って仰天し、広忠のもとへ趨るべく、三木から逃げたということもあった。その退去の際に、忠員が他の譜代衆を説いて、多数を引き揚げさせたので、信孝の怨みを買い、大久保党は執拗《しつよう》に目のかたきにされた。あまつさえ、大蔵定吉からは疑阻《ぎそ》された。むずかしい立場に追いこまれた大久保党は、実際

に信孝を討つことで、広忠への忠義をみせねばならなかった。内訌の愚かさと悲しさを常源は痛感した。

広忠は薄徳なので、叔父である信孝を活《い》かせなかった。その余波は大きく、すくなからぬ家臣を織田方へ趨らせた。それが実相なのであるが、常源は一言も広忠を批判せず、離叛した譜代衆を誹訕《ひせん》することもしなかった。これが大久保家の家風であり、それを定めたのは常源であるといえる。

内訌が熄《や》んだあと、大久保家と阿部家の関係は修復されたものの、以前ほどの親密さはない。

阿部四郎五郎忠政にはふたりの父、すなわち養父と実父がいるわけで、養父の許可を得なければ、上和田へくることができない。

「阿部四郎兵衛どのは、純気《じゅんき》の人だけに、むずかしい人でもある。よくゆるしをだしてくれた」

と、忠員はほっと息を吐いた。

阿部四郎兵衛定次は、流亡の主君であった広忠を、辛苦をいとわず守りぬいた人である。その不撓《ふとう》の忠誠心は利害を超えたところにあり、家臣の鑑《かがみ》といえるものである。しかも、帰国してから、兄の大蔵定吉が広忠の政事を輔《たす》ける地位に就いたにもかかわらず、定次はおのれの功を鼻にかけず、利を求めず、政権から遠ざかった。大久保忠政はそういう定次の女《むすめ》の婿《むこ》となり、阿部家の嗣人《しじん》となったのである。

「四郎五郎どのの弓矢があれば、百人力です」

と、忠世の声がはずんだのも当然で、阿部忠政は家中で一、二をあらそう弓術の名手である。かつて松平勢と戦った織田の将士は、忠政の弓勢が尋常ではないと感嘆して、矢を贈ってきたことがある。忠政の武功はかずかずあるが、そのなかでも織田の武将である柴田権六勝家を倒した弓矢はすさまじかった。三河と尾張の国境にある福谷《うきがい》城を守っていた酒井忠次を援《たす》けるべく、忠政は大久保党の諸士とともに急行した。城はほどなく柴田勝家、荒川新八郎らの兵に攻められた。城内にいた将士はくりかえし出撃して、先駆けの敵兵である早川藤太を斃《たお》した。いちど木戸のなかに引き揚げていた大久保忠勝（このときの通称は五郎右衛門ではなく新八郎）は、それをみて木戸をひらき、その首を獲《と》ろうとした。そこに柴田勝家が駆けつけて、忠勝を槍で突き伏せた。

——やっ、新八郎どのが、危い。

と、看《み》た忠政は、すばやく矢をつがえて放った。この勁矢《けいし》が勝家に中《あた》った。かれの体軀《たいく》は馬上から地面に墜落した。あわてて走り寄った従者が勝家を馬に乗せて逃げ去ろうとしたので、

「のがさぬ」

と、叫んだ忠佐が、その馬を槍で突いた。が、遠ざかる勝家をしとめることができなかった。とにかく忠政の一矢《いっし》が織田の将士に脅威をあたえたことはまちがいなく、勝家が退却したあと、羽根の家にもどった忠佐は、

「本家は四郎五郎どのの矢でいのちびろいをした。あの弓矢が敵方になくてよかった」

と、兄の忠世に語った。忠世は福谷城にはゆかなかった。忠世は弓矢から鉄炮に関心を移しているが、それでも、

——あの弓矢は特別だ。

と、忠政に敬意をいだいている。

忠世はそういう敬意を表したくなったのであろう、父のもとを離れて、声が

するほうへ趨った。青黒い地の上になかば影となった大久保忠次とふたりの子が立ち、語りあっていた。声をかけにくいふんいきであったが、あえて忠世は、

「四郎五郎どの、七郎右衛門でござる。このたびはご助勢くださるのか」

と、軽く頭をさげた。わずかに忠世のほうに顔をむけた忠政は、

「さよう」

と、いっただけで、それ以上は語らず、口をつぐんだまま目をそらした。父子で大切な話をしているのに、割ってはいるな、といいたげである。

「失礼つかまつった」

忠世は忠政の不機嫌さにふれたおもいで、踵《きびす》をかえした。忠世が十代のころ、忠政とおなじ戦場を踏めば、かならず温かい励声《れいせい》を忠政からかけられた。が、忠世が二十代のなかばになったころから、忠政の態度によそよそしさがみられるようになった。

「四郎五郎どのに、迷惑をかけたことがあるのだろうか」

考えあぐねた忠世は、いちど忠佐に訊《き》いたことがある。忠佐は鈍感な男ではないが、忠政の態度にさほどの変化があったとは実感していないので、

「考えすぎでは――」

と、答えた。忠政という人は大久保家に生まれながら阿部の氏を背負わなければならなくなったおのれの運命を呪《のろ》うような性質をもっていない、と忠佐はみている。まして、直接にかかわりのない羽根の大久保家の者に、険《けん》をむけるわけがあろうはずはない。

「そうか。気のせいか」

忠世は懸念を払いのけたつもりであったが、今日も、忠政からは冷えたものを感じた。

「かたがた、屋敷に集まってもらいたい」

この忠勝の声に、外にいた全員が屋敷内にもどり、常源の訓辞をきいたあと、散会した。

忠佐に元気がない。明朝、おときを捜しに野寺へゆく、と忠佐がいうので、忠世は強い声で諫止《かんし》した。

「やめておけ。捕らえられて殺されるぞ。本證寺の主将は石川にちがいないが、加藤もくわわろう。宮内右衛門に頼んで、おときを捜してもらおう」

熱心な真宗信者がそろっている加藤一門は、大久保党へ趨《はし》った加藤宮内右衛門景成とその家族を白眼視しているであろう。それでもいくさにかかわりのない人捜しには協力してくれるのではないか。

「ふむ……」

忠佐は顔をあげなかった。羽根の屋敷にもどったあと忠佐は父の忠員に呼びつけられて、

「おときのことは、きいた。おときが女児を抱いて去ったことの裏には、なんじに知られたくない事情があったのだろう。それでも、なんじに迎えにきてもらいたいのであれば、手がかりを残しておいたはずだ。それがない、ということは、捜されると迷惑だと、いっているのだ。おときの幸せを、よくよく考えてみよ」

と、きつくいわれた。うつろにうなずいて退室した忠佐は、ふと気づいたように、

「おさか――」

と、平助《へいすけ》の母を呼びとめた。

「おときから、何か、きかされたことはないか」

おさかとおときは仲が良い。夜中に屋敷をぬけでるおときをみたとすれば、おさかを措《お》いてほかにいない。おさかは無類の正直者である。家中ではそういわれており、忠佐もそうみている。たとえおときに口止めされていても、妄《うそ》をつけない性分であろう。

おさかは土間に膝《ひざ》をそろえて坐《すわ》り、頭をさげた。

「申しわけありません。まったく気づきませんでした。ちかごろおときどのは、おもいつめたような顔をして、おやえさまをみつめていたことは、わかっていたのですが……」

おやえは、女児の名である。平助とおなじ年に生まれたので、今年、四歳である。

「さようか……」

おもいつめたような顔は、忠佐にはみせなかったおときの顔である。忠佐にはうちあけられない苦悩がおときにあったということであろう。その苦悩が昂《こう》じて、おときは羽根の大久保屋敷から去ったのであり、門徒衆の一揆にはかか

わりがないのかもしれない。ひとつ、ため息をついた忠佐は、おさかのまえにしゃがみ、

「平助はおやえに親しかった。おやえから、きいていたことがあれば、何でもよい、わたしにおしえてくれ」

と、小声でいった。

おときが羽根の大久保家で三条西どのに仕えるようになったのは、四年前の永禄二年であり、勝鬘寺の僧侶《そうりょ》の紹介による。その際、野寺に住むというおときの父がつきそってきた。家中で働く女たちのなかでおときの美しさはきわだっており、女には関心の薄かった忠佐がはじめて心を撼《うご》かされた。父の忠員はおときを観察していて、

――養女にしようか。

と、三条西どのにいったことがある。が、忠佐はおときをみごもらせて、そういう父のおもわくを潰《つぶ》した。

「おとき、どこへ行った」

この夜、忠佐は妄想にさいなまれて、寝苦しかった。

早朝からは、移住の仕度にとりかからねばならない。日が昇るとともに、多くの住民が集合し、忠員と忠世の指図に従って、家具を運びだした。明日にも、屋敷を解体して、上和田へ移築するのである。ねむりの足りない忠佐は、からだを鈍げに動かし、あくびばかりをしている。そこにおさかがあたりの目をはばかるように歩み寄った。忠佐のあくびが止まった。

「おお、平助に訊いてくれたか」

「はい」

と、小さく答えたおさかは、ここでは話しにくい、と目で語《つ》げた。

「よし、廏《うまや》へゆこう。馬にきかれるだけなら、かまわぬ」

ふたりはさりげなく廏にはいった。物音と人の声が遠い。馬は騒がず、ふたりをいぶかしげにながめている。

「何か、わかったか」

「平助が、おやえさまからきいたことなので、うそかまことか、たしかめようがございません」

「平助は賢い。まことのことであろう」

「では、申し上げます」

おやえの祖父、すなわちおときの父は、十四年前に死んだらしく、おときの兄も十年前に死んだようである。さらに、おときの在所は野寺ではなく、矢作川をさかのぼった山間である。平助が憶《おぼ》えているのはそれだけである、とおさかはいう。

「おときの父は、十四年前に亡《な》くなった……」

では野寺からつきそってきたおときの父とは、何者であるのか。おときに兄がいたことも、忠佐はまったく知らなかった。


夕《よる》、女と幼児は上和田の屋敷へ移り、男だけが、家具も板戸もない屋敷内に衝立《ついたて》を立てて寝た。冬の夜風が屋敷内をながれている。忠佐は寝るまえに、兄の忠世に、おときの謎《なぞ》の多い出生《しゅっしょう》について語げた。

「美女には、秘密が多いというわけか。美しさにも正《せい》と邪《じゃ》がある。良妻となり賢母となる人の美しさは正だ。母上がまさにそれよ。が、そうならぬ美女のすべてが邪であるとはいわぬ。おときの美しさは、妖《よう》、だな。正にも邪にもなる。夫となる人しだいだ」

忠世ははじめておときについて感想をいった。おときに怪しさを感じていたということである。

――兄はおときをそう視《み》ていたのか。

忠佐はおときの妖婉《ようえん》さに眩惑《げんわく》されていたのか。しかし父がおときを養女にしたいという意《おも》いをもっていたのは、おときに人をそこなうような妖妄《ようぼう》さをみなかったからであろう。兄よりも父のほうが女というものをよく知っているはずである。そうおもった忠佐は、萎《な》えた自分の気持ちを立て直した。

「おときに妖気があるのなら、わたしがそれを消し去ってやる。とにかく、おときに会わなければ、話にならぬ」

「ふむ……」

と、忠世は相槌《あいづち》を打ったものの、疲れはてたらしく、すぐに寝入ってしまった。

――しょせん、他人事《ひとごと》か。

深夜の風の音をきいていたのは、さまざまな不吉な想《おも》いに纏絡《てんらく》された忠佐だけである。

翌朝、屋敷のとりこわしがはじまった。屋根は瓦葺《かわらぶ》きではなく板葺きなので、とりはずされるのが早い。梁《はり》や柱などを上和田へ運んだ忠佐は、城からつかわされた大工たちを視た。

「殿のご配慮よ」

と、五郎右衛門忠勝が誇らしげに親戚《しんせき》衆に語っている声がきこえた。大工たちとともに城からきた武士を、田中彦次郎義綱《よしつな》という。かれは常源の無二の親友の子で、岡崎城に詰めていたのだが、家康に呼ばれて、

「大久保党を援《たす》けよ」

と、命じられた。常源は田中彦次郎の来援がよほどうれしかったらしく、

「かたじけない」

と、くりかえしいった。

彦次郎の父の末広《すえひろ》も長い貧餒《ひんたい》に苦しんだひとりである。岡崎城に近い菅生《すごう》郷に領地をもっていたが、今川の苛政《かせい》に圧迫された。かつて末広は岡崎城の二の

丸の番をつとめたことがあり、そのとき、五郎右衛門と称していた常源に、

「どれほど辛苦をかさねてご奉公しても、譜代衆は手と手をとりあって、飢え死にするということになりはしないか」

と、こぼした。そのころ貧しいのは大久保家もおなじであったので、さすがの五郎右衛門も、譜代衆のゆくすえを明るく予言することはできなかったものの、自分自身もはげましたかったのであろう、末広にあえてなぐさめの声をかけた。それをきいた末広は、肚《はら》をすえなおしたようで、

「このさき、お慈悲《じひ》のない主君があらわれれば、代々積んできた忠節を、河にながすまでよ」

と、きっぱりといった。末広は家康の帰国をみとどけず、天文二十二年に亡くなった。我慢にも限度があるというのが譜代衆の真情であり、もしも家康が非情で凡愚であれば、かれらの大半が織田家へ趨っていたであろう。が、さいわい家康は衆望にこたえられる器量をもち、今川の勢力が、潮が干《ひ》くように東へ引いたいま、一向一揆に国の基をくずされてたまるか、というおもいが貧困から脱した彦次郎には強い。彦次郎は真宗の信者であるが、父の代から菅生の

満性寺《まんしょう》の檀越《だんおち》であり、満性寺が本願寺派ではなく高田派（親鸞《しんらん》の弟子の系統）に属しているので、一揆に加担するつもりはない。西三河にある高田派の寺はそろって家康方である。

「苞苴《みやげ》があります」

と、口調をはずませていった彦次郎は、城から運んできた木箱をあけた。五挺《ちょう》の鉄炮があらわれた。贈り主は家康である。

「おお、ありがたい」

常源はその鉄炮を、表門に三、裏門に二というようにわけた。裏門の守りは忠員にまかされているので、ちょうど上和田にきていた忠佐が呼ばれて鉄炮を渡された。それを忠佐の弟の勘七郎忠核《ただざね》が目を輝かせてのぞきこんだ。この年、勘七郎は十三歳である。

「鉄炮が好きか」

いきなり忠佐は勘七郎に一挺の鉄炮をおしつけて、好きであればうまくなる、あとのひとつを七郎右衛門に渡せ、とぶっきらぼうにいった。忠佐は鉄炮に関心がない。

上和田屋敷の外にも多くの小屋が建ち、普請《ふしん》のために多数が朝から夕まで立ち働いた。その労働力の徴集が、大久保一門の実力というものである。さいわい工事は雨にさまたげられなかった。羽根の屋敷が解体されたあと、忠員らはしばらく小屋に住んだ。ただし忠員の妻の三条西どのは、一門の女のなかで特別な存在であるので、母屋《おもや》にはいって、宗家の忠勝の妻である渡辺八右衛門の女《むすめ》とともに、各家の女たちに指図をあたえた。

工事の進捗《しんちょく》を見守っている常源は、

――おなじように三ヶ寺と本宗寺も防備を厚くしているであろう。

と、想った。この想像はけっして楽しいものではない。一揆方の本営というべき野寺の本證寺の構えは大きく、しかも堅固で、寺というより城郭である。

杉浦大八郎五郎吉貞は、常源のもとにきて、

「寺に、続々と牢人《ろうにん》どもがはいっています」

と、諗《つ》げた。門徒衆は兵力不足であるはずはないが、それでも兵をかきあつめている。一揆方の総兵力は、一万になるのではないか。それほどの兵力をかかえつづける財力が寺と門徒衆にはある。それにひきかえ、上和田砦に籠《こ》もる

武士は三十数名であり、従者をくわえた兵の数は二百未満である。一揆方の大軍に襲われれば、この砦は嵐《あらし》のなかの小舟のようにまたたくまに淪《しず》む。

——ただし……。

と、常源はおもう。一揆方の兵力は分散している。野寺、佐々木、針崎、土《と》呂《ろ》、上野、桜井、東条、野羽《のば》、大草《おおくさ》などが一揆方の拠点で、そこに兵が集合している。もしも一揆の指導者に雄才《ゆうさい》がいて、大計をもってそれらの兵をまとめて率いることができれば、岡崎城さえ一朝にして陥落させることができるであろう。しかしながら、一揆方にそれほどの大器はいない。上野城の酒井将監《しょうげん》は将器として上等であるが、城に拠《よ》っているかぎり、門徒衆を総攬《そうらん》することはできない。東条城を奪い取った吉良義昭は、その尊貴さでは卓立しているが、全軍を指麾《しき》するには遠くに居すぎる。おそらくその城は、前城主の松平亀千代や家老の松井忠次の兵に攻められ、義昭は防戦に明け暮れて、門徒衆を援けるどころではなくなるであろう。

すると、一揆方の総大将は、野寺にいる石川広成《ひろなり》ということになる。広成の父の清兼《きよかね》は名臣というべき傑士であったが、広成には驍名《ぎょうめい》はない。

砦が完成しないうちに、門徒衆の兵に襲われるということが、ないわけではない。それゆえ、警戒のために、常源は三男の四郎右衛門忠吉と四男の喜六郎忠豊を見張りに立たせた。

忠豊は十八歳のときに、家康が水野信元と戦った石ヶ瀬の戦いで首級を挙げた。それだけでもわかるように、気象になみなみならぬ烈《はげ》しさをもっている。それにくらべて忠吉はおとなしい。今年、二十九歳になるが、これといった武功を樹《た》てておらず、妻帯もしていない。忠吉は何に関心があるのかわからぬ男だが、なにをやっても、そつなくやる。戦場ではなく家政の内側で役に立つ男になろう、と常源はみている。ただし三河では武功がすべてで、それをもたぬ者はさげすまれる。忠吉のおとなしさは、性格によるものだけではなく、武辺にひけめをもっているせいでもあろう。

表門の近くに忠吉をみた常源は、目を細め、

――あれにとっては生きにくい世だが、なにごとにも、不満をみせぬところがよい。

と、おもっているうちに、突然、ひとつの影が脳裡《のうり》をかすめた。

「四郎右衛門——」

常源は忠吉を呼んだ。忠吉は趨《はし》ってきた。その趨りかたにも忠吉のものがたさがあらわれている。戦いが近いという予感をもった常源は、久世平四郎の家がどうなっているのか、気になったので、忠吉にみてこさせることにした。

「妻女が困窮しているかもしれぬので、米を渡してくるのだ」

常源はそういいつけた。ほとんどの門徒衆は妻子をともなって寺に籠もる。だが、久世平四郎は法華《ほっけ》宗徒であるためか、妻子を家に残している。門徒衆がこぞって米を寺へさしだしているさなかに、平四郎が寺から米をもちだせるはずもなく、平四郎の妻は飢えはじめているのではないか、と常源は心配した。

こういう使いは、忠豊では疎漏《そろう》が生ずる。忠吉の人あたりのやわらかさが活《い》きるであろう。

忠吉は生涯きわだった逸話を残さなかったが、かれの比較的なだらかな生きざまのなかで、平四郎の妻をはじめてみたおどろきは、事件であったといってよい。

「上和田の常源にいいつけられて、まいりました。常源の子の四郎右衛門という者です」

この声に、いぶかしげに顔をみせた平四郎の妻は、すこしやつれていた。が、そのやつれが、忠吉の同情を誘って、もちまえの美貌《びぼう》がまっすぐに忠吉の胸にとどいた。とどいたというより、深くえぐった、といったほうが正確であろう。忠吉が、人に美しさを感じたのは、これが最初である。魂がふわりと浮いた。そこから上和田にもどるまで、なにをいい、どのように帰ったのか、忠吉にはまったく憶えがない。

「平四郎の妻女は、米をうけとったのだな」

と、常源に念をおされて、忠吉はうなずいたものの、米を久世家に置いてきたという実感がないので、不安をおぼえた。帰途、米を路傍に落としたかもしれないが、いまさら捜しにゆけるわけではない。

翌日、見張りに立った忠吉は、まなざしを虚空《こくう》にただよわせ、ため息をしきりについて、精彩を欠いた。みかねた忠豊が、

「兄上、体調が悪いのであれば、休んだらいかがか」

と、いったが、その声にも忠吉は反応しなかった。とうとう長兄の忠勝がで

てきて、

「四郎右衛門、むりをするな」

と、見張りをやめさせ、屋敷内の清掃《せいそう》にあたらせた。忠吉にかわって見張りに立ったのは、忠豊の弟の与一郎忠益《ただます》である。

急造の上和田砦はおよそ十日で竣工《しゅんこう》した。砦の内外の小屋をとりこわし、大久保一門と与党の全員が、砦内で起居することができるようになった。寒さにふるえる小屋住まいをまぬかれた喜びが、砦内に盈《み》ちた。

——これが城というものか。

四歳の平助ははじめて戦闘を想定して集合した人々の気迫にふれた。砦内には幼児もすくなくない。子どもたちを攬《まと》めるのは、宗家の嫡孫《ちゃくそん》である新八郎である。新八郎は弟の新七郎に弓術をおしえ、忠世の子の千丸に剣術をおしえた。千丸すなわち忠隣《ただちか》の初陣《ういじん》は、この上和田砦における攻防戦であるといわれる。

汗をふいた新八郎は、平助をみつけて近寄り、

「妙国寺で遭《あ》ったな。いま習っている文字を、ここに書いてみよ」

と、木刀で地をたたいた。平助はしゃがんで木片を拾い、

「南無妙法蓮華経《なむみょうほうれんげきょう》」

と、書いた。

「なんだ、千字文ではないのか」

新八郎は苦笑を新七郎にむけ、平助を黙殺するように歩き去った。その後ろ姿を睨《にら》みつけた千丸は、平助の頭をなでながら起《た》たせて、

「よう書いた」

と、称《ほ》めた。平助にはまたしても千丸のやさしさが染《し》みた。

ほどなくそこに常源が忠勝とともにさしかかり、足もとの南無妙法蓮華経の文字に目をとめた。

「五郎右衛門、これは題目《だいもく》ではないか」

「まことに――。土に題目を書くとは、不敬です」

「ふむ、たれが書いたのか」

「あ、これ――」

忠勝はまだ砦内に残ってこまかな補修をおこなっている大工をみつけて、声をかけた。大工は釘《くぎ》を打つ手をとめて、かしこまった。

「ここに、文字を書いた者をみなかったか」

「新八郎さまが、幼い者に、何かをおいいつけになっておられましたが……」

大工は、大久保一門の子どものみわけがつかず、新八郎しか知らない。

常源がその文字のまえから動かないので、忠勝が新八郎をさがして、いきさつを問い質《ただ》した。もどってきた忠勝は、

「この文字を書いたのは、平右衛門の子の平助です。平助はまだ四歳だそうです」

と、語《つ》げた。常源の眉宇《びう》に微《かす》かにおどろきがあらわれた。

「新八郎が題目を書けといったのか」

「いいえ、平助は妙国寺で真名《まな》を習っており、いま習っている文字を書けと新八郎はいったそうです」

「それが、これか」

と、常源はあらためて地面の文字を凝視しつつ、なにゆえ新八郎はおどろかぬ、とつぶやいてから、

「五郎右衛門よ、わが家が大久保の宗家であるのは、そなたまでであろう。こ

の文字を書いたのは平助であるというより、日蓮上人《にちれんしょうにん》である。上和田砦を上人がお守りくださるというお告げなのだ。それが新八郎にはわからぬ。よいか、この文字を人の足に踏ませるな」

と、厳しい口調でいい、怏鬱《おううつ》をかくさずに立ち去った。

「さっそく、そのように——」

忠勝は文字を保護するために小さな結界《けっかい》をつくらせた。そのあと新八郎を烈しく叱《しか》った。

「なんじは目の前のものも、みえぬのか」

なぜ叱られるのか、新八郎にはわからなかったであろう。

叱られる者もいれば、称められる者もいる。

常源は気分をあらためて三条西どののもとへゆき、

「平助は、どのような子であろうかな」

と、あえておだやかに問うた。勘のよい三条西どのは、さりげなく常源の表情をさぐった。

「平助が、何か、いたしましたか」

何か、というのは、何か悪い事を、ということである。常源が弟の子について質問したことは、かつてない。

「いや、いや、いたずらをしたわけではない。ふしぎさのある子ではなかろうか」

「ふしぎさ……」

それは三条西どのにとって、意外なことばではない。源氏物語絵巻をのぞきこんだ平助を憶《おも》いだして、柏木《かしわぎ》の苦しい臨終を平助がみぬいたことを、義母としてまた源氏物語をよく識《し》る者として、微かな誇りをこめて語った。

常源は目を細めた。

常源の父の忠茂《ただしげ》は、松平清康の謀臣のひとりであり、ただ武をもって仕えた人ではなく、調儀とよばれる策を用いるしなやかさと器局をふくんでいた。むろんその血を常源も、弟の忠員も、うけついでいる。策とは、活用された知恵の一面であるにはちがいないが、その深間《ふかま》には、人とは何であるのか、という観照がある。そういう観照の素地が、独特な感覚にみがかれて、政略ではなく、文芸のほうへ伸びて花を咲かせることはありうる。

——平助は大久保一門での珍種かな。

内心、幽かに笑った常源は、

「なるほど、尋常な感受ではない。三条西どの、大久保一門の存命は、そこもとの子にかかっている。わが愚かな子孫を、よろしくたのみます」

と、頭をさげた。それから忠員の子が集まって薪割《まきわ》りをしているところへ行った。突然、常源があらわれたので、忠世はおどろき、

「何か、ご用でしょうか」

と、いった。

「いや、用は済んだ。にぎやかな声がきこえたので、のぞいてみたくなっただけだ」

「さようですか」

忠世は弟たちに、常源さまだ、頭が高いぞ、と大きな声でいい、全員の頭をさげさせた。

常源は忠世に問うことなく、

——平助とは、あの子だな。

と、みわけていた。平助はきわだって美しい童子というわけではなく、三河ではよくみかける無骨者《ぶこつもの》を予感させる顔立ちである。ときどき眉《まゆ》を寄せて顔をしかめる。それが心裏の繊細さを表しているといえなくないが、たんなる気むずかしさとみることもできる。

――人とは、この程度の眼力しかもたぬ。

と、常源は自戒した。だが、神仏は平助の非凡さをみぬき、あのような題目を書かせて、常源を驚嘆させた。しばらく平助を観察した常源は立ち去り際《ぎわ》に、忠世の耳もとで、

「平助は熱心に真名を学んでいるときいた。父からゆずりうけた墨《すみ》がある。平助にやってくれ」

と、ささやき、あとでその墨を忠世にとどけさせた。中国墨である。仮名《かな》のない中国で作られた墨は、当然漢字を書くのに適している。

「平助は、地に題目を書いたそうではないか。千丸からきいたぞ。それを常源さまがお喜びになり、この墨をくださったのだ」

忠世は弟たちに墨をみせてから、平助にさずけた。

明《みん》の墨である。明王朝の万暦《ばんれき》年間は、日本の天正元年から元和《げんな》五年までにあたる。その間に天才的な墨匠《ぼくしょう》がふたり出現した。程君房《ていくんぼう》と方于魯《ほううろ》である。平助に渡された墨は、万暦よりかなりまえに作られているので、二大巨匠の墨ではないが、それでも良質な松煙墨《しょうえんぼく》である。長方形の角がすべてまるく、表には文様、裏には文字が彫られている。その文字を平助は読むことができなかった。

「その墨を源秀《げんしゅう》（忠茂）さまがもっておられたということは、清康公から下賜《かし》されたものではあるまいか」

と、忠世がいったので、みな目をまるくした。清康が遺《のこ》した最大のものは岡崎城であり、ついで大樹寺《だいじゅ》の宝塔である。最小のものは、この墨かもしれない。

食事のあと、忠世は忠佐に目くばせをした。

「おときは、父母とともに本證寺にいる。おやえもいっしょだ」

「まことですか」

忠佐の体貌《たいぼう》に生気がよみがえった。

「まちがいない。宮内右衛門がしらべてくれた。この戦いが終わったら、迎えにいけばよい」

忠世はおときが熱烈な真宗信者だとおもっている。宗教上の理由で、おときが羽根の屋敷から去ったのであれば、事情は比較的複雑ではない。おときの所在があきらかになったのはよいが、忠佐の胸中が晴れわたったわけではない。おときは文字を書ける。

「阿弥陀《あみだ》さまに弓をひけませぬ」

とでも書き遺して、おときがでていったのであれば、忠佐は納得できるが、理由がそれだけではなかったので、何も書き遺さなかったにちがいない、と忠佐はおもっている。幼いおやえをつれていったわけも、わからない。

翌日、岡崎城から密使が到着した。

「本多作左衛門らが、佐々木の上宮寺に忍び込んで、火を放つので、それを援《たす》けよ」

家康の密命とは、それである。

「作左は一揆方に趨《はし》ったのではなかったのか」

常源はすこし安堵《あんど》した。作左衛門の弟の与十郎重定は、常源の女婿《むすめむこ》であるが、会合にこなかったので、作左衛門の族は一揆側についたとおもっていた。

しかし常源の表情は曇っている。

戦いとはふしぎなもので、さきにしかけたほうが負ける。桶狭間《おけはざま》の戦いが、端的な例である。一揆方の兵が動かぬうちに、急襲するのは、家康の焦《あせ》りとみなされる。うけて起つほどの余力が家康にはないのであろうか。

密使がかえったあと常源は忠勝に、

「殿は門徒衆を挑発なさっている。この急襲は得策ではなく、門徒衆をますます怒らせ、戦いをながびかせるだけになろうが、主命であれば、辞するわけにはいかぬ。七郎右衛門に人数を属《つ》けてやれ」

と、いった。上和田から矢作川を渡れば、佐々木は遠くない。決行は明朝であるので、未明に川を渡ることになる。大久保党の指麾《しき》は忠世にまかされた。忠世は群弟のなかでは勘七郎忠核までつれてゆくことにした。勘七郎は目を輝かせ、鉄炮をしきりになでた。

いくさとなれば、忠佐はおときへの想念を遠ざけておかねばならない。

「佐々木には、すくなくとも五、六百の兵はいる。そのなかで矢田作十郎がもっともうるさい。たやすくはゆくまい。また、危急を知って、野寺から多数が駆けつけてくる。それまでの勝負とみる」

と、忠佐はいった。上宮寺に侵入してながながと戦っていると、本證寺から発して北上してくる兵に、退路を断たれて、矢作川を渡れなくなる、と忠世に忠告したのである。忠佐はいくさの勘が抜群によい。

「わかっている」

忠世はうなずいた。が、この奇襲の兵を率いる将は本多作左衛門であり、作左衛門が退くまえに戦場から離れるわけにはいかない。そこで忠世は、参戦する加藤与八郎景直に、

「野寺からいつ兵がでるかわからぬ。武功の場から切り離すのは心苦しいが、そちらの見張りをたのみたい」

と、ねんごろにいった。与八郎はいやな顔をせず、

「こころえました。つきましては、勘七郎どのをお借りしたい」

と、いった。鉄炮の音を警報としてつかいたいということであろう。

「おお、戦場に慣れぬ者ゆえ、こきつかってくだされよ」

与八郎は微笑した。かれはつねに忠世に敬意をいだいている。宮内右衛門と

いい与八郎といい、加藤の父子は忠世に特別な好意をもっているのではないか。

そうみている忠佐は、与八郎がしりぞいてから、

「兄上は与八郎を家来にしたいのではないか」

と、いってみた。

「できれば、な」

「与八郎も、それを望んでいるのではあるまいか」

忠世は一笑した。

「たがいの望みがかなうためには、わたしが大身《たいしん》にならねばならぬ」

忠世は今年三十二歳という壮年にあり、戦功はすくなくない。だが、家康が独立したのは三年前なので、それ以前の手柄はどれほど大きくても、今川家に賞されなかった。そういう非情さにさらされたのは、むろん、忠世だけではない。譜代の家臣たちは自家の貧窮はあとにして、岡崎松平家がたちゆくことを願望したのである。

家康の西三河平定がすすみ、酒井雅楽助《うたのすけ》正親に西尾城《にしお》(旧西条城)が与えられたとき、家臣の多くはひそかに羨望《せんぼう》のため息をついたが、家康の領地がすく

活をしているのである。

「なにゆえ雅楽助だけが厚遇されるのであろうか」

などと、あからさまに不満の声を揚げる者はいなかった。家康とて質素な生

ないことを知っているので、

ついでながら、酒井正親はこの永禄六年に四十三歳であり、松平清康《きよやす》に仕えて愛顧され、広忠《ひろただ》を輔《たす》けて信頼された。家康の母であるお大《だい》が広忠から離別されたときは体調をくずして正親の屋敷で療養したといわれる。正親がこまやかなこころづかいのできる人物であることは疑う余地もなく、その目くばりのよさが武事にもあらわれ、まずいいくさをしたことがない。要するに、柔と剛を兼備した武人であり、岡崎松平家の家政のためになくてはならない重臣である。家康がまっさきに正親に城を与えたのは、亡父を智《ち》で支え、誠を尽くしてくれたこと以上に、苦境にあった生母へのいたわりに感謝したかったからであろう。

忠世にもそれくらいはわかる。

他家とちがって、岡崎松平家の家臣は、武功はあたりまえである。それによってすぐに知行が増大するわけではない。まず主家を大きくしなければならな

い。

「四十になるまえに、城をもちたいものだが……」

と、忠世は幽かな苦笑をまじえていった。

「殿は危地に立っておられる。ここでの働きは、つねの戦場より、十倍以上の値《あたい》がつく。殿はそういう算用をなさる」

「わかったようなことを、いうではないか」

「わかっていますとも」

そういいながらも、忠佐は計算高い男ではない。羽根の大久保家は上和田の宗家の下にあり、しかも忠佐は忠世の下にいる。下は上を押しあげる陰の力でしかないと割り切っている。

夕《よる》になった。まず本多作左衛門が弟の与十郎とともに十数人の兵を率いて砦にきた。それから夜半にかけて、続々と兵がやってきた。ざっと算《かぞ》えれば、百という兵数である。これが奇襲部隊であった。

浄珠院
じょうじゅいん

「一筆啓上、火の用心、お仙泣かすな、馬肥やせ」

という手紙は、日本で最短の手紙であるといわれる。

それを天正三年に武田軍との決戦場となった設楽原《したらがはら》の陣で書いたのが、本多作左衛門重次《しげつぐ》であり、その妻宛《あて》の手紙によって、かれの名は不朽となった。

が、三河の門徒《もんと》衆が蜂起《ほうき》した永禄六年は、その日本一有名になる手紙が書かれた年より十二年もまえであり、作左衛門は三十五歳である。かれは剛胆さをもっていながら、目くばり、気くばりをおろそかにしない人であり、この上宮《じょうぐう》寺奇襲策戦においても、大久保七郎右衛門忠世《ただよ》など、諸将と入念にうちあわせをおこなった。

矢作《やはぎ》川右岸域にある上宮寺を焼き払えば、一揆《いっき》側の前線にある拠点を喪失させることになるので、家康にとっては今後の戦いが断然有利となる。しかし失敗すれば、火に油をそそいだだけとなる。

作左衛門はすこしまえまでは門徒衆のひとりであった。宗旨《しゅうし》を替えたから上宮寺に火をかけることに良心の呵責《かしゃく》をおぼえない、というものではあるまい、と忠世はみている。が、こと宗旨替えにかぎらず、諸事においていったん決断した以上、逡巡《しゅんじゅん》をみせないのが作左衛門の性格であり、ここでも、奇襲にてごころをくわえるという話をいっさいださなかった。

――この人は、殿への信仰が、阿弥陀仏《あみだぶつ》へのそれより、篤《あつ》い。

と、推察した忠世はひそかに感動した。忠世にかぎらず大久保一門の人々は、真宗寺院からうけた恩を忘れておらず、門徒衆と戦うことに割り切れなさをおぼえていたのである。だが、作左衛門はそういうあいまいさのなかにはいない。家康を苦しめるものは、神仏であろうと、赦《ゆる》しがたい敵なのである。

ながいあいだ三河人は現世を悲観的にみざるをえなかった。生きていることは、苦痛であった。せめて死後は、その苦痛からまぬかれたい。そういう願いと真宗の本義とが合致した。だが、家康の帰国とその後の躍進は、

——この世も捨てたものではない。

という別趣の情想を群臣に芽生えさせた。生に苦があり、死に楽がある、という心思の定型をこわすほど家康の存在は明るく大きくなった。真宗への信仰をなげうった作左衛門は、旧来の三河人との別れ際《ぎわ》に立っているといってよく、主君への忠がすべてを踰《こ》えてゆくという武士道の創始は、宗教との格闘を経なければありえなかったということである。

「でよう」

この作左衛門の声に、諸将は鋭気をこめた声で応《こた》え、兵はするどく起《た》った。西進したかれらは、火の数をへらして、未明の矢作川を渉《わた》った。冬の川である。水の量は多くない。

対岸の渡《わたり》には門徒衆の家が多い。かれらに気づかれると上宮寺へ警報を送られ、この奇襲は未遂におわらざるをえない。この百人という集団は、じつに静かに、しかもすみやかに渡を通過し、牧内《まきうち》にはいった。牧内には庶流《しょりゅう》の松平家

があったが、永禄以前に断絶している。すなわち矢作川の左右の岸には、分岐した松平家が多いということである。佐々木《ささき》にもかつて松平家はあり、家主の三左衛門忠倫《ただのり》が広忠にさからったため潰《つぶ》されたが、弟の三蔵が今年の六月に、兄の旧領をさずけられたので、その家は再興されている。ただし佐々木は上宮寺の勢力に包含《ほうがん》されているので、家康側の三蔵がむずかしい立場におかれていることはたしかである。この奇襲は、三蔵には報《しら》されていない。

牧内を過ぎるといよいよ佐々木である。

上宮寺は高地に建てられているわけではなく、その防衛は勝鬘《しょうまん》寺や本證《ほんしょう》寺より重厚ではない。

作左衛門はいちど兵馬を停止させて、上宮寺を遠望した。すでに天空は白く、寺の容《かたち》は闇《やみ》からぬけつつある。

「では――」

と、作左衛門は忠世にまなざしをむけていった。かれは三十ほどの兵を率いて湿地のほうへまわる。いわば搦手《からめて》攻めである。

門徒であった作左衛門は、上宮寺の寺域についてはくわしい。寺の裏にまわり、人の歩行をゆるさない湿地にむしろを敷き、その上に板をわたして寺に近づき、塀を乗り越えた。それまでにかなりの時がかかり、あたりはすっかり明るくなった。

「寺に煙が立ったら、表から攻めてくれ」

と、作左衛門にいわれている忠世は、哨戒《しょうかい》の兵に気づかれぬように、寺から離れて待機していた。が、いっこうに煙はみえない。まもなく寺内ばかりでなく、野にも人が動きはじめるであろう。

「煙が昇るまえに、日が昇ってしまう」

と、忠佐は作左衛門の作業のゆるやかさを嗤《わら》ったが、あせりをみせないところはさすがであり、忠世のほうが焦《じ》れていた。

寺内から炊煙《すいえん》が昇りはじめた。その煙の多さが、人の多さであった。煙は集まったものの高くは昇らず、まるで霧が生じてただよっているようにみえる。その風景は、戦乱の風雪のなかの、つかのまののどかさを象徴しているようであり、寺内に住む者たちの安寧《あんねい》を突然破りにゆく忠世は、

――やりきれぬ。

と、おもった。作左衛門のように冷徹に心情を革《あらた》めることができぬ自分がある。

「おっ」

たれが発した声かわからないが、するどい声が忠世を打った。寺の屋根のうしろから黒煙が立ち昇っている。寺内の人々の夢を焚《や》く煙である。

忠世は起った。この瞬間、雑念が剝《は》がれ落ちた。

「ゆくぞ――」

それに喊声《かんせい》で応えた兵は、表門に直進した。

寺内がにわかに騒然となった。人の声と物の音がいりまじって大きくなった。門を破壊するには時がかかりすぎるので、すべての兵が堀を越え、塀によじのぼった。なかにはいった忠世は、すぐに、

「門に火をかけよ」

と、配下に命じ、退路を確保した。門扉《もんぴ》をあけはなっても、また閉じられてしまう。兵を残して門を守らせると、小さな兵力がさらに小さくなる。門を焼き落としてしまったほうがよい。

火焔《かえん》が立つ門を背にして忠世は寺門をめざした。そこが作左衛門と出会《しゅっかい》する場所で、忠世は寡兵《かへい》しか率いていない作左衛門を擁護して引き揚げる、というてはずになっている。

表門から寺門まで直進できぬように家屋がならんでいる。そのなかから怒号とともに門徒の武士が涌出《ようしゅつ》した。門徒の兵はみるみるふえて、忠世配下の兵数をうわまわった。

「法敵めが。地獄に堕《お》ちよ」

門徒の兵はくちぐちにそう叫び、襲いかかってきた。いつのまにか路は逆茂木《さかもぎ》でふさがれている。

――やむなし。

忠世は家屋と家屋のあいだの小路をぬけた。ほかの兵は家の戸を蹴倒《けたお》してなかにはいり、住民の悲鳴を片耳で聞き捨てにして、裏口からぬけた。

忠佐は兄から離れずに小路にはいろうとしたが、わずかに遅れたらしく、そのせまい路は敵兵にふさがれた。ここでは、槍で突きあうというより、たたきあうという闘いかたしかできない。家康は三間柄《さんげんえ》より短い槍を嫌ったので、三河の武士がもつ槍は長い。ただしこの日の忠佐の槍は長身《ながみ》で柄は短い。忠佐のうしろを従者が衛《まも》っているとはいえ、ほかの敵兵に後方を閉じられると、逃げ路がなくなるので、忠佐はじりじりとさがって、従者とともにもとの路にでるや、走った。

戸がかたむいている家がみえた。

「あそこを、ぬけるぞ」

ふたりは家のなかに飛び込んだ。暗い。忠佐が足もとをさぐるまもなく、殺気に襲われた。幽暗《ゆうあん》のなかから突きだされた槍鋒《そうほう》を、肩にあてていた槍の柄で払い、その槍を手放すと同時に、大刀をぬいて踏み込んだ。その刃は、殺気を両断した。

「げっ」

と、嘔吐《おうと》するような声とともに、槍と人が倒れた。血が匂《にお》った。

「与兵衛……」

悲鳴が挙《あ》がった。女の声である。微光のなかに皎《しろ》い貌《かお》が浮かんだ。

「おとき——」

忠佐は自分の目が信じられなかった。おときは本證寺の寺内町にいるのではなかったか。この忠佐の声に、おときはおどろいたらしく、

「ああ……」

と、哀《かな》しげに叫び、両手で貌を掩《おお》ったまま、居竦《いすく》まってしまった。

一瞬、忠佐の脳裡《のうり》は混乱した。

なにゆえ、おときがここにいる、と問い質《ただ》すまえに、自分が斬《き》ったのがおときの養父であることに気づき、とりかえしのつかぬことをしたという痛烈な悔いにさいなまれた。暗さに目が慣れてきた忠佐は、足もとに仆《たお》れている与兵衛の息をうかがった。

「与兵衛どの」

この蘇生《そせい》を願う声に、与兵衛がわずかに反応した。

「羽根の治右衛門でござる」

与兵衛の唇が微《かす》かに動いた。

「ああ、治右衛門さま……、おときさまは、ぜんこうさまの御息女です。どうか――」

あとは、声ではなく弱い息となり、まもなくその息は絶えた。ゆるせ、と忠佐はつぶやいた。与兵衛の槍には鋭気があり、それが武士であったあかしである。

——ぜんこう、とは、たれか。

などと考えているひまはない。すばやくおときの肩を抱きあげた忠佐は、

「さあ、ここをでるのだ。おやえはどこにいる」

と、叱《しか》るようにいった。おときは涙をながしつつ立ったものの、蹌踉《そうろう》としている。忠佐の手は女のからだの重さを感じた。

「本證寺の、お笹《ささ》のもとにいます」

お笹とは、おときの養母であろう。忠佐はお笹に会ったことがない。

「よし、おやえとお笹は、かならずわたしが迎えにゆく。そなたはわが屋敷へもどるのだ」

そういいきかせた忠佐は、おときの身を従者にあずけ、槍をうけとった。そのとき、門徒の兵が、数人、どっと家のなかにはいってきた。先頭の武士は炯々《けいけい》と目を光らせ、

「うぬは大久保党か。大久保党は仏罰をも恐れず、女をさらってゆくのか」

と、忠佐をとがめた。

「これは、わが妻だ。妻を家に連れもどして、どこが悪い」

「何をぬかすか。人を殺して、女をかどわかすとは、不逞《ふてい》なり。この法力《ほうりき》のこもった刃を、うけてみよ」

すさまじい気魄《きはく》が馮《の》った白刃《はくじん》が、忠佐の鎧《よろい》を切った。その刃は忠佐のからだを傷つけなかったが、衝撃を感じた忠佐は、

――並《な》みの手練《てだれ》ではない。

と、察した。とりかこまれると、ここで斬殺《ざんさつ》されるであろう。

いきなり忠佐は裏口へ趨《はし》った。

おびえた従者はおときを放して、家の外へころがりでた。

忠佐を追って、するどく家のなかからでてきたのは三人である。

路上まで旭光《きょっこう》がとどき、家のなかの暗さに慣れた目にはまぶしいほど明るい。

忠佐は槍をかまえた。相手の槍もおもむろに動いた。ときどきたがいの槍の穂先が光り、それが光芒《こうぼう》となったとき、闘いがはじまった。槍があうたびに火花

が生じた。

「ほう、なかなか、やる」

相手は息を荒らげることなく忠佐を称《ほ》めた。忠佐の知らぬ顔である。

——牢人《ろうにん》にしては、陋《いや》しくないな。

と、忠佐はひそかに感心した。容貌《ようぼう》もそうだが、槍術《そうじゅつ》に気格の高さがある。

年格好は、三十代の前半といったところである。かれはほかのふたりを制《せい》して忠佐に武器をむけさせない。戦場での容儀も悪くない。が、突然、そのふたりが長刀をかまえた。忠佐のうしろに声があった。

「治右衛門、ここにいたのか」

兄の忠世の声である。ふりむかなくてもわかる。忠世は三人の兵とともに走ってきた。

——ちょうど、よい。

と、おもった忠佐は、二、三歩さがって、

「兄上、おときがいた。すまぬが、かわってくれ」

と、大声でいうや、槍をかかえて、家のなかに急行した。その影を目で追う

ことなく、いちど槍を立てた忠世は、
「大久保七郎右衛門、弟にかわって、お相手いたそう」
と、慇懃《いんぎん》にいった。
「なるほど、大久保兄弟か。蟹江《かにえ》七本槍は妄《うそ》ではなかったな」
と、おなじように槍を立てた牢人は、軽く笑った。
蟹江は尾張にある地名である。位置は海に近く、津島《つしま》の東南にあたる。八年前に、今川義元は織田信長を牽制《けんせい》するために、蟹江城を松平の家臣に攻めさせた。そのとき、兵を運ぶ船をだしたのは、おそらく服部左京助であろう。服部左京助はことあるごとに信長に楯《たて》をついた豪族のひとりである。
城攻めには、大給《おぎゅう》松平の親乗《ちかのり》が先鋒《せんぽう》となり、猛攻をおこなったが、武名を高めたのは、大久保党であった。蟹江七本槍と称揚されたその七人とは、
大久保忠勝
大久保忠員
大久保忠世
大久保忠佐

阿部忠政
杉浦吉貞
杉浦勝吉

である。まえに述べたように、阿部忠政は大久保常源（忠俊）の弟の子で、阿部家の養子となった者であり、杉浦吉貞は常源の妹の子であり、勝吉は吉貞の子である。

——蟹江のことを知っているのか。

忠世は少々おどろきつつ、槍をかまえて、

「いざ——」

と、胆力のある声を発した。

「戸田三郎右衛門……」

牢人はようやく名乗った。槍が動いた。

——田原《たはら》の戸田か。

忠世はすぐに気づいた。家康に臣従している戸田氏は、氏光《うじみつ》と一西《かずあき》という父子しかいない。かれらの先祖が、渥美《あつみ》半島を領有していた田原の戸田憲光《のりみつ》である。氏光の家の始祖は、憲光の子（おそらく次男）であり、この家は田原の宗家から岐《わか》れて岡崎の松平清康に従った。

田原の戸田氏は、憲光から政光《まさみつ》、政光から宗光《むねみつ》というように代が累《かさ》なり、宗光とその子の堯光《たかみつ》のときに、岡崎から駿府《すんぷ》へ送られる人質の松平竹千代をたくみに掠奪《りゃくだつ》して尾張の織田信秀《のぶひで》へ売ったため、今川義元の怒りを買って、今川勢に攻め滅ぼされた。十六年前のことである。

その田原合戦で、今川勢と戦った将士のひとりが戸田三郎右衛門忠次《ただつぐ》である。当時、忠次は十七歳であった。

忠次の父は光忠《みつただ》（あるいは忠政《ただまさ》）である。ちなみに祖父が政光である。

田原城の陥落時に、この父子は脱出した。西三河に居をすえた父は、牢人のまま、重原《しげはら》の合戦に参加して討ち死にした。重原は苅屋《かりや》城の東に位置し、知立《ちりゅう》に近い。その地は織田と今川の勢力がもみあったところで、合戦は天文十七年と二十三年にあった。父を喪《うしな》った忠次は流《る》浪《ろう》して、佐々木に住むようになったのである。が、かれは門徒ではない。

この永禄六年には、忠次の陋宅《ろうたく》に、三人の弟と五歳になる男子がいる。

郎という嫡男《ちゃくなん》は、成人となって三郎九郎清光《きよみつ》と称し、天正三年の遠江《とおとうみ》・諏訪原《すわばら》城攻めにおいて十七歳で戦死する。のちに家督を襲《つ》ぐ甚九郎尊次《たかつぐ》は永禄八年生まれなので、この時点ではまだ生まれていない。

忠次は幽《くら》さのなかで苦しい呼吸をつづけていたといってよい。

戸田氏は家康に従っている家のほかに、今川家に属している二《に》連木《れんぎ》戸田家がある。二連木は東三河の吉田から遠くない。が、忠次はその二家に頼らなかった。

――田原で戦って、生きているのは、われのみ。

この纏綿《てんめん》たる念《おも》いは、落城のくやしさと本家の誇りをともなって、なかなか風化しない。二連木戸田家はいちはやく今川家に平身低頭して田原の本家の敵にまわったという事実があるので、

――節操のない家だ。

と、忠次は嫌悪《けんお》している。そんな家の主に憐《あわ》れみを乞《こ》うのであれば、死んだほうがましである。だが、そういう強がりをいえぬほど忠次の家は貧窮している。

「この戸田という氏が——」

わが身に祟《たた》っている、と忠次はおもう。家康さまを売った家、と松平の家臣はいちように反感をもつ。反感をもたれても忠次が西三河にいるのは、今川も織田も好きになれなかったからである。とくに今川は仇敵《きゅうてき》である。また、田原の本家は織田に使嗾《しそう》されて滅亡への途《みち》に踏みこんだ。忠次はそう信じている。

前途に希望の光を失った忠次は、本家の宗旨である曹洞宗《そうとう》から離れて、阿弥《あみ》陀《だ》仏《ぶつ》の名号をとなえるようになった。自力の弱さとどうにもならぬ運命を知って、静修《せいしゅう》しはじめたのである。この静修が運命を変転させる力となったのか、それにはかかわりなく運命が変わろうとしたのか、あたりがにわかに騒然となった。

上宮寺が兵を集めていることを知った忠次は、

——これでしばらく食いつなげる。

と、考え、三九郎と三人の弟とともに寺内に移り、門徒の兵にくわわったのである。

家康の兵に、今朝、上宮寺が急襲されたことに、忠次はおどろいた。不意を

衝《つ》かれておどろいたというより、

——家康は、それほど一向一揆を恐れ、苦境に立っているのか。

と、推察して、おどろいたのである。このとき忠次は、旱乾《かんかん》の川辺で涸渇《こかつ》する魚にあたえる一掬《いっきく》の水は、大海を泳ぐようになった魚にあたえる船いっぱいの餌《え》にまさる、と考えた。運命の苦雨《くう》を浴びてきた忠次には、たちどころにわかることであった。他人の機微がわかっても、わからぬものである。人はほんとうに苦しまねば、他人の機微はわからぬものである。他人の機微がわかっても、わかったということを表現しなければ、真にわかったことにはならない。そこまで忠次はわかっていた。苦難と貧困は人の精神を鍛えるものである。

「いざ——」

と、忠世と槍を合わせた忠次は、すでにおのれの悲運から脱する着想を得ていた。それゆえ、余念のある忠次の槍は、忠世の無心の鋭鋒《えいほう》にたじろいだ。が、それは門徒衆にさとられなかった。彼此《ひし》の兵が急増して、ふたりの闘いはかれらの激闘のなかに埋没したからである。

忠世から離れた忠佐は、戦いどころではない。

「おとき——」

と、叫んで、家のなかに走り込んだが、女の影はなかった。そればかりか、与兵衛の屍体《したい》も消えていた。

——なぜ、逃げる。

忠佐の胸裡《きょうり》で、怒りと哀しみが交錯した。与兵衛の死に哭泣《こっきゅう》したおときは、帰宅をうながす忠佐の手にさからわなかった。もとの暮らしにもどろうとする意思さえみせたではないか。それなのに、と想《おも》えば、忠佐はとりみだしそうになり、

「しずまれ」

と、自分にいいきかせつつ、家のなかを熟視した。ここで生活していた者の臭《にお》いはまったくといってよいほどなくなっている。土間のすみに割れた飯椀《めしわん》がころがっていた。

「三つか……」

いやな気がした。おときの子のおやえは本證寺の寺内町にいるはずである。

忠佐は重い心をかかえて外にでた。

路上の明るさが、虚《むな》しい。足もとのふたつの石が光った。その石を蹴《け》ると、ふたつはわかれて光を失った。

——わたしとおときも、そうなるのか。

ふたりは運命の力に蹴られて、たれにも手をさしのべてもらえない路傍の石となり、風にさらされるうちにくだけ散って、土に帰るだけなのであろうか。

「南無妙法蓮華経《なむみょうほうれんげきょう》」

急に、平助が地面に書いた題目が、忠佐の胸裡にあらわれた。

「ほう、よく書いたな」

忠佐もその文字をみに行ったひとりである。それは日蓮上人《にちれんしょうにん》が上和田《かみわだ》砦を護《まも》ってくださる瑞応《ずいおう》である、とみなは語りあっていたが、いま忠佐は、

——それだけではなかった。

と、わかる。あの地面は、忠佐の心でもあった。地面に書かれた文字は、翌日には消えた。が、その文字は忠佐の胸中ではけっして消えない。

——平助が、わたしだけではなく、大久保一門を救うときがくるのか。

そう考えられなくもない。

ところで、いちどはおときの身柄をあずかりながら、敵の多さにおびえて逃げ去った従者は、忠佐の不機嫌さをみて、近寄らなかった。この者におときのゆくえを訊《き》いてもむだである。おときは本證寺にもどったと考えるべきであろう。それよりも忠佐の心を昏《くら》くしているのは、自分の子を本證寺に残して、与兵衛とふたりだけでおときが上宮寺へ移住することはありえないということである。おときを動かす力のある者が、ほかにいるのだ。その者が、おときとおやえを羽根の屋敷からつれだしたにちがいない。

——その者とは、何者か。

忠佐はその者の影さえ視《み》たことがない。

飛矢が忠佐の兜《かぶと》をかすめた。身を沈めた忠佐のうしろに数人の大久保党の兵がいた。かれらの戦意が殺《そ》がれつつあることを忠佐は感じた。忠世に従った兵は寺門に達することができず、苦戦をつづけている。上宮寺の伽藍《がらん》は火を噴いてはいない。本多作左衛門の焼き討ちは失敗したのである。

——もう引き揚げたほうがよい。

いくさの勘が忠佐にささやいている。そのとき遠い鉄炮の音をきいた。

「あれは勘七郎の鉄炮よ。本證寺の兵がくるぞ」

と、背後の兵に語《つ》げた忠佐は、猛然と走りはじめた。忠佐の槍を恐れた敵兵は近寄らない。兄の忠世をみつけた忠佐は、

「鉄炮、鉄炮――」

と、叫んだ。作左衛門のことは放っておけ、といいたい。

「わかった」

忠世もいくさの呼吸を充分にこころえている。敵兵にうしろをみせぬように退きはじめた。このあたりがいくさ巧者というものであろう。

「やっ、作左衛門どの」

寺門とはかけはなれたところから、作左衛門と配下の兵があらわれた。

「うまく火が延びなかったわ」

と、幽かに苦笑してみせた作左衛門は、むらがる敵兵に、

「どけや、どけ、どけ」

と、怒呵《どか》を浴びせ、進止をくりかえしながら、帰路をひらき、忠世の兵に掩《えん》護《ご》されつつ、寺域の外にでた。

上宮寺の兵が追撃してくる。

「しんがりは、それがしに――」

忠世は作左衛門だけではなく兵の大半を先行させ、大久保党の兵だけを固めて、追走してきた兵に一撃をあたえた。敵兵がひるんだとみるや、颯《さっ》と引き、

「矢作川《やはぎ》まで走るぞ」

と、ふりかえることなく走りに走った。この後拒《こうきょ》のあざやかさをみただけでも、忠世がすぐれた将であることがわかる。川岸に弟の勘七郎と加藤与八郎などが待っていた。追ってくる数人の兵が近いとみるや、勘七郎が鉄炮を放った。

敵兵の影が停止した。

「ほう、なかなか、巧《うま》くなったな」

と、忠佐は勘七郎を称《ほ》めた。大久保党の将兵はいっせいに川にはいった。もっとも深いところでも腰の高さまで水がくるだけである。川のなかばにさしかかったとき、飛矢の音をきいた。岸から放たれた多くの矢は、ほとんどかれらにとどかず、川面を刺しただけで、力を失った。

いちはやく上和田の砦にもどった作左衛門は、常源とわずかに語ったあと、おもだった者を従えて岡崎城に登り、戦果を報告した。作左衛門自身は、寺内で数人の門徒兵を撃殺したものの、この焼き討ちが成功であったとはいえない。ところが家康は大いに欣《よろこ》び、作左衛門に名栗《なぐり》（投《なぐり》）内の采地《さいち》を下賜《かし》した。このきまえのよさは、ともすると吝嗇家《りんしょくか》にみられる家康にそぐわないが、これも戦略の一環であり、

「一向一揆と戦えば、恩賞は重いぞ」

と、喧伝《けんでん》して、味方の気勢を高め、敵の分裂を誘おうとしたのである。一揆側にとどまっていくら奮闘しても、知行はふえないことをおもいしらせる必要がある。

「それで、兄上には何も無しか」

忠佐は城から帰ってきた忠世の表情をうかがった。

「われは、本家の代わりよ。われがもらうものは、何も無い」

忠世は釈然としている。忠佐はそういう兄が好きである。人は寡欲《かよく》であるほ

うがすがすがしい。けっきょく人は欲によって滅ぶ。滅亡の主因である欲を、あからさまにする者は、大たわけだ、といってよい。今川義元をみよ、といいたい。羽根の大久保家は、岡崎の主家と上和田の本家のために働けばよく、よけいなことを考えると、かならず躓《つまず》く。忠佐はそう考えている。ただしそういう不可思議な倫理をもつ三河者を、売り買いで利を得る尾張に育った者がみれば、

「あやつらは、阿呆《あほう》か」

と、軽蔑《けいべつ》するであろう。功勲ひとつが銭または知行に替わるのが当然であり、そういう換算を否定する主に、かれらは仕えない。尾張者は、損得に鋭敏である。ゆえに三河者の理解がとどかない合理社会をつくった。その合理が、信長の非凡な思想とあいまって、ひときわすぐれたものになったがゆえに、中世を蔽《おお》っている不合理の闇《やみ》を切り裂き、日本の未来像さえ彫塑《ちょうそ》することになる。尾張の風土の勝利といってよいであろう。

尾張の光耀《こうよう》に脇《わき》を照らされている三河には、たやすく変わらない風土の陰翳《いんえい》がある。それが家康を庇護《ひご》し支える原動力になってはいるが、門徒衆の反抗を

も産んでいる。

ここでの家康は、尾張のやりかたを多少まねた。

作左衛門が岡崎城で家康の褒詞《ほうし》をうけているころ、上宮寺でも戸田三郎右衛門忠次が、主将格の矢田作十郎に、

「その槍、みごと」

と、称められていた。作十郎は矮軀《わいく》だが、骨太なので、坐《すわ》ると巨《おお》きくみえる。

――称めてくれるだけか。

ここでの戦功は、無償である。家の再興をこころざし、そのための謀計を懐《かい》蔵《ぞう》している忠次は、すかさず、

「焼き討ちは、これで終わりではありますまい」

と、するどくいった。作十郎の眉《まゆ》が寄った。

「なるほど、ふたたびあろうな」

「どこが狙《ねら》われるとおもわれますか」

「ふむ……」

作十郎は腕を組んだ。しばらく作十郎に考えさせた忠次は、その思考が落ち

着こうとするのをみすかしたように、述べた。

「岡崎衆が川を渉《わた》らずに攻めることができるのは、勝鬘寺と本宗寺です。が、戦いは、敵の本拠を潰《つぶ》すのが、勝利への近道です」

川というのは、矢作川のことである。

「わかったよ」

作十郎は腕組みを解いた。家康はもっとも攻めにくい本證寺を急襲するにちがいない。

「用心のために、ここの人数を割《さ》いて本證寺へ移しておくべきです。拙者も移動しましょう」

そう献策した忠次は、翌日には、三九郎と三人の弟をともなって本證寺へ移った。すぐさま寺内をたんねんにみてまわった忠次は、ひそかにうなずき、二日後に、三九郎をふたりの弟にあずけて去らせ、自身は勝則《かつのり》という弟とともに夜を待った。

「風がゆるいが……、いたしかたなし」

夜半すぎにふたりは起《た》ち、寺内町を囲む塀の一部に火をかけて、脱出した。

火はひろがらなかった。そのままふたりは佐々木のほうにむかって歩いた。途中に、桜井《さくらい》がある。桜井城主の松平家次《いえつぐ》は一揆に加勢しているので、城下には近づかぬように通過した。闇のなかをゆくだけに、佐々木までの道のりがずいぶん長く感じられる。ようやく佐々木に到《いた》った。佐々木にはいれば、熟知している路となる。

忠次は自宅に立ち寄って、三九郎と弟たちを拾い、矢作川へいそいだ。川を渉るとき、風が変わった。その変化を感じた忠次は、

——これは吉祥か。

と、念《おも》った。東の天空がわずかに白くなった。黎明《れいめい》である。吉《よ》い予感をおぼえつつ水からあがった忠次は、背からおろした三九郎をいたわり、上和田砦をめざした。洪水の予防のために築かれた堤にのぼると、砦が近くにみえた。

表門の兵は砦に近づいてくる五人の影に気づいた。

「止まれ。それ以上近づくと、射殺すぞ」

槍を地に樹《た》てた忠次は大きく呼吸してから、

「怪しい者ではない。戸田三郎右衛門と申す。大久保七郎右衛門どのにお目に

かかりたい」

と、大声でいった。表門の兵はすぐに、

「七郎右衛門は裏門にいる。裏門へまわれ」

と、指示した。五人は砦をながめながら裏門へゆき、忠世への面会を乞《こ》うた。

すでに忠世は起きていた。

「戸田三郎右衛門……」

上宮寺で槍を合わせた相手である。門徒とはおもわれぬ戸田三郎右衛門が童子と弟たちを連れて昏い矢作川を越えてきたとすれば、家康側に加わりたいという願望をあらわしている。が、家康は牢人《ろうにん》を蒐《あつ》めてはいない。

――何か、密計があるか。

そんな匂《にお》いをかいだ忠世は、会おう、といい、五人を砦内にいれた。槍を弟にあずけて、軒下に坐った忠次は、

「本證寺の外曲輪《そとぐるわ》に火を放って退去してまいった。本證寺に攻め込むてだてがござる。岡崎さまに拝謁《はいえつ》できまいか。ここにいるのは、わが子で、岡崎さまに質《ち》としておあずけする所存です」

と、よどみなくいった。

忠次の人格に卑陋《ひろう》なものを感じなかった忠世は、

——これは門徒衆の策略ではないか。

などとは疑わなかったものの、一存ではひきうけかねるので、母屋《おもや》へ忠次をつれてゆき、

「よしなに——」

と、五郎右衛門忠勝にたのんだ。忠次の話をきいた忠勝は、

「城におうかがいを立てます」

と、いったが、岡崎城に使いをだしただけではなく、本證寺の外郭が焼けたという事実があったか、家人にしらべさせた。

忠次にとっては運命の一日といってよい。

午刻に、忠勝はこの珍客に声をかけた。

「城へまいります」

この一言が、忠次の冥《くら》い心底に小さく灯った明かりとなった。忠次は目をあげ、感謝の色をみせてから、腰をあげた。

忠次は忠勝につきそわれて、家康に謁見した。庭先ではなく、縁側にあがることができた。それがすでに奇蹟《きせき》であろう。

——この殿は、田原の戸田を赦《ゆる》してくださるのか。

忠次の懸念《けねん》は、ただひとつ、それである。

家康は大きな目で忠次をみつめている。

——この者が、田原の戸田の生き残りか。

家康は少年のころ、田原の戸田宗光と堯光という父子にあざむかれて、尾張へ売られた。その際の実行者というべき戸田五郎正直《まさなお》（堯光の弟）をふくめて、ほとんどなくことごとく討ち死にした。家康の怨《うら》みは、そのことによって、ほとんど消えたといってよい。いま忠次をみても、怨みの堆砌《たいせい》を投げつけたい、とはまったくおもわなかった。

じつは家康にはふたりの母がいる。ひとりは生母のお大《だい》であり、もうひとりは継母で、田原から岡崎へ帰嫁《きか》した田原御前こと真喜《まき》姫（堯光の姉）である。目下、お大は夫の久松俊勝《としかつ》とともに岡崎にいるが、田原御前も帰るべき実家が滅んだために岡崎にいる。家康はそのふたりを粗略にしていない。さきに西《にしの》郡《こおり》の鵜殿《うどの》氏を討った家康は、お大が産んだ男子が義弟になるので、その城地を与えるという殊遇をほどこした。が、田原御前には男子がいないので、いままでこれといった厚意をみせないできた。ところが田原御前の従弟《いとこ》があらわれたとなれば、ながい不幸を黙って耐えてきた田原御前をすこしでも喜ばせることができるのではないか、と考えた。

家康は忍耐の人である。田原御前のけなげな忍耐はわかるし、忠次の苦行《くぎょう》にひとしい忍耐もわかる。絶望的な忍耐をつづけてきた者に、わずかでもむくいてやることのできる主君でありたい、と家康は意《おも》っている。人の貧困につけこんで利益を得る門徒のありかたは、言語道断である。とにかく田原御前のためにも、田原戸田家を再興させてやりたい。その家は、岡崎松平家の縁戚《えんせき》になる。これが家康と家を強固にする閥族《ばつぞく》のつくりかたである。むろん家康はそういう心の向きをまったくみせず、

「良籌《りょうちゅう》があるときいた。申せ」

と、みじかく問うた。

忠次はいちどつばを飲みこんだ。

「申し上げます。野寺《のでら》の本證寺の要害をことごとくしらべておきました。それがしに御軍勢をさしそえてくだされば、この忠次、先登して、寺内に士卒をいれ、賊を破らんことは、いたってたやすいことでございます」

家康は一考もしなかった。

「さようか。では、明後日に、いたせ」

「ははっ」

忠次は平伏した。これほど速い許しを予想していなかった忠次は、ことばをだせなくなった。息をのんだだけである。

家康はこの急襲を一日おいてから決行させることにした。むろんそれには理由がある。忠勝に目をむけた家康は、

「三郎右衛門の宿舎はどうなっているか」

と、問うた。

「わが砦の近くに、浄珠院《じょうじゅ》がございます」

浄珠院は浄土宗の寺である。その寺に、戸田の父子と三人の弟を宿泊させてもらうことにしてある。

「三郎右衛門の子は、そこにとどめよ」

と、家康はいった。忠次の子の三九郎を岡崎までつれてくるにはおよばぬ、ということである。

城からさがって上和田まで歩いた忠次は、浄珠院の門前で忠勝に頭をさげた。

「かさねがさねのご篤情《とくじょう》、痛みいります」

「一日、ゆるりと休まれよ。野寺を攻めるには、多数の船が要る。その手配に、一日かかるということではありますまいか」

野寺は遠い。岡崎から発した多数の兵がそこまで移動するうちに、かならず敵に発見される。そこで、夜中に船をつかって矢作川をくだり、藤井《ふじい》城の近くで上陸して、本證寺を急襲するしか、敵にさとられない方法はない。

藤井城主は松平勘四郎信一《のぶかず》である。二十二歳のときに、父の利長《としなが》とともに家康の麾下《きか》にあって、織田の砦である丸根《まるね》砦を攻め、利長は戦死した。家督を襲《つ》いだ信一は、勇将というべき人で、その後も戦功を累《かさ》ね、門徒衆がいっせいに起ったあとは、さほど大きくない藤井城を守って、本證寺の兵の脅威をはねかえしている。

いまごろは家康の使者が藤井城にむかっているだろう、と忠勝は想《おも》っている。

翌日、忠勝は意表を衝《つ》かれた。

早朝に岡崎城からでた兵が、上和田砦より十二町先の勝鬘寺を急襲したのである。これは明夜に予定されている本證寺攻めのための陽動作戦といえなくはない。家康から何の指図《さしず》もうけていない忠勝は、こういうときに機転をきかせなければならず、弟の四郎右衛門忠吉と喜六郎忠豊に、

「ようすをみてまいれ」

と、いった。そのあと砦内にいるおもだった者を集めて、

「針崎《はりさき》を攻めている岡崎衆が、崩れるようであれば、押しだす。かたがた、ぬかりのないように」

と、出撃の仕度をさせた。

やがて喜六郎だけがもどってきて、忠勝に報告した。明るい口調ではない。岡崎衆は寺内に突入したものの猛反撃に遭い、退却せざるをえないようである。なにしろ勝鬘寺には強剛の武人が多くいる。

それでも四郎右衛門のもどりが遅かったのは、岡崎の兵が善戦したからであ

ろう。いま岡崎衆が退き、門徒衆が追撃しはじめたという。

「では――」

と、みじかくいった忠勝は、わずかな兵を砦に残し、羽根の坂道へむかった。その坂道は古戦場というべき小豆坂《あずき》につながっている。が、かれは小豆坂まではゆかず、坂道の途中に兵をとどめて陣を布《し》いた。岡崎衆はここを通って退去するはずである。

ほどなく、旗と兵馬がみえた。

石川の家紋である篠《ささ》や天野の三階松《さんがいまつ》、植村の桔梗《ききょう》などが、はっきりとみえるようになった。石川氏は西三河に真宗本願寺派を根づかせ育てた大族であり、不幸なことにこういう戦いになったので、一門は二分された。石川彦五郎（日向守《ひゅうがのかみ》）家成《いえなり》、石川助四郎（伯耆守《ほうきのかみ》）数正《かずまさ》らは、家康に戈矛《かぼう》をむけることをはばかり、宗旨を改めた。家成の生母は、家康を産んだお大の妹であり、熱心な真宗信者であるので、この戦いを深嘆《しんたん》した。

忠勝の目に諸将の顔が映った。

石川家成、石川数正のほかに、天野三郎兵衛康景《やすかげ》、植村庄右衛門正勝《まさかつ》、植村新六郎（出羽守《でわのかみ》）家政《いえまさ》などが坂道をのぼってくる。

天野康景は、野羽《のば》の夏目次郎左衛門吉信《よしのぶ》に対抗するために、高力《こうりき》にいたはずであるが、急遽《きゅうきょ》、呼びつけられたのであろう。

諸将は若い。

岡崎松平家のはつらつさの象徴は、なんといっても当主である家康の若々しい壮志であるが、諸将はそれを反映している。かれらのなかで最年長であるのは三十歳の石川家成であるが、それでも忠勝より十歳も下である。のちに西三河の家臣団の頂点に立つ石川数正は、ふしぎなことに生年がわからず、したがって年齢も不明であるが、幼少のころに竹千代に随従して駿府ですごしたことがあると想えば、家康より四、五歳上であろうか。この年に家康が二十二歳であるから、数正は二十六、七歳かもしれない。髯《ひげ》のゆたかさでは、家中で有数である。かれは名臣というべき石川清兼の嫡孫《ちゃくそん》であり、家成は叔父である。父の広成が門徒衆の大将であることに、数正の懊悩《おうのう》があるが、

「殿にはさからえず、かといって、門徒衆を見棄《みす》てるわけにはいかぬ」

と、苦慮した広成は、弟と子が家康に属《つ》いたのをみて、一揆の将の座に坐《すわ》っ

たのであろう。石川一門の信義を、仏へも主君へも立てるには、そうするしかなかったといえる。ちなみに清兼のもとの名は忠成《ただなり》であり、清康の偏諱《へんき》をたまわって改名し、広成の広は、広忠の一字であることはいうまでもない。

二十七歳の天野康景は、さらに家康に比《ちか》い。なにしろ康景は、竹千代が尾張へ売られた際に付き従って熱田で暮らし、駿府へ送られるときも主君から離れなかった。まさに家康の手足にひとしい。

植村正勝も家康の側近のひとりで、二十九歳である。正勝とおなじ土岐《とき》氏を遠祖とする植村家政は、家中ではその勇名を知らぬ者がいないという植村氏明《うじあき》を父にもつ。今年二十三歳である。

昨年、家康が信長と会盟をおこなった際に、家政ひとりが両者の座に近づいたので、うしろから警固の士が咎戒《きゅうかい》の大声を発した。ふりかえった家政は、

「われは植村出羽守である。主君の刀をもちて参ずるだけであるのに、ことごとしくとがめるな」

と、荒々しくいった。その声をきいた信長は、植村出羽守といえば隠れなき勇者である、と家政を近くに招き、

「今のふるまい、漢《かん》王の樊噲《はんかい》に似たり」

と、称《ほ》めて、盃をさずけ、さらに行光《ゆきみつ》の刀を与えた。家政にはすでにそういう誉聞《よぶん》がある。

一陣の寒風が坂道を烈《はげ》しくのぼってきた。その風に凴《の》って、

「おお、五郎右衛門どの。何のお出張《でば》りか」

という石川家成のゆたかな声が忠勝の耳にとどいた。忠勝はあえて苦笑してみせて、

「お出張りとは、恐れいる。後尾に門徒の兵が迫っておりますぞ」

と、指した。が、家成はふりかえらず、

「いや、いや、やつらはしつこい」

と、のんびりした口調でいい、石川数正とすこし笑語してから忠勝に近づいた。

「大久保党のご加勢がなくても、このあたりでひと合戦するつもりでござった」

そういった家成はおもむろにふりむいて、

「賊は、坂下にいる。弓矢をそろえよ」

と、よく通る声で陣立てを命じた。忠勝は、

「しばらく——」

と、手を揚げ、大久保党の兵を敵に近づけた。

——やはり、いたか。

坂下に、蜂屋《はちや》半之丞貞次《さだつぐ》、筧《かけい》助大夫正重《まさしげ》、渡辺八右衛門義綱《よしつな》などの顔がみえた。蜂屋半之丞は忠勝の妹の夫であり、渡辺義綱は忠勝の妻の父である。むろんかれらの情義がわからぬ忠勝ではないが、その顔ぶれにむかって、

「この羽根は、大久保一門の地でござる。ここを押し通ろうとするのであれば、大久保党がお相手いたそう」

と、すごみのある声でいった。すると蜂屋半之丞がまえにでて、大胆にも十数歩のぼった。

「五郎右衛門どのよ。少々、殿のやりかたはきたなくはないか。門徒衆をここまで怒らせると、この怒りによって、岡崎城が傾くのは必定。殿は夜逃げをなさるしかあるまい。そうなってから、大久保党が詫《わ》びをいれてきても、大坊主

衆と法主はお宥《ゆる》しにはなるまい。考え直されるのは、いまのうちですぞ」

半之丞の足もとで風が渦を巻いた。

「半之丞、考え直さねばならぬのは、そのほうだ。その槍は、殿のためにつかうものだ」

槍をつかわせれば半之丞は家中で屈指の達人である。白樫《しろがし》の三間柄に平安《へいあん》城《じょう》長吉《ながよし》の刃がはめこまれている。刃の長さは四寸ほどである。その刃に紙を吹きかけると、さっと刃が通ってしまうほどの銛利《せんり》さがある。

半之丞は微笑した。その微笑に不敵さがある。

――まっすぐな男だけに、友を裏切れぬのであろう。

と、忠勝はひそかに半之丞の心情を理解した。半之丞の家は大家というわけではなく、家族と郎党への配慮は軽く、家が新しいだけに、主君への忠誠よりも矢田作十郎などへの友情のほうが実感があるのであろう。ちなみに半之丞の兜《かぶと》には、鯉《こい》の前立《まえだて》があざやかであるが、その兜は矢田作十郎から贈られたものである。

「さあ、さあ」

と、忠勝は坂下の将士に挑むような声を放った。その声に背をむけた半之丞は、槍をかついで坂道をゆっくりおりると、寛助大夫に目くばせをして、停まらず、歩き去った。

「やや、戦わぬのか」

かるくおどろいた助大夫は、渡辺八右衛門と目語《もくご》した。うなずいた八右衛門は、あごをあげて、

「五郎右衛門、夜討ち朝駆《あさが》けにそなえておくがよい。因果応報は合戦にもある」

と、しぶい声でいい、風にさからうように兵を退かせた。門徒の兵が遠ざかるのをみた石川家成は、

「大久保党の威を、みとどけた」

と、明るく称め、みじかく今朝の針崎での戦いを語ってから去った。門徒衆と戦いたくないともっとも強く意《おも》っているのは家成であるのにちがいないのに、かれはいささかも苦渋の色をだしていない。

——将の風格よ。

と、忠勝はあらためて感心した。上和田砦に兵を収めた忠勝は、まっすぐ常源のもとへゆき、

「針崎の死者のなかに、久世平四郎がいます」

と、語《つ》げた。常源はわずかに顔をゆがめた。悲哀がその胸を通ったのであろう。平四郎はすがすがしさのある若武者で、家康の麾下《きか》で戦場を往来すれば、ゆたかな春秋にめぐりあえたはずである。こんな愚劣な内乱でいのちを零《お》としてよいものか。

「平四郎には、三歳の男子がいる。知っているか」

「存じませんでした」

久世家とのつきあいは淡くなっている。が、法華《ほっけ》宗の宗徒でありながら平四郎が針崎に籠《こ》もったことを、忠勝はいぶかしく感じていた。

「平四郎の弟も針崎にいるはずだが、安否はわからぬか」

「しらべてみます」

父の常源が久世家についてくわしく知っているので、忠勝はひそかにおどろいた。

「平四郎の妻女は独りで家を守っている。ときどき四郎右衛門を遣《や》って、ようすをみさせているが、暮らしはひどい。平四郎が亡《な》くなったとなれば、実家の内藤家へ帰るしかないとおもうが、どういうわけか、これまでも実家に帰りたがらぬので、あるいは幼児をかかえて家を守りぬこうとするかもしれぬ」

そういうことかとおもいつつ忠勝は、

「平四郎の弟の妻となる、ということですか」

と、いった。それしか久世家を保持してゆく道はないが、平四郎が家康にさからって死んだことは動かしがたいので、久世家は妻女の意望とともに潰《つぶ》されかねない。

常源はゆるやかに首をふった。

「このままでは、久世家の立つ道はない。実家の内藤家も一揆方だ。しかも平四郎の弟は、できが悪い。あの妻女は賢いので、弟の妻にはならぬ」

あまりにも常源が久世家の内情を熟知しているので、つい忠勝は、

「平四郎の妻女にお会いになったのですか」

と、問うた。

「ああ、会ったよ。賢婦だな」

いつのまに、と訊《き》きたくなったが、父の目くばりのよさはいまにはじまったことではないので、

「久世家へ四郎右衛門を遣《や》りましょうか」

と、忠勝は指図を仰いだ。

「ほんとうに人を助けるのは、むずかしい。が、四郎右衛門にはそれができよう。こまかな指図は要らぬ。あとは四郎右衛門にまかせておけばよい」

忠勝は舌を巻いた。

すべてはおなじ法華宗の家を潰したくないという常源のおもいやりからでている。困窮する久世家を三男の四郎右衛門をつかって陰助《いんじょ》してきたことは、一門のたれも知らぬ。常源は、もしかすると、平四郎の戦死も予見していたのではないか。そういうけわしい体貌《たいぼう》をもつ久世家に、四郎右衛門の優しさだけがはいってゆける、ということであろう。四郎右衛門は戦場が不似合であるが、戦場の外で人を活《い》かすことができる。それも異能というべきであろう。

この日の夕方、家康の密使が、浄珠院にはいり、明夜、予定通りに野寺の本證寺を襲うことを、戸田忠次につたえた。浄珠院から遠くない堤の下に船がつくことになっている。

翌日、忠次は早朝から本堂の阿弥陀如来《あみだにょらい》像の近くで黙座しつづけた。寺内が夕暮れの色に染まったころ、静かに忠次に近づいた住持は、

「何かみえましたかな」

と、問うた。おどろいたように目をあげた忠次は、

「いえ、何も――」

と、答え、なにゆえそのようなことをお訊きになるのか、と問いかえす目つきをした。住持は目で笑った。

「客人は、幽かですが、光を放ちましたよ」

「わたしが、光を――」

夕陽があたっただけではないか。が、これは愚問になる。忠次は最初から外光のあたらぬところをえらんで坐っていた。

「闇《やみ》の道を、足もとをさぐりつつ歩いてきました。みずから光を放てるのであれば、もうすこしましな歩きかたができたでしょう」

忠次の自嘲《じちょう》はつねににがい。

「道がはっきりとみえる者のすべてが、みずから放つ光で道を照らしているわけではない。先祖と父母が道を明るくしてくれている。それを知らない者がいかに多いことか。父祖の光がとどかぬ者は、神仏の光を借りなければならぬ。その光も借りられぬ者は、闇のなかでも歩けるように工夫しなければならぬ」

住持は儼乎《げんこ》といった。

「毎日、一万遍、南無阿弥陀仏と唱えれば、罪障《ざいしょう》を除くことができる、とききました。それが工夫でしょうか」

急に住持は表情をやわらげた。

「いや、工夫とは、禅宗の徒がおこなうことです。闇の世を変えようがないという深い絶望のもとで、みずからを変えようとすることです。夜を昼に変える力は、もっていない」

おもしろいことをいう、と忠次はおもった。

「何が、それほどの力をもっているのですか」

「念仏、ただひとつ。岡崎の殿には、それがわかっておられる」

「門徒衆も、念仏、ただひとつと信じ、武器をもって起《た》った。両者が、なにゆえ争わねばならぬのですか」

かねての疑問である。

「両者が正しいがゆえに争うのです。あるいは、両者が正しくないがゆえに争うのです」

「なるほど」

忠次は心身を縛っているなにかがほどけたように感じた。

「何かみえましたかな」

「いかにも、みえました」

「それは、みたのではなく、みえたのです。そのことをお忘れなく」

「お教え、かたじけない」

夜、大久保忠勝と忠世などが浄珠院にきて、しばらく忠次と語りあい、夜が更《ふ》けると、そろって寺をでて堤をのぼり、川に火をみつけると、堤をおりて船に乗る忠次とふたりの弟を見送った。

忠次の末弟と子の三九郎は浄珠院に残され、忠勝があずかったかたちになっている。

三人を乗せた船は闇に溶《と》けた。

きびすをかえした忠勝のうしろを歩く杉浦八郎五郎勝吉が、

「船に、酢漿草《かたばみ》紋がみえました。今夜の将は、酒井左衛門尉《さえもんのじょう》さまですか」

と、低い声でいった。忠勝は奇襲部隊の将士の顔ぶれを知らないが、船のわずかな火に酒井家の紋が闇に浮かんだことをみのがさなかった。酒井正親は西尾城にいるのであるから、いま船にいるのは酒井忠次であるとしか考えられない。家康は重要な戦いにはかならず酒井忠次を用いる。

「そうらしい。本気の奇襲だ」

この一揆の本営は本證寺である。そこにいる首脳を討ってしまえば、門徒衆は腰くだけになり、家康の勝ちがみえてくる。

たしかに船中には酒井忠次がいた。ただし、夜討ちを家康に命じられたときから、機嫌がよくない。夜討ちは敵将をとりにがす場合が多く、大きな戦果を得られない。だいいち嚮導《きょうどう》の戸田三郎右衛門忠次は、かつて家康を売った詐佯《さよう》の族のかたわれではないか。そうにがにがしくおもっている酒井忠次は、この牢人《ろうにん》を最初から信用していない。自分もあざむかれて、待ちかまえている門徒衆に殺されぬともかぎらない。このような怪しい策戦は、戸田を推挙した大久保忠勝にやらせればよい。酒井忠次の胸のなかで、けわしい声が忿々《ふんぷん》と交錯している。

風は強くないが、さすがに水上は寒い。

やがて岸に火がみえた。藤井城の兵が上陸地点を示している。

船からおりて岸に立った兵の数は、じつは多くない。

——寺を包囲するわけではない。

兵の敏捷《びんしょう》性を重視する酒井忠次は、率いる兵は五十人未満でもかまわぬとおもっていたが、それでは寡《すく》ない、と家康にいわれて、兵数をふやした。それも気にいらない。陽光がふりそそぐ野天で戦うわけではない。夜中の戦いであるから、進むにしろ退くにしろ、兵を手足のごとくつかいたい酒井忠次にとって、精兵以外は足手まといである。

藤井松平の兵が先頭に立ち、急速に本證寺に近づいた。あとは戸田忠次の案内しだいである。

いつのまにか下弦に近いかたちの月が昇った。

大手門をまっすぐにみた戸田忠次は、

「それがしがなかにはいります。暫時《ざんじ》、お待ちを――」

と、酒井忠次にいい、弟とともに塀を乗り越えた。足もとはさほど暗くない。月光を浴びた小石がきらりと光った。本證寺は寺内町をふくめて広大である。

――おや。

すすむうちに途《みち》がわからなくなった。いつのまにか袋小路にはいった。戸田忠次は左右をながめて考え込んでしまった。すると弟のひとりが、

「大手門のうちは、造りかえられたのです。ひきかえしましょう」

と、ささやいた。なるほど、そうにちがいない。本證寺を護《まも》る者たちは、戸田忠次が放火して去ったあと、岡崎勢の急襲があるにちがいないと用心して、大手門内の防備を厚くしたのであろう。家と柵《さく》を増築して、通路を変えてしまった。これでは、酒井勢を導くことができない。大手門の外にもどった戸田忠

次は、

「途を失いました。門内は造りかえられています」

と、将に報告した。一瞬、戸田忠次を睨《にら》んだ酒井忠次は、すぐに呆《あき》れ顔になり、

「帰る」

と、怒声ともつかぬ声でいった。が、ここでしくじるわけにはいかない戸田忠次は、

「しばらく――」

と、将の足もとで必死の声を揚げた。

「搦手《からめて》は、おそらく、造りかえられていないと存じます。なにとぞ、搦手へお移りください」

渾身《こんしん》の声である。

が、おそらく、ということばが酒井忠次の癇《かん》にさわった。

「三郎右衛門、これは、なんじのための夜討ちではない。ひとえに殿をお援《たす》けするためである。その験《しるし》がみえぬ戦いで、手勢を殺すわけにはいかぬ。引き揚

げるぞ」

酒井忠次のいくさの勘はきわめてよい。

「左衛門尉さま、それがしはいささかも門徒衆に怨《うら》みはなく、殿もあなたさまも、それはおなじでありましょう。怨みがあるのは、むしろ門徒衆のほうです。それでも戦わねばならぬのは、なにゆえでしょうか」

敵陣をまえにいくさについての問答とは、と酒井忠次はさらに呆れた。牢人にいってきかせてもわかることではあるまいが、

「門徒衆は、殿のご要請をこばみ、これからもこばみつづけるであろうから、討ち滅ぼさねばならぬのだ」

と、冷えた口ぶりでいった。

「門徒の武士のなかで、殿に従いたくない者は、わずかしかおりません。いま東条《とうじょう》城では激戦がおこなわれているとききました。殿に従いたくないのは、東条の吉良《きら》どの、八ッ面《やおもて》の荒川《あらかわ》どの、上野《うえの》の酒井将監《しょうげん》どの、桜井と大草の松平家などで、門徒武士ではありません。敵となった大身の方々は、今川の旧恩をなつかしんで私利を求めるばかりで、これからの三河をいささかも考えてはお

られません。いまの三河は若々しさに満ちています。このような国がほかにありましょうや。それを衰容《すいよう》にもどそうとする力を断固として殺《そ》がねば、せっかく天から射《さ》した光が消えてしまいます。この夜討ちは、殿のお志を、門徒衆に知らしめるものであり、失敗を恐れず、どうしてもおこなわねばならぬものではありますまいか」

酒井忠次の鼻に浮かんでいた哂《わら》いが消えた。

――主君が門徒衆と戦っているうちは、三河はまだ夜だということか。

それに夜討ちは、敵将を殺せぬ、ということをわかっているがゆえに、あえて家康は酒井忠次に命じたのであろう。

「三郎右衛門、搦手へゆこう――」

酒井忠次の目つきが変わった。

この夜襲の兵が裏門へまわったころ、月が雲にかくれた。

――暗い。

弟とともにかろうじて塀を越えた戸田忠次は、しばらく動かず、耳を澄ましていた。やがて小さな光をみた。何の光かわからない、その光にむかって歩きはじめた。人のけはいがある。それが殺気だと感じたとき、かれは刀を抜いていた。どうやら裏門を衛《まも》っているのは四、五人であり、戸田忠次は襲ってきたひとりを斬《き》り、さらに鎧《よろい》にあたった槍の柄をつかんだ。そのとき、横にまわった弟の槍先が相手の腹にはいった。

「曲者《くせもの》ぞ――」

と、声を放って逃げたふたりを追うことなく、戸田忠次は刀をかまえたまま、ふたりの弟に、

「酒井さまに、早くお報《しら》せせよ」

と、いいつけた。門衛のひとりが逃げず、物陰にかくれているような気がしている戸田忠次は刀をおろせない。

――それにしても……。

と、かれは内心首をかしげた。あの光は何であったのか。むろん松明《たいまつ》の光ではなかった。あたりに燎《にわび》もない。ほどなく門扉《もんぴ》がすさまじい音をたてて倒れた。どっと兵がはいってきた。兵がかかげる火であたりが明るくなった。

「石川の屋敷へむかう」

と、酒井忠次はみじかくいい、戸田忠次を先行させた。

寺内の兵がつぎつぎに起ち、罵詈《ばり》を放って、この夜討ちの兵のゆくてをさえぎった。刀をおさめて、槍を執った戸田忠次は、どれほどののしられても、

——どうせ阿弥陀仏の掌の上での、愚かな戦いよ。

と、おもっている。

酒井勢は猛烈な速さですすみ、木戸にさしかかった。戸田忠次は先登して木戸内にはいった。つづいて十数人が柵を越えて木戸をあけたが、ここで猛反撃をうけて、前進をつづけてきた兵の足が停まった。激闘になった。

「押せや——」

酒井忠次の声はよくきこえる。その声にはげまされて、酒井勢の押しがまさり、ついに木戸を突破した。寺内の兵は崩れた。

「石川屋敷があるのは、あの曲輪《くるわ》か」

酒井忠次のなみなみならぬ胆力が兵につたわるのか、兵の足なみに乱れがない。

——たいしたものだ。

戸田忠次は、酒井忠次の統率力に驚嘆した。酒井忠次が将であれば、たとえ五十人の兵でも、五百人の兵と互角に戦うことができるであろう。

曲輪を守る石川党、加藤党、本多党などが弓矢と槍をそろえて待ちかまえている。が、酒井忠次は悠然たるもので、

——あの曲輪の総勢は、二百もいまい。

と、みて、ためらうことなく兵を寄せた。さきに崩れた兵は、別途《べっと》を奔《はし》ったはずであり、あの曲輪に加勢しないと酒井忠次は冷静に考えていた。たしかに一揆の大将は石川広成であり、本證寺の内にいる兵は多いが、曲輪と兵を機能させて、総合力を強化するしくみを作りあげてはいない。攻める側とすれば、敵を個別に破ってゆけば、大将を斃《たお》すほどの急所を衝《つ》くことができる。

——今夜、石川広成を殺せよう。

戦闘の手ごたえが、酒井忠次にそういう予感を生じさせた。

曲輪に突入すべく、酒井勢は塀を越えようとした。多くの矢が放たれた。が、なにしろ暗い。松明の明るさしかない戦場では、すばやく動く兵は、亡霊か妖《よう》怪《かい》のような幽《かそけ》さしかないであろう。酒井勢の攻勢がつづいている。つねに先頭

の戸田忠次は、

「やあ、やあ――」

と、声を発して、槍をふるった。が、ここではその声がわざわいした。押されてさがった曲輪の将士のなかに、

「あの声は、戸田三郎右衛門であろう。放火して逃げ、あまつさえ、夜討ちの兵を導いてくるとは、憎し。鉄炮で撃ち殺せ」

と、叫んだ者がいた。それにすぐさま応《こた》えて、暗さを裂いてくる声にむかって、鉄炮が放たれた。

衆人をおどろかす轟音《ごうおん》の直後に、戸田忠次が倒れた。ふたりの弟が走り寄った。

「戸田三郎右衛門が、撃たれた……」

酒井忠次は舌打ちをした。嚮導者がいなければ、石川屋敷までゆけない。

――運のないやつだ。

戸田忠次をみなおしていた酒井忠次は撤兵することにした。この将は、むりをしない。

俄然《がぜん》、門徒の兵は優勢に転じたが、よくみれば、酒井忠次がたくみに兵を撤退させているにすぎない。敵にうしろをみせないように退くという至難のことをかるがるとやってのけた酒井忠次は、野にでて、藤井城にむかった。門徒の兵は大挙して追ってくる。

ほどなく、配下の兵が、おお、と声を揚げた。なんと、野が明るいではないか。火の垣根が野に出現した。松平信一《のぶかず》がみずから兵を率いて城からでて、酒井忠次を援護するために、陣を布《し》いていたのである。

——これは岡崎の殿のご配慮であろう。

と、酒井忠次は察した。おもむろに松平信一に近づいて、目礼してから、

「鉄炮を一、二発放てば、賊は退きます」

と、いった酒井忠次は、射撃の音にふりかえることなく船へいそいだ。戸田忠次の骸《からだ》も船に運ばれたようであるが、酒井忠次はそれをみなかった。

船に乗り込んだ兵は昂奮《こうふん》をしずめるようにしばらく沈黙していたが、やがて声を揚げて語りあうようになった。船団が上和田に近づくころ、夜が明けてきた。半眼であった酒井忠次は、はっきりと目をひらき、

「あれへ──」

と、淡く霧がかかっている堤の下へ船を寄せさせた。

「三郎右衛門を浄珠院へ運んでやれ」

戸田忠次の戦死を家康につげれば、浄珠院に残されている三九郎は家康に召し抱えられるであろう。そうならなければ、自分が三九郎を拾ってやってもよい、と酒井忠次は考えた。

遠い船から声がながれてきた。

「三郎右衛門は、死んではおりません」

酒井忠次は目を細めて苦笑した。幸運が戸田忠次にあったらしい。一艘《そう》の船が急速に近づいてきた。船中に坐《すわ》っている戸田忠次は、酒井忠次にむかって頭をさげた。

「鉄炮玉は、鎧でとまっておりました」

気絶していただけである。

「冥加《みょうが》──」

一笑した酒井忠次は、船から戸田忠次の弟だけをおろし、岡崎城下まで船をすすめた。船をおりた酒井忠次は死傷者の数をしらべさせたが、死者はひとりもいなかった。酒井忠次は武将としての福運にめぐまれていた。それが戸田忠次にさいわいしたといえなくはない。

晨《あさ》の気を吸いながら、酒井忠次は数人の属将を従えて、復命のために城に登った。

むろん家康は起きていた。着座するや、

「首尾は――」

と、訊《き》いた。酒井忠次は陰気な男ではないので、上首尾であれば、晴朗《せいろう》の気を放つはずであるが、ここではそれがない。

「龍頭蛇尾《りゅうとうだび》でした。裏門を越え、一の木戸を破り、二の木戸をも破ったのですが、三郎右衛門が鉄炮に倒されたため、途《みち》を失いました」

家康はいぶかしげにまなざしを動かした。

「三郎右衛門は、そこにいるではないか」

酒井忠次はかるく笑った。

「地獄めぐりをして、この世によみがえりました。かの者は、つねに先登し、その働きはぬきんでておりました」

将の証言は、武功を確定してくれる。敵兵の首をもちかえっていないここでは、酒井忠次のことばがすべてである。

「善《よ》し、善し」

家康の機嫌はすこぶるよく、戸田忠次に、近う、近う、といい、手ずから脇《わき》差《ざし》の国光《くにみつ》をさずけた。この瞬間、戸田忠次は家康に仕えることが決まり、長い牢人《ろうにん》生活を終えたといってよい。肩をふるわせて喜悦した戸田忠次をみた家康は、

——これで田原の母上へ孝行ができた。

と、おもったであろうが、戸田忠次にはそれほどの洞察力はない。天空を翔《か》けるほどの速さで浄珠院にもどったかれは、三九郎と弟たちに、

「岡崎さまにお仕えすることとなった」

と、語《つ》げて、喜びあい、住持にも礼容をもって報告した。

「裏門近くに、ふしぎな光をみました。あれは、阿弥陀如来《あみだにょらい》のお導きでしょうか」

「阿弥陀如来の光は、そのように小さなものではない。この世をすみずみまで照らすほど大きい。その光は、そこもとの心の灯であろう。さもなくば、父祖の霊がともしてくれた火である」

「恐れいりました」

忠次は上和田砦へ足をはこび、忠勝と忠世に礼をいった。

ついでにいえば、家康に臣従した忠次は、二年後、田原城攻略が完了したあと、十一月に、渥美の大津《おおつ》村において七百貫文の食禄《しょくろく》を下賜《かし》される。大津村は、田原戸田氏の始祖が最初に本拠をすえた地である。はるかのち、小田原の陣のあとに家康が関東へ移封される際に、江戸城の受け取りをおこなうのが忠次であり、その後、伊豆の下田《しもだ》で五千石をさずけられることになる。かれの家が大名となるのは、子の尊次《たかつぐ》（三九郎の弟）の代で、渥美田原で一万石を領するのである。

生気をとりもどしたような忠次が帰ったあと、忠勝と忠世は顔をみあわせた。

本證寺の夜討ちは、門徒衆の怒りにかさねて火をつけたようなものであり、近々、かならず、報復の兵が大挙して進発する。その巨大な怒気のかたまりが上和田砦にぶつからぬはずはない。

「門徒衆にたいしては、殿には、まるくおさめようとするお考えはない。清康公と広忠公を支えてきた力のなかで、旧弊とみなしたものを、この機に撲滅《ぼくめつ》なさろうとしている。御意のままに動かぬものに、目をつぶっていては、三河にほんとうの夜明けはこぬ、ということなのであろう」

と、忠勝は幽《くら》い息でいった。

「つらい、戦いです」

忠世はそういっただけで、家康批判は避けた。いま家康の敵となっている者たちの過半は、父祖の代から、いのちがけで、岡崎松平家のために尽くしてきた。家康が勝てば、それらの家は消えてしまう。あるとき突然家康が、法華《ほっけ》宗徒はけしからぬ、といえば、大久保党はどうなるであろうか。その種のことは、宗教問題にかぎったことではない。政体の成長あるいは変移によって、積みあげてきた忠誠が無にされてしまう。それを想《おも》うと、家臣にとって主君とは、恩徳の源《みなもと》でありながら、いつなんどき害毒に変わるかわからぬ存在であるともいえる。

——一向一揆は、岡崎衆への警鐘であろう。

その鐘の音を、忠世の耳はきくことができる。かれの胸裡《きょうり》に本多正信の影が浮沈した。

警鐘を鳴らす側に立っている本多正信は、この日、上野城をでて、船で矢作川をくだり、本證寺でおこなわれた評定《ひょうじょう》の座に坐っていた。

北と南から岡崎城を攻めて、家康を逐《お》う、というおおがかりな策戦がいよいよ実行にうつされる。決行日は、十一月二十五日である。

忠《ただ》世《よ》と正《まさ》信《のぶ》

夕方、本多弥八郎正信《まさのぶ》は上野《うえの》城にもどった。

城主の酒井将監《しょうげん》忠尚《ただなお》は、いちはやく正信の才覚に気づき、軍師に抜擢《ばってき》した。その点、忠尚は凡将ではない。戦略を立てて、俯瞰《ふかん》的に戦場をながめようとしたのは、正信にとってこれが最初であろう。

「申し上げます」

正信は評定《ひょうじょう》の内容をいわず、決定されたことだけを、簡潔に述べた。

「岡崎城を攻めるか。宜《よろ》し」

将監はさほど意気込まなかった。少壮のころは多弁であり、壮年になっても圭角《けいかく》を失わなかった人であるが、いまやこの熱血漢もさすがに世馴《よな》れて、大事をまえにしても一喜一憂しなくなった。まえに忠尚については、主義や倫理がなく、人に頭をさげたくないだけの人だ、と書いた。が、好意的に観《み》れば、かれは、

「不正」

を憎んできた。その点、一本筋が通っている。たびたび松平宗家にさからったのも、家臣の不正を宗家が黙認したとみたせいで、このたびの叛逆《はんぎゃく》も、将監からすれば、家康の非理を匡《ただ》そうとする行為である。

「そもそも殿と岡崎松平家が消滅しなかったのは、今川家のおかげである。その恩を忘れて、今川家と絶ち、織田家と結んだことは、主家への叛逆でなくて何であろうか」

独善的であろうとも将監の主張は明瞭《めいりょう》である。

が、こういう争臣を包含《ほうがん》してゆくほど許容量の大きな家は、どの国にもないであろう。将監が中国の比干《ひかん》や箕子《きし》のように不朽《ふきゅう》の名を得られないのは、主流に敵対した者を歴史的に活用できない日本の文化的あるいは政治的矮小《わいしょう》さとい

ってよいであろう。哀しいことに、将監は叛臣《はんしん》でしかない。

正信はそういう将監の仗義《じょうぎ》に惹《ひ》かれたといってよい。ただし将監にくらべて正信ははるかに若い。将監のまえで正信は冷静をよそおっているが、本證寺《ほんしょう》での評定の激越さにさらされてきただけに、心身のどこかに火照《ほて》りが残っていた。

夜、諸将が集合した。

将監に従う諸将のなかで、正信がもっとも心をゆるしているのが高木七郎右衛門広正《ひろまさ》である。

かれはこの年に二十八歳であるので、正信より二歳上ということになる。五年前に、織田方との合戦のひとつに品野《しなの》城での攻防戦があり、城を守る側にいた高木広正は、敵将の滝山伝三郎と槍をあわせて、首を獲《と》り、賞されて若狭氏《わかさうじ》房《ふさ》の刀を元康からさずけられた。以後にも、すくなからず武功を樹《た》てた武烈の人であるにもかかわらず、粗暴さは微塵《みじん》もなく、道理に容儀をぴたりとすえている傑物である。弟は三人いる。まだ嫡男《ちゃくなん》を得ていないのは、正信とおなじである。

正信と顔をあわせた広正は、

「いよいよですか」

と、みじかくいった。岡崎城より南では、あちこちで戦いがおこなわれたのに、上野城周辺はまだ静かである。が、いよいよ合戦か、と広正は肚《はら》をすえなおしたのである。

諸将がそろったところで、

「明後日、岡崎城を攻めます」

と、正信がいった。諸将の表情がひきしまった。これは単独の出撃ではなく、門徒《もんと》の兵の出陣と連動するものであることを正信は説明した。

「土呂《とろ》と針崎《はりさき》の兵が大挙して、小豆坂《あずき》を経て、岡崎城にむかいます。当然、蔵人佐《くろうどのすけ》（家康）は城をでて、邀撃《ようげき》の陣を布《し》きます。さすれば、城は空《から》となります。そこにわれらが乗り込んで旗を樹てれば、蔵人佐は帰途を失い、尾張へ落ちるほかありますまい」

すばやく岡崎城を取るためには、船をつかい、矢作《やはぎ》川をくだって城の近くに上陸するのがよい、というのが正信の意見である。

とたんに反対の声が揚がった。

「船をかき集めても、せいぜい載せることができる兵の数は、百数十だ。たとえ城を取ったところで、あの広さを二百未満の兵では守りぬけぬ。すくなくとも二百余の兵でむかわねばならぬ。さすれば、船をつかわず、岩津《いわづ》へ渉《わた》って、南へおりてゆくしかあるまい」

家康の反撃は必至である、とみる者は多い。

「われらが城を取ったと知れば、門徒衆は雲霞《うんか》のごとく集まります。ご懸念《けねん》は、無用と存ずる」

正信は諸将を説得するために熱弁をふるった。

だが、多くの者は納得しない。

だいいち、城は空になっている、というが、家康が出陣したあとに城を守っているのは久松佐渡守俊勝《としかつ》であり、その配下の兵が一戦もせずにおめおめと退去するはずがない。たとえ三十ほどしか城にいなくても、かれらはすべて死兵となって本丸に籠《こ》もり、最後の一兵が斃《たお》れるまで戦いぬくであろう。かれらを殲滅《せんめつ》するのに、寡兵《かへい》で攻めては、時がかかりすぎる。戦っているさなかに家康が帰城することになりかねない。俊勝は尾張の知多《ちた》の生まれで三河武士ではないが、いまや松平一門にあり、妻がお大《だい》で、子が西郡《にしのこおり》の城主とあっては、みぐるしい戦いはできない。三河に生まれた者であれば、三河武士がどのような戦いかたをするか、知らぬはずはあるまい、と正信の計算ちがいを誚《せ》めた。

正信の論陣は破られた。

首座に坐《すわ》っていた将監は、

「岩津に渉るべし」

と、決定の声をくだし、諸将の配置を定めた。

評定は終了した。

諸将が退室するのを呆然《ぼうぜん》とみた正信は、高木広正のまなざしを感じたとたん、我にかえって、くやしさをむきだしにした。

「勝つということは、廟算《びょうさん》において、勝つということであり、戦場は仕上げの場にすぎない。船をつかえば、敵に上陸の地をさとられず、変幻の進退ができるのに、岩津へ渉るとあっては、敵にみすかされる。七郎右衛門どの、明後日の合戦は、岡崎城よりはるか手前でおこなわれよう。伏兵に留意なさるべし」

そういいおいて正信は烈《はげ》しく立った。

歴史のなかに、もしも、をもちこむことは禁忌《きんき》されているが、もしも正信の謀計《ぼうけい》にそって上野の兵が岡崎城へむかえば、家康は城を失ったかもしれない、と想《おも》わざるをえない。

正信の戦略の理想は、戦わずして勝つ、ということであり、それが実現できなければ、勝つべくして勝つ、ということである。そうでなければ戦略とはいえないとおもっている。岩津から岡崎までは行程がかなりあり、いくら進攻をはやめても、家康に早々に知られるであろう。すると、かならず応変の手をうたれる。

「われをのぞいて、兵略を知る者は、家康のみである」

というのが、正信の心の声である。家康を恐れるがゆえに、兵略が要《い》るのである。ところが三河者の粗雑さはどうであろう。戦場にゆかなければ勝敗はわからず、勝とうが負けようが退かずに戦うだけである。正信にいわせれば、

「戦場にゆくまえに、勝てるように、すこしは頭をつかえ」

ということになる。門徒衆は圧倒的に数は多いが、兵略がなければ、その数の多さを活《い》かせない。この岡崎攻略も、練りが足りず、家康に逆手を取られる

危険さえある。

正信は危惧《きぐ》の念をいだいて、その表情は冴《さ》えなかった。

おなじように、暗い顔をして、上野城からさがった者がいる。

伊賀谷《いがや》惣左衛門《そうざえもん》という賤臣《せんしん》である。

かれは熱烈な真宗信者ではなく、将監を尊崇《そんすう》しているわけでもない。それにもかかわらず将監の配下となって一揆に加担したのは、松平家の軍制のせいである。岡崎城に帰還した家康は三河を平定するにあたり、将監という実力者をはばかって、かれを寄親《よりおや》とする部隊を編成した。惣左衛門はその部隊の寄子《よりこ》となった。寄子はあとで、

「同心《どうしん》」

と、名称がかわる。

とにかくその寄親・寄子という軍制によって、軍事における主従関係が生まれたが、あくまで惣左衛門にとっての主は家康であり、将監ではない。おなじような考えをもっている者が、すくなからず上野にはいたであろう。

将監が岡崎城を急襲する、と知った惣左衛門は困惑した。

——ゆゆしきこと。

かれは色を失うほど深刻に憂《うれ》えたが、何をどうすればよいのか、とっさにはわからない。帰宅したあと、しきりにため息をついた。岡崎城まで趨《はし》って密告したいが、将監を裏切る行為が露見すると、家族は誅戮《ちゅうりく》され、親戚《しんせき》も迫害される。それに賊とよばれる側にいる賤臣の密告は、家康に信用されず、岡崎衆にもききながされてしまう。

——こまった。

かれは頭をかかえた。

悶々《もんもん》と考えつづけているうちに、

——そうだ。

と、惣左衛門は閃《ひらめ》きを得た。知人のひとりに石橋道全《どうぜん》がいるではないか。道全は家康方の山田氏の下にあって、岡崎衆に信用がある。道全を介して密告をおこなえば、上野衆に怪しまれずにすむ。

深夜にもかかわらず、密《ひそ》かに家をでた惣左衛門は、南へ歩き、橋目《はしめ》の道全宅をおとずれた。橋目は矢作川の西岸域にあるので、川を渡らずにゆける。

さいわい道全は在宅しており、惣左衛門の話をきいて、驚愕《きょうがく》した。

「上野の兵は、明後日、でるのか」

そこは、念を押さねばならない。

ところで石橋道全は『三州一揆之事《さんしゅういっきのこと》』では石橋道金と書かれ、『参州一向宗乱記《さんしゅういっこうしゅうらんき》』では石手道金と書かれているが、ここでは氏を石橋とし、名は法名のようにみえるのでドウゼンと訓《よ》んでおく。

惣左衛門はわずかに黙考してから、

「明後日とはいえ、船をつかわぬということになったので、出発は早まろう。日が昇ってからでは、岡崎へむかう兵を隠せない。夜明けまでに、大樹寺《だいじゅ》あたりまですすんでおきたいであろうから、上野を夜半すぎにでなければなるまい。それゆえ、上野から兵がでるのは、明日の夜とおもってもらったほうがよい」

と、いった。小さくうなずいた道全は、

「将監どのは、なにがご不満なのであろうか」

と、いい、首をふった。道全にとって、これほど解《げ》せぬことはない。将監は家康から礼遇されているではないか。

「酒井家は松平家と同格であるはずなのに、臣従しなければならぬことが、ご不満なのであろう」

「それは、将監どののこころえちがいである。たとえ兄弟であっても、同格ではない。兄は兄であり、弟は弟である。また、君は君であり、臣は臣である。僭越《せんえつ》は、身を滅ぼすもとよ。そこもとの密訴は、将監どのの謬《あやま》りを匡《ただ》すことになろう。岡崎衆におつたえしておく」

ふたりはあわただしく立った。

「では――」

「よしなに――」

同時に家をでたふたりは南北に別れた。

いそぎ足の道全は、倉橋宗三郎（惣三郎）久次《ひさつぐ》宅をめざした。

三河の倉橋氏は岡崎城下の菅生《すごう》に本貫をもっているが、久次は菅生より北の日名《ひな》村に釆地《さいち》を下賜《かし》されたばかりなので、住居は日名村にあったかもしれない。いずれにせよ、道全は矢作川を渡らねばならない。夜中に船頭を起こしたか、あるいは知っている浅瀬を歩いて渉ったか。なにはともあれ、かれは暁闇《ぎょうあん》に倉橋家に着き、一大事を告げた。

倉橋氏の宗旨は、代々、真宗であるが高田派なので、久次も本願寺派に与《くみ》していない。

「上野にさような大胆なたくらみがあったとは――」

久次は夜明けの天を睨《にら》むや、同輩の竹尾半兵衛に事の概略を語《つ》げ、倶《とも》に岡崎城へ趨った。

「さようか」

ふたりをねぎらった家康に狼狽《ろうばい》はない。情報源がひとつの場合には、家康はいきなりそれによりかかる軽忽《けいこつ》さを嫌う。他の情報が到着するのを待った。密告をおこなった上野の士は伊賀谷惣左衛門だけではなかったであろう。

――将監《しょうげん》が、わが城を攻める。

まことか、と家康は考えつづけた。やがて寄せられた情報のなかには、上野の兵が大樹寺あたりまで進出して放火する、というものがあった。それが正確であるとみると、将監の出陣は陽動作戦で、南から攻めのぼってくる門徒の兵が城を取ろうとしている、ということになり、戦場の力点と作用点がいれかわってしまう。

「それにしても……」

と、家康はひそかに苦笑した。よくぞこれほど大がかりなことを計画し実行しようとしたものだ。三河者は謀計とは無縁であるとおもっていたが、そうでもないらしい。

また報《しら》せがとどいた。

「本多弥八郎の企《くわだ》てである、と申すか」

あやつ、と家康は虚空《こくう》を睨《にら》んだが、正信の異能に気づいたのはこのときであるといってよい。

「よし」

家康は決断した。将監の狙《ねら》いがどうあれ、上野からでた兵を途中で潰《つぶ》せばよい。家康は石川日向守家成《ひゅうがのかみいえなり》と本多平八郎忠勝《ただかつ》を呼んだ。奇襲には、奇襲をもって酬《むく》いるのである。

二歳のときに父を喪《うしな》った平八郎忠勝はまだ若い。この年に、十六歳である。が、かれは岩津の南の蔵前《くらまえ》の生まれなので、矢作川とそのほとりの地形にくわしい。それゆえいくさ巧者の家成に副《そ》えられて、上野の兵を邀撃《ようげき》することになった。

上野の兵は二百余人であるらしい。家成が率いる兵もほぼ同じ数である。かれらは夕《よる》になって動いた。まず大樹寺へむかい、そこをすぎて北上し、上之里《かみのさと》で停止した。上之里は青木川が矢作川に注ぐ地点の南にあり、上野の兵が矢作川を渉り、さらに青木川を越えてくると、上之里でたたけば、ふたつの川が上野の兵の退路を断つことになる。そう忠勝は家成にいったであろう。が、家成はその進言をきいていないのか、

「策とは、敵をあざむくことによって成就《じょうじゅ》するわけではなく、味方をあざむかねば成功を得られない。敵とは人であり、味方とはおのれである。ゆえに策の上手は、おのれをあざむきつづける者をいう。人が滅ぶたびに、おのれの滅びを早めてゆく」

と、川から吹いてくる風にむかっていった。

忠勝は口をつぐんで耳を澄ました。

「われも平八郎も、蓮如上人《れんにょしょうにん》の教えを信じて生きてきた。だが、その信仰をな

げうって、門徒衆と戦うことにした。われらは悪人であるが、一心に阿弥陀仏《あみだぶつ》をたのめば、後生《ごしょう》はたすかると教えられた」

「わたしは阿弥陀仏をもなげうったわけではありません」

忠勝は浄土宗に改宗したのであり、阿弥陀如来《あみだにょらい》への信仰を失ったわけではない。

「知っているよ。ただし、われもそなたも、殿への忠の名のもとに、おのれを裏切ったことにかわりはない」

忠勝は若いだけに感情の色が目容《もくよう》にでやすい。嚇《かっ》と目を瞋《いか》らせた。家康に忠誠をもって従ったのに、味方の将から、裏切り者といわれては、腹が立たぬはずはない。が、家成は、どこ吹く風、という容態で、

「改宗は、策ではないが、ひとつの滅びを宿したとおもうべきだ。さすれば、滅ぶ者を嗤《わら》わぬようになろう」

と、いい、上之里にはおさえの兵を置いただけで、さらに北へすすみ、青木川を越えた。

忠勝は心外であった。

青木川の南で埋伏《まいふく》して急襲すれば、敵兵を全滅させられるのに、なにゆえ家成は青木川を越えたのか。そういう忠勝の烈しい問いがきこえたわけでもあるまいが、ふと家成は、

「門徒側の策は、本多弥八郎が立てたらしい。もしも将監どのが岩津へ渉らず、上野から南へすすんで、橋目から矢作川を渉って日名へ到《いた》れば、われらはまんまと裏をかかれたことになる。おそらく弥八郎は、将監どのにそう献策したであろう。が、将監どのは、もともと策を弄《ろう》することを好まれず、まして裏の裏をお採《と》りにならぬ。それによって弥八郎の策は、味方をもあざむく非凡さをもたぬことになったが、それが弥八郎を救うことになろう。わかるか」

と、いった。

――わかろうか。

忠勝は心中で反発の声をあげたが、この玄妙な訓喩《くんゆ》を黙ってきいている者がいることに気づいた。石川助四郎数正《かずまさ》である。

――日向どのは、わたしにではなく、助四郎にきかせようとなさっているのではないか。

数正は、駿府《すんぷ》に残っていた家康の嫡男《ちゃくなん》を、たくみな駆け引きでとりもどしてきたことでもわかるように、多少策を好む。その外交上手は、家中では稀少《きしょう》な才能であるが、家成の目からみると、危うさをふくんでいるということなのであろう。

兵はとうとう岩津の船着き場に到着した。むろん敵兵の影はない。あたりをながめた家成は、

「近くに兵を隠すところはないか」

と、忠勝に問うた。

「東に、天神林があります」

「そうか、では、そこに隠れよう」

上陸した兵をいきなり襲うのである。夜中に包囲陣を完成させることはできぬという家成の考えかたであろうが、わずかな兵が本隊からわかれて伏せただけで、迎撃の陣としては複雑ではない。

これは奇襲である。むこうの奇襲を逆手にとったのであるから、こちらの奇襲もかわされることはありうる。あまり濃密な陣を布《し》くと、かわされたときに、

機敏に対処できなくなる。家成の戦場における思想とはそういうものであろう。が、戦場での経験が豊かではない忠勝には、この布陣はものたりない。

――これで、よいのか。

鬱々《うつうつ》と槍を抱いて、忠勝はその時を待った。

気がつくと、月が高く昇っている。

やがて、川に火がみえた。

――きたか。

天神林の兵は身を起こした。が、家成は、

「あれは物見であろうよ」

と、いい、兵の蹶起《けっき》を掣《せい》した。川岸に兵を伏せてある。はたして川を渉ってきたのは物見の兵であった。久目六兵衛という者が岸にあがったとたん、待ち構えていた深津八九郎の槍をうけて、首を獲《と》られた。

上野をでた将監は、兵を二手にわけて徒渉させた。将監自身は半町ほど上の瀬を渉って、ゆっくりと南進した。

「将監どののおでましか」

家成は先行の隊をやりすごして、将監の隊に兵を近づけ、

「かかれ――」

と、号令をくだした。横撃のかたちになった。将監の兵は乱れた。が、たやすくくずれない。

「なんの、これしき」

将監の肝は細くない。あわてずに下知《げち》して、反撃のかたちをととのえた。この上野の兵の戦いぶりについて『参州一向宗乱記』は、

――疼《う》まずさらず、半時計《ばかり》火出《いづ》る程に戦うたり。

と、称《ほ》めた。疼む、とは、倦《う》むということであり、戦うことがいやになって戦場から去った兵はいなかった。だが、将監がひごろ目をかけている黒田彦右衛門（あるいは彦左衛門）などの武辺者が深手を負ったため、上野の兵は動揺し、戦意が萎《な》えはじめた。

「やむなし」

将監はむりをせず、兵を引かせた。ついに上野の兵は、手負いの者に肩を貸して川におり、退却した。

城にもどった将監は、すぐさま留守《りゅうしゅ》の正信に、

「船をつかうべきであった。が、たとえ船をつかっても、岡崎衆の待ち伏せに遭うであろう」

と、あえて局促《きょくそく》をみせず、暗くない苦笑をまじえていった。極秘の計画でも、岡崎衆に知られることなく遂行することが至難である、と暗《あん》にいったのである。勘のよい正信はたちまち察して、

——この家中には、岡崎に通じている者が、かなりいる。

と、おもい、ここで家康と戦いつづけることのむずかしさを想《おも》って暗澹《あんたん》となった。

一方、勝利を得た家成は、川岸に立って、

「追うな——」

と、叫んだ。敗兵を追って川にはいった兵に引き揚げを命じた。これといった首級を挙げられなかった平八郎忠勝の憮然《ぶぜん》とした貌《かお》をみた家成は、

「夜中のいくさとは、こんなものだ」

と、いい、さっさと帰途についた。この兵は大樹寺をすぎて夜明けを迎えた。

おなじころ、土呂・本宗寺の兵が針崎に到着した。が、勝鬘《しょうまん》寺の兵はすぐにでず、諸将はうちあわせをおこなった。

策のなかに策を設けるためである。

この兵は、岡崎城を攻めると豪語《ごうご》して発し、上和田《かみわだ》の近くを通り、小豆坂を登る。すると急報をうけた家康は城をでて小豆坂へむかうであろう。家康を城から誘いだすという策はいちおうそれで成功したことになるが、さらに家康を城から離してかえりにくくするために、

「佯敗《ようはい》」

をおこなうことにした。佯《いつわ》り敗《やぶ》れるのである。わざと負けた兵は坂をくだって妙国寺《みょうこくじ》のほうへ逃げ、家康に追わせる。そこまでくると針崎が近いので、かならず家康は針崎へむかう。針崎には蔚然《うつぜん》たる森があるので、そこに兵を伏せておき、家康が妙国寺をすぎた時点で起《た》つ。同時に佯敗の兵は家康のうしろにまわる。これで挟撃《きょうげき》が成るのである。

「よかろう」

本宗寺からきた諸将は諒承《りょうしょう》して、針崎の森に兵を隠すことにした。したがっ

て針崎をでたのは勝鬘寺の兵と本宗寺の兵の一部である。かれらの笠標《かさじるし》には、

「法敵退治の軍、進む足は往生極楽《おうじょうごくらく》、退く足は無間地獄《むけんじごく》」

と、しるされている。無間はよくつかわれる語で、間がないことをいい、絶え間なく苦しむ地獄が無間地獄である。戦いにおいて前進すれば死後に極楽へ往《ゆ》けるが、後退すれば地獄に堕《お》ちる。それを信ずる集団は、死への恐怖を超越しているので、最初から生還を望まない死兵にひとしい。相手にとってこれほどおぞましい兵はないであろう。

簇々《そうそう》と兵は動いた。


上和田砦の矢倉に朝日があたっている。

矢倉の上から南のほうをながめていた喜六郎忠豊《ただとよ》が、

「きたぞ――」

と、大声を放ち、貝をながながと吹いた。貝の音は岡崎城までとどくはずはないが、伝達されるようになっている。おもむろに母屋《おもや》をでた五郎右衛門忠勝

は、大久保党の将帥《しょうすい》としての威厳をみせて、

「賊は、わが砦《とりで》を攻めずに、小豆坂へむかうときいた。砦に籠《こ》もって、賊の通過を見守ることほど忌《い》まわしいことはない。われらはすみやかに小豆坂へ移動して、賊を待つ。殿がご到着になるまで、賊の通過をゆるしてはならぬ」

と、太い声でみなにいい、馬に騎《の》った。

敵は三倍から五倍の兵力であろう。大久保党としては砦内に充分な兵を残すゆとりがない。常源《じょうげん》が十数人の兵とともに砦を守るのである。が、いくさの名人である常源は、女どもと子どももつかって、砦を守りぬくであろう。

幼い平助も、この出陣のようすをながめていたが、馬上の忠勝よりも、それを見送る常源のほうに犯すべからざる威と神彩があるように感じられた。

兵馬が砦外にでたあと、門を閉じさせた常源は、平助の父である忠員《ただかず》とおだやかにことばを交わしつつ歩いた。ひとりで立っている平助に気づいた常源は、微笑をみせて、

「手習いをつづけているか」

と、声をかけた。

「はい」

妙国寺にかようことはできないが、三条西どのに文字を教えられている。

「よいか――」

と、平助に近づいてしゃがんだ常源は、

「文字には力がある。尋常な力ではないぞ。文字を書く筆は、たった一本でも、万本の槍にまさる」

と、気魄《きはく》に満ちた声でいった。

――気に打たれた。

と、平助は全身で感じ、老年になるまで、ここでおぼえた衝撃を忘れなかった。人には解説しようのないふしぎさがある。常源から発散される気は、人の胸裡《きょうり》まで達する。おそらくその気は、戦場において、常源を刺殺するはずの飛矢を、何本も折り砕《くだ》いたのではあるまいか。上和田砦も常源の気によって守禦《しゅぎょ》されているにちがいない。

上和田砦をでた大久保党の兵の移動は速い。羽根《はね》をすぎて小豆坂を登り、隘《あい》路《ろ》をふさぐように布陣した。

門徒の兵は上和田砦を攻めず、まっすぐに小豆坂に寄せてきた。坂の上から
それをながめていた忠世は、
——敵は想ったほど多くない。
と、おもった。敵の攻撃を半刻ほど耐えていれば、家康の兵が到着する。
横にいる忠佐は、首をかしげて、
「門徒衆は二手にわかれたのではないか」
と、いった。さすがに観察はするどい。忠世がおぼえた不安もそれである。
べつの門徒の兵がちがう道を通って岡崎城へむかっていると想うべきであろう。
が、大久保党としてはほかに手の打ちようがない。
門徒の兵が坂を登りはじめた。
その先陣には渡辺玄蕃《げんば》、渡辺源蔵、渡辺半蔵、渡辺八郎三郎、蜂屋《はちや》半之丞《はんのじょう》ら
がいる。渡辺党が主力であるといってよい。忠勝の妻の父の渡辺八右衛門がそ
の陣にいないのは、勝鬘寺の守りのために残ったからであろう。
弓を林立させた大久保党は、
「放て——」

という忠勝の声をきいて、いっせいに矢を放った。矢合戦の開始である。坂の上からの矢は、勁《つよ》く、しかも的中率が高い。まして大久保党には、阿部四郎五郎忠政という弓術の名手がいる。かれの矢は正確無比であり、槍の半蔵こと渡辺半蔵の腰に中《あた》り、川田彦十郎の片股《かたもも》につきささり、喜藤八大夫の鎧《よろい》をつらぬいて腹を刺した。またたくまに矢傷を負ってしりぞく者がふえた。坂部又六郎は四郎五郎に射殺された。門徒兵の先陣は四郎五郎の矢に悩まされて、前進できない。

木立にはいって飛矢を避けている玄蕃は、

「たれか、四郎五郎を射倒せ」

と、怒声を放った。その声に応じて、門徒兵も矢を放つのだが、弓勢が弱い。だが、門徒兵のなかにも勁弓《けいきゅう》をもつ者がいた。渡辺源次仲綱《なかつな》である。かれは四郎五郎だけを狙《ねら》い、つづけざまに矢を放った。

「中った——」

門徒兵は歓声を挙げた。四郎五郎が矢傷を負って弓をおろした。それをみた玄蕃は喜色をみせて躍《おど》りあがり、

「すすめや、すすめ」

と、叫びつつ、坂を駆け登った。

喊声《かんせい》が玄蕃のあとに続いた。飛矢は熄《や》んでいる。

すばやく槍をそろえた大久保党は、敵の鋭鋒《えいほう》をうけるまえに、ゆるやかに動いた。その動きはたんなる反応ではなく、陣がもっている意志の表現のひとつであり、いかにも冷静であった。大久保党の槍が烈《はげ》しく坂をくだってこないところに、大久保党の兵術があり、その整然たる槍に威圧された玄蕃は、この戦場で大久保党を指麾《しき》している忠勝よりも、そのうしろにいる常源を想い、

――これが常源の偉さだな。

と、羨望《せんぼう》をまじえて感心した。が、感心して退くわけにはいかないので、南無阿弥陀仏《なむあみだぶつ》と心中でとなえてから、まっすぐに突進した。

猛烈なたたきあいとなった。

大久保党が優勢である。が、槍術《そうじゅつ》においては人後に落ちぬ者が渡辺党にはそろっている。ほどなく門徒兵は劣勢から脱した。

「押せや、押せ、押せ」

玄蕃の声がはつらつと高い。実際、その声は門徒兵のなかでもっとも高い位置から発せられていた。大久保党は、長兵のほころびを短兵がつくろうようになった。ここからが大久保党のねばり腰である。兵は助けあって戦い、陣の破れを大きくしない。大久保党は地の利を戦いかたの計算のなかにいれているので、門徒兵は敵兵のいない急勾配《きゅうこうばい》を躋《のぼ》ってまわりこむということができない。

——いやな相手だ。

玄蕃は苛立《いらだ》ち、槍をふりまわした。が、その槍がとまった。玄蕃の眼前に忠佐の槍があった。

「治右衛門か……」

忠佐は黙っている。玄蕃はそのぶきみな静けさを突き破るべく槍をだしたが、軽くあしらわれて、一、二歩退いた。玄蕃の左右とうしろに兵がふえたものの、忠佐の槍を恐れて踏みだせない。

——相手はひとりではないか。

玄蕃は、みずからを励ますように、吼《ほ》えて、突進した。衝撃があり、槍が手から離れた。刀をぬこうとした玄蕃に忠佐の槍先が恐ろしい速さで迫った。

――われは、死ぬか。

と、覚悟したとたん、忠佐の槍先がそれた。渡辺源蔵の槍が忠佐の槍を打った。源蔵は玄蕃の弟である。槍術において源蔵は半蔵にまさるともおとらない。

――源蔵か……。

気が変化するとはこういうことであろう。源蔵の槍にはわずかの甘さもない。確実に人を殺傷する。つけこむすきのない槍とむかいあった忠佐が、気構えをあらためただけでも、受け身になった。忠佐の槍からゆとりが消えた。

が、兄弟とはふしぎなものである。源蔵が兄の玄蕃を助けたように、竦《すく》みはじめた忠佐のもとに忠世が駆けつけた。

「七郎右衛門か。よき敵――」

と、源蔵がいうのをきいて、忠佐は源蔵にみくだされている自分を知り、嚇《かっ》となった。忠世は陰気な人ではないので、源蔵にむかって槍をかまえたものの、殺気を払い、

「殿と岡崎衆は、もはや針崎に到着して、勝鬘寺を攻めているかもしれぬぞ」

と、張りのある声でゆさぶりをかけた。ことばにはふしぎな力がある。槍を

もった源蔵そのものに呪力《じゅりょく》があるとすれば、それを忠世はことばの力を藉《か》りて攘除《じょうじょ》したといえる。

——そういうものか。

忠佐はひとつ学んだとおもった。

源蔵は無表情であったが、わずかに玄蕃が嗤《わら》ったようである。それをみのがさなかった忠佐は、

——怪しい。

と、感じた。忠世はなおも、

「上野の兵は、岡崎に達することはできぬ。殿は賊の陰計をすべてご存じである。阿弥陀仏のご加護は、殿にあり、なんじらにはない。早々に殿に降《くだ》って、忠を尽くすべし」

と、渡辺党にきこえるように、朗々といった。

「やかましい」

槍を撫《ひろ》いあげた玄蕃が怒鳴った。

——ほう、動揺したわい。

こんどは忠佐が嗤った。

源蔵と忠世が槍をあわせたとき、戦場全体のけはいが変わった。

「殿のご到着である」

と告げる声が遠くからながれてきた。玄蕃と源蔵は目くばせをして槍を引いた。潮汐《ちょうせき》が替わったといってよいであろう。差《さ》し潮《しお》であった門徒兵は引き汐《しお》となった。

二十代前半の家康はじつにはつらつとしている。一向一揆という大患《たいかん》に遭《あ》っても、苦悩の色をみせず、明朗で、しかも颯爽《さっそう》としていた。

家康は小豆坂の戦場に到《いた》るや、大久保党を頽墜《たいつい》させなかった忠勝に、

「よくぞ耐えたり」

と、褒詞《ほうし》を投げ与え、躊躇《ちゅうちょ》なく、追撃をはじめた。大久保党の先鋒《せんぽう》はそれより早く坂をおりて、敗走する門徒兵を猛然と追った。

逃げる門徒兵は、羽根をすぎ、妙国寺の近くで散った。忠世は松林のあいだを悠然と去ってゆく武人をみつけて、

「引き返したまえ」

と、呼びかけた。ふりむいた武人は、

「七郎右衛門であるか」

と、愉《たの》しげにいい、大刀をぬき、立葵《たちあおい》の指物《さしもの》をひるがえして、忠世に迫ってきた。この武人は土呂の本宗《ほんしゅう》寺内にいる本多九郎三郎（あるいは九三郎）という。忠世も大刀をかまえて、打ちこんだ。打ちあいでは勝負がつかぬとみた九郎三郎は、大刀を投げ棄《す》て、

「寄れや、組まん」

と、いい、両腕をひろげた。忠世も大刀を斂《おさ》めて、九郎三郎にぶつかった。忠世はもう二十代ではないが、血気盛りをすぎてはいない。ふたりは組んだまま倒れ、上になり下になったが、膂力《りょりょく》にまさる九郎三郎が忠世を組み伏せた。目で笑った九郎三郎は、首を掻《か》くべく、小刀に手をかけた。首を獲《と》られる寸前の忠世は、自身をことばで救った。すなわち忠世は九郎三郎に圧迫されていない唇を動かして、

「ところで本多どのよ、貴殿は、忠義に背き、一揆に与《くみ》しただけではなく、昨今や今日までの朋輩《ほうばい》のよしみを忘れ、わが首を取って、たれにみせるのか」

と、軽くなじった。

九郎三郎はそのことばをまともにうけとって首をひねった。忠世の首をもって本宗寺に帰ったところで、褒賞されるわけではない。攻防のさなかであるにもかかわらず本宗寺の主である証専《しょうせん》は不在であり、門徒衆を攬《まと》める主将という者もいない。本宗寺のありようは他の三ヶ寺とは少々ちがう。

九郎三郎はあごをあげて一笑した。その目に枝葉《しよう》のあいだにある空の青さが映った。

「なるほど、膠漆《こうしつ》の旧友を討ち取ったところで、感賞を得られぬわい」

この合戦のむなしさにふれたおもいの九郎三郎は、おもむろに腰をあげ、忠世を引き起こしてから、うち笑いつつ別れた。泣いても笑っても、このいくさのむなしさは変わらない。九郎三郎の笑いは、自身にむけられたものであると同時に家康にむけられたものであろう。九郎三郎のような剛者を国と家の力にとりいれられない内乱のばかばかしさが忠世の心に染《し》みてきた。それにしても、

――あぶなかった。

と、忠世はおのれの血気の勇の無益さに気づき、改悔《かいかい》した。

九郎三郎は本宗寺にむかって引き揚げたであろうが、伴走《ようそう》の兵の大半は妙国寺の裏へまわって匿伏《とくふく》し、騎虎《きこ》の勢いの家康が通過するのを待った。通過すれば、家康は袋のねずみとなる。

小豆坂からまっすぐにくだってきた家康は、妙国寺のあたりで門徒兵が消えたことを怪しまず、

「針崎まですすもうぞ」

と、諸将にいい、妙国寺の近くまできた。突如、烈しく風が起《た》ち、黒松の葉が雨のごとくふって、家康の甲冑《かっちゅう》にあたった。目を細めた家康は馬の脚をゆるめて、妙国寺の堂宇《どうう》のほうに馬を寄せた。そのとき、視界に人影がはいった。一宇《いちう》の屋根の上に、人がいるではないか。よくみると、それは童子で、奇妙なことに長巻《ながまき》を立てている。

——奇怪な小僧だ。

さらに高く家康は目をあげて凝視した。童子は家康をながめず、南のほうに顔をむけたまま、

「さても、危うし、蔵人佐《くろうどのすけ》、ここが先途《せんど》となろうとは」

と、くりかえし謡《うた》った。

——あの小僧は、われを諍《いさ》めているらしい。

そういわれれば、門徒兵の逃げ足が速すぎたことに想到した。それはそれとして、あの小僧は何者か、と家康が馬廻りに問おうとして、ふりむいたわずかのあいだに、屋根の上の人影は消えていた。家康は無人となった屋根をしばらく瞻《み》ていたが、

「賊に、計略有りとみえる。長追いしてはならぬ」

と、大きな声でいい、追撃をやめさせた。

先行していた大久保勢も命令を承《う》けて停止し、帰途についた。

この時点で、門徒側の策戦は失敗した。

家康は上和田砦に立ち寄った。

砦内の兵はいっせいに平伏し、

「慶福なり」

と、常源が趨迎《すうげい》した。奥の者たちに気をつかわせないために家康は母屋《おもや》へはあがらず、地に床机《しょうぎ》を立てて腰をおろし、常源と笑語した。そのうちに帰還し

た忠勝に、あらためてねぎらいのことばをかけた。感激した忠勝は弟たちをならべてひかえさせ、さらに忠員を招き、その子である忠世や忠佐などを坐《すわ》らせた。そのあと、

「惶《おそ》れながら……」

と、嫡男《ちゃくなん》の新八郎をわきにすえた。この目通りは、上和田大久保家の後継認定式となる。新八郎はこころえて、ひたいを地につけて名乗った。

「佳《よ》き子よ、何歳になるか」

「十五歳でございます」

「すでに元服はすんだようであるが、ここで予が首服《しゅふく》を加えてつかわそう。康《やす》忠《ただ》と名乗れ」

首服は成人服といいかえることができる。しかも家康は自分の偏諱《へんき》をさずけた。

「ははっ――」

と、喜びの声を揚げたのは忠勝である。これで大久保家はいちだんと岡崎松平家に比《ちか》くなった。常源と忠勝の喜色をにこやかにながめた家康は、

「新八郎康忠を予の傍《かたわ》らに置きたいが、連れ去ってもかまわぬか」

と、いって忠勝をおどろかした。忠勝はますます喜び、

「愚息でありますゆえ、どうか廝養《しよう》の卒《そつ》にお加えください」

と、ためらわずにいった。

「善し、新八郎、ついてまいれ」

家康は長居をせず、馬上の人となるや、すみやかに帰城した。なんのことはない、家康に人質を召しあげられたようなものであるが、忠勝は上機嫌であった。

帰宅した忠世は、さっそく弟の勘七郎をつかまえて、

「鉄炮を習いたい。われに教えよ」

と、いい、川原にでて射撃をはじめた。鉄炮に関心のない忠佐は、それにつきあわず、独り縁側に坐って、おときのことを考えていた。

――この手で……。

と、忠佐は自分の手をにがくみつめた。おときの養父である与兵衛を刺殺してしまった手である。与兵衛は絶えようとする息で、

「おときさまは、ぜんこうさまのご息女です」

と、忠佐に語《つ》げた。あれから、ぜんこうの名が脳裡《のうり》から消えず、考えつづけたが、おときの実家が矢作川の上流のほうにあったらしいことを想《おも》いあわせると、

――ぜんこうとは、佐久間全孝のことではないか。

と、想念がそこに著落《ちゃくらく》した。

賀茂《かも》郡に広瀬《ひろせ》という地があり、西広瀬城の主を佐久間九郎左衛門重行《しげゆき》といい、かれは入道して全孝と号した。ただし岡崎衆のなかで全孝を憎まぬ者はひとりもいない。

十四年前に、家中が恇駭《きょうがい》する大事件があった。

家康の父の広忠《ひろただ》が、城内で、家臣の岩松八弥《いわまつはちや》に暗殺されたのである。

じつは岩松八弥は佐久間全孝によって密《ひそ》かに送りこまれた刺客であった。それを知った阿部大蔵などの重臣たちは、いちように激憤して、天野孫七郎賢景《かたかげ》をつかって、全孝を暗殺した。暗殺の応酬である。ちなみに、そのとき全孝は即死ではなかったと『三河物語』は記しているが、全孝が死去したのはその年

であるとみたい。

城と家臣は全孝の子の佐久間長七郎が襲用《しゅうよう》した。

――長七郎は、おときの兄であろう。

と、忠佐は想っている。おときは兄のもと、すなわち西広瀬城にいたのであろう。ところが数年後に、この城は、近隣の土豪である三宅右衛門大夫高貞《たかさだ》に攻められて、陥落した。

――おそらく長七郎は戦死したであろう。

その際、おときは家臣に扶《たす》けられて城外へのがれた。その家臣というのが、養父となる与兵衛であるにちがいない。すると養母のお笹は、乳母か侍女であろう。

西三河北部は尾張東部に接しているため、佐久間氏の勢力は国境を越えて伸張しやすく、西広瀬の城を奪回して、佐久間平兵衛という者をいれて、守らせた。が、おときが広瀬の地に帰らなかったのは、佐久間平兵衛に血縁の親しみをおぼえなかったからであろう。

五年前が家康の初陣《ういじん》の年である。

家康は西三河北部に陣をすすめて、最初に寺部《てらべ》の鈴木重教《しげのり》を攻めた。これは今川義元の命令を遂行したのである。つぎに西広瀬城の佐久間平兵衛を攻めた。これはたぶん家康独自の判断による合戦で、

——西広瀬の佐久間は、父の仇である。

という情念が、復讎《ふくしゅう》戦をおこなわせたのであろう。

要するに、岡崎松平家の主従は、佐久間氏を嫌悪《けんお》している。考えてみれば、丸根砦《まるね》を守っていたのは、佐久間大学助盛重であり、今川義元は家康の感情を推察して、家康に丸根砦を攻めさせたのであろう。

それはそれとして、落魄《らくはく》のおときら三人が、なにゆえ佐久間宗家のある尾張へながれずに、嫌悪の目をむけられやすい西三河にとどまり、真宗の寺内町に定住したのであろうか。

忠佐はやるせない。もしもおときが佐久間全孝の女《むすめ》であれば、妻にすることはそうとうにむずかしい。が、そういう数奇《すうき》の人であるがゆえに、かばいぬいてやりたい、ともおもう。

——おときは与兵衛の女よ、それでよいではないか。

なにはともあれ、早くおときをみつけて、与兵衛を手にかけたことを詫《わ》び、おときの真意を問い質《ただ》したうえで、おやえとお笹もひきとってやりたい。

――この乱はいつまで続くのか。

忠佐にとって、つらい月日の経過となった。

が、十二月下旬に、家康側にひとつの光風がとどいた。松平亀千代の家老である松井左近忠次《ただつぐ》が、吉良義昭《よしあきら》の居城である東条城《とうじょう》を陥落させたのである。吉良義昭は城からのがれて、ゆくえをくらました。それにより名門の吉良家は淪落《りんらく》した。ちなみに吉良家を復活させるのは、義昭の子ではなく、義昭の兄(義安《よしやす》)の子である義定《よしさだ》である。義定の父は今川義元によって駿河《するが》の藪田《やぶた》に幽《ゆう》閉《へい》されたため、義定はその地で生まれ、武田信玄によって今川家が倒転《とうてん》されるや、父祖の地に帰って幽棲《ゆうせい》した。天正七年に、吉良に鷹狩《たかが》りにきた家康に面謁《めんえつ》する機会を得た義定(十六歳)は、ほどなく家康に仕えて、吉良家を再興したのである。さらにいえば、義定の妻は、今川氏真《うじざね》の女であり、ふたりのあいだに生まれた嫡子の義弥《よしみつ》が、高家《こうけ》として登用される。

吉良義昭が出奔《しゅっぽん》したため、一揆側は、奉戴《ほうたい》する大将を失った。なにかにつけて後手にまわった門徒衆は、危機意識を強め、頽勢《たいせい》をめぐらすべく、本證寺において評定をおこなった。評定の座には本多正信もいる。東条城に松平亀千代の兵がはいったため、かれらは西尾《にしお》城の酒井正親と連携して、荒川甲斐守義広《かいのかみよしひろ》の八《や》ッ面《おもて》城を圧塞《あっそく》するであろう。八ッ面城に近い本證寺は、桜井《さくらい》城の兵とともに荒川義広を支援しなければならないのは自明である。

「土呂と針崎の兵をもって、上和田砦を攻め、大久保党を殄滅《てんめつ》するのが、先決でござる」

と、正信は厳然といった。

ここまでの合戦を総覧すると、上和田砦が家康側の橋頭堡《きょうとうほ》になることもあれば、策源地《さくげんち》にもなっている。それをこなごなにうちくだいてしまえば、岡崎城攻略の展望を得ることができる。

「もっとも、と存ずる」

正信の主張は多くの賛同者を得た。

この年は、十二月に閏月《じゅんげつ》がある。杪冬《びょうとう》の風に吹かれながら野寺《のでら》をあとにした正信は、矢作川を渡って針崎の勝鬘寺に立ち寄り、弟の正重に会って、

「いつとはいえぬが、年が明ければ、上和田砦を攻める。容赦するな。できれば、大久保七郎右衛門を討ち取れ」

と、いった。正重の唇がわずかにひらいた。が、かれは何もいわず、目でうなずいた。

「鉄炮をあとでとどけさせる。習っておけ」

いったんいくさをはじめたかぎり、敵陣に父がいれば、父をも殺さなければならない。なるほど大久保七郎右衛門忠世は正信の友人であるが、大久保党の活気はおもに忠世から発せられていると正信はみたので、忠世を除剪《じょせん》することが、大久保党を潰滅《かいめつ》させる近道であると判断したのである。

――これが非情か。

正信は鼻で哂《わら》いたい。合戦そのものが非情ではないか。戦うことがすべてである武人は、最初から非情の人である。忠世も戦場において人を殺している。友人、知人をみのがして、無縁の人を殺すことが、温情であろうか。

上和田砦は大津波をかぶろうとしている。

八百余人という衆多の兵が針崎に集結したのが、正月の十一日である。

かれらはいっせいに上和田砦へむかった。

砦内の矢倉では貝が吹かれた。門徒衆がかってない気魄《きはく》をもって砦を潰《つぶ》しにきたことを、砦を衛《まも》る者で感じぬ者はいない。

喊声《かんせい》が迫ってきた。

「撃ってでる」

恐懼《きょうく》することなく五郎右衛門忠勝は決断し、百数十の兵を率い、門をひらいて、突進した。三河の武人の戦いかたは、つねにこうである。城や砦がどれほど堅固でも、あるいは敵がどれほど強大でも、一戦もせずに塹《ほり》や塀の内に籠《こ》ったままでいることはない。大久保党もその習癖《しゅうへき》によって出撃したともいえる。

壮絶な戦いとなった。

三河の一向一揆に関する記録で、この日から五日間の戦闘は特記されることになる。

さきの小豆坂での戦いとはちがい、門徒側には陰計がなく、兵の闘志がまとまっている。その団結のなかに大久保党は斬《き》り込んだのであるが、門徒兵はたやすく分裂しない。大久保党の粘りを殺《そ》ぐようにしつこい戦いかたをした。

――今日の門徒衆は難敵である。

忠世と忠佐はそう感じて戦いつづけた。心身に疲れがたまるのが早い。徐々に大久保党に負傷者がふえてゆく。

ここで忠勝に不幸が襲った。飛矢がかれの左眼につきささった。

「なんの――」

と、叫んだ忠勝は、血がしたたる目からその矢をぬいてかなぐりすてるや、返しの矢を射た。が、左目がみえない。

将の負傷が大久保党に動揺をもたらした。

――このままでは、負ける。

忠佐は戦慄《せんりつ》した。

このとき、上和田の北隣の六名《むつな》から、土屋、筒井など十数騎が援《たす》けにきた。かれらが大久保党の崩れをふせいだ。が、劣勢であることにはかわりがない。

戦いはじめて一刻も経《た》っていないはずであるのに、苦戦をつづけている忠佐には、ここでの時間はとてつもなく長かった。

なにげなくふりかえった忠佐の目に、こちらに駆けてくる一騎が映った。

——はて……。

「まさか——」

と、忠佐の口が呆然《ぼうぜん》とひらいた。

なんと疾走してきて、いままさに戦場に乗り込もうとしている一騎とは、家康ではないか。おどろいたことに、従者の影はどこにもない。

——殿を討ち死にさせられようか。

忠佐は全力で走った。家康の馬の口にとりつくと、

「殿——、おあとをご覧なされよ。たれもつづいてはおりませぬ」

と、荒い息でいった。

家康の馬の口をとっていたのは宇津与五郎であるが、馬の速さについてゆけず、遅れた。また、家康が岡崎城をでる早さが尋常ではなかったので、いちはやく出馬に気づいた新参の戸田三郎右衛門忠次だけがつづいたが、それでも家康にひきはなされた。

——殿は、唯《ただ》一騎で、駆けつけてくださったのか。

忠佐は全身で感動し、あとでことあるごとに一門の者に語り、それを平助が憶《おぼ》えていた。

忠佐の顔つきが変わった。かれは家康の馬の口をとり、あたりを睥睨《へいげい》した。襲ってくる者は赦《ゆる》さぬという形相《ぎょうそう》である。ほどなく宇津与五郎が到着した。戸田忠次も追いついた。

「やっ、治右衛門どのか。遅参つかまつった。面目ない」

その声を背できいた忠佐は、ふりむかず、前進して、

「殿の馬前を穢《けが》す者は、何人《なんぴと》も、容赦はせぬぞ」

と、槍を揚げて、高らかに叫んだ。

「おお、殿のご到着ぞ」

大久保党は活気をとりもどした。が、今日の門徒衆は家康の出馬を想定して出師《すいし》したのであるから、

「なんの——」

と、恐れをみせず、あらためて鋭気をむきだしにした。大久保党を砦に押し

つけている門徒兵の一部は、砦のうしろにまわって攻めている。大久保勘七郎の鉄炮の音がきこえた。十二歳の千丸も、忠員の近くにいて戦っているにちがいない。

ようやく岡崎衆が戦陣に参入しはじめた。

馬上で配下の兵の聚《あつ》まりを確認した家康は、待ちかねたように、

「かかれや、ものども」

と、よく通る声で下知《げち》した。猛然と押し返しがはじまった。家康の声にはじかれたように反撃の先頭に立ったのは、中根喜蔵利重《としじげ》という若武者である。この二十二歳の恐れを知らぬ武人の眼前に、渡辺半蔵守綱の槍があった。

「喜蔵か、愉《たの》しや」

半蔵が相手になってやる、といったのである。それだけでも名誉というものであろう。喜蔵は、槍の半蔵を、恐れない。果敢に槍を突きだした。槍を合わせて互角であるということは、喜蔵の槍術《そうじゅつ》も非凡であった。

半蔵はさきの小豆坂での戦いにおいて、阿部四郎五郎忠政の矢を腰にうけたので、その矢傷が癒《い》えてなければ、多少腰のきれが悪かったかもしれない。

勝負にこだわる武人が、互角であることを楽しむはずはない。ふたりは同時に槍を棄《す》てて、太刀打ちをはじめた。が、勝負はつかなかった。両人とも、負傷して退いた。

ちなみに中根喜蔵はこの年から八年後の三方原《みかたがはら》合戦において、家康の馬前で討ち死にする。中根の家を襲《つ》ぐのは、松平九郎兵衛正俊《まさとし》に嫁いだ女《むすめ》が産んだ九之丞正次《まさつぐ》である。

後退してゆく半蔵に、

「引くな、渡辺、きたなし」

と、声をかけた武人がいる。鵜殿《うどの》十郎三郎長祐《ながすけ》である。十郎三郎の剛鋭さは、半蔵もよく知っている。この状態では戦いたくないとおもったが、十郎三郎の足のほうが速く、その大刀をうけざるをえない。

――やむをえぬ。

半蔵は大刀をかまえた。かれの大刀は槍よりは冴《さ》えがないが、武術において十郎三郎におとるわけではない。たがいに踏み込んだとき、半蔵は浅く斬《き》られたものの、半蔵の大刀のほうが勁《つよ》く、十郎三郎を斬り倒した。

「首をもらっておくか」

と、しゃがんだ半蔵に、槍先が迫った。

――おっと。

わずかに躍《と》びすさった半蔵は、大刀で槍先を払った。

「文助ではないか」

槍をもつ若者に、半蔵は微笑をむけた。半蔵に必死に立ちむかおうとしているのは、川澄文助正信《まさのぶ》といい、このとき十九歳であった。川澄家は真宗の信者のはずであるが、文助は一揆に与《くみ》せず、家康に従った。

川澄という氏は、常陸《ひたち》の川澄郷を発祥の地とするのが伝承であるから、文助の父祖は三河人ではない。川澄氏を称するまえは、小山《おやま》氏である。三河に移り土呂に住居をかまえた川澄家は、代々、松平家に仕えた。文助の父の五郎左衛門吉次《よしつぐ》は信忠と清康に仕え、兄の新左衛門重次《しげつぐ》は清康と広忠に仕えた。重次は八年前の弘治二年に戦死した。そのため重次の妻は三歳の男子である三十郎をかかえて、大久保弥太夫に嫁いだ。

ただし、こまったことに、大久保氏の系図に弥太夫という通称がみあたらな

い。大久保一門で、名に、

「弥」

という文字をふくむ人は、忠員の弟の忠久《ただひさ》であるが、かれは弥三郎といった。それに忠久は天文年間に討ち死にしているので、弘治二年まで生きてはいない。ほかには、忠佐が弥八郎と称していたことがあったが、弘治二年に忠佐は二十歳であり、つれ子のある寡婦《かふ》を娶《めと》るには若すぎるであろう。ついでにいえば、平助にはふたりの弟ができて、すぐ下の弟を弥太郎という。むろん弘治二年には、平助でさえ生まれていないので、論外である。宗家の常源の子と孫は、弥の文字を用いない。それゆえ大久保弥太夫は、庶家のひとりというしかない。

門徒衆との対戦が必至であるとわかったときに、大久保一門は上和田砦に集結したので、十歳の三十郎も砦内に移った。文助が一揆にくわわらなかったのも、大久保党とのかかわりがあったためであろう。

文助はおのれの信義を訴えるべく、甥《おい》の三十郎をともなって、家康に謁見《えっけん》した。そのとき家康は三十郎をみて、

「なんじの父は譜代の勇士であった。父の業を継いで、忠功を致すべし」

と、ことばをかけたという。

のちのことをすこしいえば、三十郎は正次《まさつぐ》という諱《いみな》をもち、大久保忠世に仕えるようになり、さらに忠隣《ただちか》に仕えて、忠をつらぬくのである。

さて、半蔵にいどんだ文助である。

槍をもっていない半蔵でも、強敵である。容易に踏み込んでゆけない。背中にも冷や汗がながれはじめた。

「文助、やめておけ。ここで死んでも、家名は揚がらぬ」

半蔵は一喝するように、大刀を一閃《いっせん》させて、文助を退かせた。

――気合い負けだ。

文助は槍を引いて嘆息した。

さらに半蔵は後退した。そこに父の源五左衛門高綱《たかつな》がきて、

「殿がご到着になった。殿には敵してはならぬ」

と、いい、ともに退却した。が、追撃は急であり、矢が門徒兵にふりそそいだ。そのなかの一矢《いっし》が、源五左衛門の内兜《うちかぶと》に中《あた》った。

「父上――」

半蔵はとっさに父を支えたが、父の足に力がない。いのちが衰えてゆく父の躯《からだ》を肩にかけて、半蔵はいそいだ。半蔵自身も負傷しているので、この退却はつらかったであろう。勝鬘寺内に倒れこむようにはいった半蔵は、おのれの手当もそこそこに、口をひらかぬ父を看護したが、父の死をさまたげることはできなかった。源五左衛門は夜に死去した。

「この矢が――」

ひきぬいた矢には、内藤甚市《じんいち》という文字があった。この甚市とは、内藤甚五左衛門忠郷《たださと》の次男である甚一郎正成《まさなり》のことであろう。この日正成は、兄の甚蔵忠村《ただむら》とともに家康の麾下《きか》にあり、門徒衆の攻勢が頽《くず》れぬのを愁《うれ》えて、

「石川十郎左衛門はわが舅《おじ》であるが、今日の戦いは、殿の戦いであり、私事をさしはさむわけにはいかぬ」

と、いい、矢を放った。

正成は父にまさるともおとらぬ弓術の名手であり、その矢は、悍勇《かんゆう》をもって知られる矢田作十郎をも恐れさせ、

「もしも正成と対決すれば、かならず死ぬことになる」

とさえいわしめた。その矢が、土呂の石川党を率いている石川十郎左衛門にむかって飛び、膝《ひざ》につきささり、なんと二の矢が、片方の膝に中った。両膝を射られた十郎左衛門はたまらず退いたが、死亡した。さらに正成は、渡辺源五左衛門を狙《ねら》ったのである。

正成が晩年に獲《え》た石高《こくだか》は五千（武蔵国《むさしのくに》埼玉郡内）である。

正成の矢には、逸話と伝説が附随《ふずい》している。

家康が遠州の高天神《たかてんじん》城を攻めたとき、正成の矢が多くの城兵を殺したので、城兵は恐竦《きょうしょう》し驚嘆して、

「一矢でふたりを殪《たお》す者は、尋常の射手にあらず」

ということばを添えて、矢をおくりかえした。それが事実であれば、石川十郎左衛門を狙った矢は、一矢で両膝をつらぬいたのかもしれない。

それはさておき、

「殿に敵してはならぬ」

というのが、半蔵の父の遺言となった。この矢は、もしかすると神譴《しんけん》であるのか、と半蔵は家康に神力を感じたが、

——それでも族人や友を裏切れぬ。

とおもうかれの苦悩は深かった。

ちなみに門徒衆が家康と和睦《わぼく》したあと、半蔵は家康の使者である平岩善十郎から、

「先非を改めて仕えたてまつるべし」

と、つたえられるや、即日、家康に謁見して、家督の継承をゆるされた。半蔵はもともと恪励《かくれい》の者であり、一揆の首謀者ではなく、仕儀において悪質ではなかった、とみなされたからである。占部《うらべ》村の百貫文の地を襲継《しゅうけい》したあと、三十貫文の地（国正《くにまさ》）がくわえられた。この小邑《しょうゆう》の領主が、晩年に、一万四千石を領するのであるから、それは槍ひとすじで獲得できる石高ではない。

家康側にも戦死者は寡《すく》なくない。

宇津与五郎が蜂屋半之丞と戦って討たれた。それは家康に門徒兵の刀槍《とうそう》がとどきそうになったときがあったということであり、

「殿が危うい」

と、みた門徒兵のひとりが、にわかに槍先を転じて、家康を掩護《えんご》して、斃《たお》れ

た。土屋長吉という。

土屋氏については、六名《むつな》から発して大久保党を援《たす》けた土屋は、土屋甚助忠成《ただなり》というが、それは土屋惣兵衛重治《しげはる》のことであると書かれたものがあり、記録が淆乱《こうらん》している。惣兵衛重治は、敗兵を針崎まで追撃したが、そこで反撃に遭って討ち死にしたということなので、土屋長吉とまちがわれやすい。

家康は長吉のけなげな奮闘ぶりを馬上からみていたため、門徒兵が針崎へ退いたあと、瀕死《ひんし》の長吉を板に載せて上和田砦まで運ばせて、みずから看護した。が、ほどなく長吉は息をひきとった。

上和田砦のなかは、死傷者で盈《み》ちた。

引き揚げてきた大久保党の兵で、立って歩ける者はほとんどおらず、将である忠勝は重傷であった。砦内をいたましげにながめた家康は、目をうるませて、常源らに、

「なんじどもの恩を、七代、忘れはせぬ」

と、いった。忠勝の妻が看病におわれているので、忠世の妻が家康に昼食を羞《すす》めた。

「七郎右衛門の妻女か。そなたが作ったものは、いかなる美膳《びぜん》にもまさる」

空腹であった家康はそう声をかけて忠世の妻を悦欣《えっきん》させた。以後、上和田まで出馬する家康に食をたてまつるのは、忠世の妻ということになった。

家康が岡崎衆とともに砦をあとにしてから、おもに裏門の破損の程度をしらべた忠佐は、弟たちに修復の指図《さしず》をあたえた。忠佐だけはかすり傷も負っていない。ふしぎな男である。父の忠員にみじかく語ったあと、負傷している忠世のもとへゆき、

「いま父上に申し上げてきたが、今日のいくさは終わったわけではない。たしかに朝のいくさは終わった。門徒衆は敗走したとはいえ、大久保党が大いに傷ついたことを知っており、われらの回復をゆるさず、夕《よる》までには押し寄せてくるとおもう」

と、いった。忠世は一考もせずにうなずいた。門徒衆のほうが兵力は衍《ゆた》かである。兵をいれかえて上和田砦を潰《つぶ》しにくるであろう。

「常源さまに申し上げる」

忠世は母屋《おもや》へいった。やがて、おもだった者が母屋に呼ばれた。無傷と軽傷

の者だけが集まったので、十数人しかいない。

常源は沈痛なおももちで、

「五郎右衛門は、しばらく芝居《しばい》には立てぬ。そこで……」

と、いい、みなをながめた。芝居とは、戦場のことである。

「今後は、七郎右衛門の下知《げち》に従え」

忠世を大久保党の将とする、と常源はいったのである。阿部四郎五郎のまなざしが烈《はげ》しく動いた。かれは常源にむかって発言したかったようだが、父の左衛門次郎に目で掣《せい》された。それをみた忠佐は、

——なるほど、そういうことか。

と、つねづね忠世がこぼしていたことがまとはずれではなかったことを知った。

忠勝が起《た》てぬほどの重傷を負ったとなれば、早急に、戦場で大久保党を指麾する将をあらたに立てねばならない。長幼の序からすれば、忠勝の弟である三郎右衛門忠政が、新しい将であってもさしつかえない。将器も小さくない。が、家の序列というものがある。

三郎右衛門は常源の次男でありながら、常源の末弟の家を襲《つ》がされたため、兄たちの家を踰《こ》えられない。

そうなると、常源の次弟の家、すなわち左衛門次郎の家から将をだすのが、妥当である。左衛門次郎は老年にあるので、嫡子《ちゃくし》の八郎右衛門忠重《ただしげ》が適任ではないか。今年、三十四歳で、年齢に過不足はない。勇気もとぼしくない。

ところが常源は、八郎右衛門を将に指名しなかった。

左衛門次郎の次男である阿部四郎五郎は、慍《むっ》としたにちがいなく、

「なにゆえ兄をお立てくださらぬのですか」

と、常源に問いたかったのではないか、忠佐はそうみた。

左衛門次郎は、早くに上和田の大久保家からわかれて一家を建てた。そのため常源にもっとも比《ちか》い弟は、忠員となったことは否《いな》めない。その忠員の嫡男である七郎右衛門忠世に大久保党を率いさせることを決めた常源の真情に、非難されるべきかたよりがあったのだろうか。

たしかに八郎右衛門には勇敢さがあるが、戦場での駆け引きの点では、疑問がある。統率力も、忠世にまさっているとはおもわれない。

——常源さまのご判断は、正しいのだ。

と、忠佐は確信した。

列座の者から異論がでなかったので、ひとつうなずいた常源は、みなに強い眼光をむけて、

「夕までに、門徒衆がふたたび寄せてくるやもしれぬ。ぬかりなく、仕度すべし」

と、いい、散会させた。

のちのことを想《おも》えば、ここでの常源の決定が、大久保宗家を忠員の家へ遷移《せんい》させるきっかけとなった。今朝の重傷によって、以後の戦場往来がままならなくなった忠勝は、不運としかいいようがない。

長年、大久保党という大世帯を背負ってきた常源は、

——これが神仏のお指図である。

とおもう澄んだ雅量をもっている。忠勝が立ち直れなければ、自分の子孫は忠世に仕えてゆくのがよく、それができなければ、この家は衰亡してゆくだけであろう、とわかる。

常源の胸裡《きょうり》には、平助が地面に書いた、

「南無妙法蓮華経《なむみょうほうれんげきょう》」

の文字が浮かんでいる。その文字を忠員の子が書いたということが、深微《しんび》なのである。

――平右衛門は、子にめぐまれたな。

あるいは三条西どのが京都から福運をもたらしたのか。いずれにせよ、人の運というのは、みさだめがたい。

大雷雨の下にあるような上和田砦が、崩壊してしまうという凶《わる》い予感を常源はおぼえていないが、大久保党の推進力の所在が変わってゆくという予感はある。

気がつくと、室《へや》のすみに四郎右衛門忠吉が息を殺して坐《すわ》っていた。

「どうした」

と、常源が声をかけると、おもいつめたような顔がすすんできた。

「久世の妻女のことで、お願いがあります」

「ふむ……」

「娶《めと》りたく存じます」

　忠吉のひたいが床についた。

「あの妻女は、夫を喪《うしな》っても、実家に帰らず、久世の家に残っているのであろう。が、子はまだ幼く、しかも殿にさからった家なので、家督継承は認められぬ。家は断絶する。それをあわれんだか」

「その子に、久世家を再興させてやりたいのです」

　忠吉が平四郎の妻に惚《ほ》れたとしても、かれの言に妄《うそ》はないであろう。惻隠《そくいん》の情は、慈悲《じひ》に通ずる。ひそかな徳は、あきらかな報《むく》いとして返ってくる。忠勝が不幸に襲われたのであれば、忠吉に幸福がおとずれてもよい。

「あの妻女は、むずかしいぞ。実家の内藤家が諾《だく》といっても、否《いな》といいはって、動かぬかもしれぬ。それに、そなたがひきとるのは、その母子だけではない。平四郎の弟が勝鬘寺にいる」

「承知しております。内藤家に話をもっていっていただけますか」

　切々たる訴願《そがん》といってよい。忠吉の芯《しん》の勁《つよ》さがこれほどはっきりとみえたことはない。家の外、とくに戦場ではみかけぬ勁さである。忠吉には家の内で、おもに奥むきのことをやらせれば、篤実《とくじつ》にそつなくやるであろう。

「いうだけは、いおう。が、いまは、いくさのさなかだ。そなたが死んでは、話が宙に浮く。生きのびねばならぬぞ。平四郎のように、かってな正義をふりまわして、はやばやと斃れ、妻子を路頭に迷わせる者を、阿呆《あほう》というのだ。阿呆にはなるな」

結婚するとは、人のいのちをあずかるということである。ましてその寡婦《かふ》にはつれ子がいる。

「肝《きも》に銘《めい》じます」

忠吉の顔が輝いた。

ちなみに平四郎の弟である甚九郎はほどなく戦死する。平四郎の妻は、数か月後に、忠吉に嫁いだ。そのとき平四郎の遺児である三四郎も、忠吉にひきとられた。成長した三四郎は、広宣《ひろのぶ》という諱《いみな》をもち、家康に赦免されて、久世の家を再興し、大須賀五郎左衛門康高《やすたか》に属することとなる。

さて、上和田砦が夕陽に赤く染められるころ、矢倉の上の貝が鳴らされた。

「はたして――」

忠世は弟たちを従えて表門にむかった。兵の集まりは悪い。

――百に満たない。

忠佐がよくみると、左衛門次郎家の兵はひとりもいない。むろん忠世も気づいているにちがいないが、それについては何もいわず、集合した兵に、

「賊も疲れている。それに夜が近い」

とだけいい、門をひらいて撃ってでた。門徒兵は二百数十であった。忠世を支えてくれたのは、杉浦と加藤の兵である。とくに加藤与八郎景直は、奮迅《ふんじん》の働きであった。かれはあとで家康から左文字の薙刀《なぎなた》を下賜《かし》された。

日没後に、家康が戦場に到着した。

「おお、七郎右衛門が将か」

この声をはれやかにうけるべき忠世は、馬上でうめいていた。目に矢が中ったのである。それをみた忠佐は、

――今日は将の厄日《やくび》か。

と、暗然とした。

川《かわ》辺《べ》の風《かぜ》

夜、上和田《かみわだ》砦の女たちも不眠で看護をおこなった。

どこをみても負傷者ばかりである。

常源《じょうげん》は四郎右衛門忠吉《ただよし》だけを従えて、砦内の各家を見廻り、たびたびため息をついて、

「むごいことよ」

と、つぶやいた。裏門に近い忠員《ただかず》の家にはいると、

「常源さま——」

という声が揚がって、まっさきに忠佐《ただすけ》が趨《はし》り寄ってきた。低頭した忠佐に、

「治右衛門よ、そなただけが無傷で働いている。神仏のご加護をひとりじめにするほど、信心深かったかな」

と、常源は微笑をむけながらいった。

「信心の浅深は、たれが、どのようにお決めになるのかわかりませんが、神仏を恐れ、うやまい、人を愛する心はもっております」

「そなたには、何かが、あるのであろう」

と、いったあと、常源は忠員と三条西どのに会ってみじかく話しあった。それから忠世《ただよ》を見舞った。さいわい忠世は重傷ではない。ただし痛みが引き、傷口がふさがるには、一日を要するであろう。忠世に、

「明日は、戎衣《じゅうい》を着るな」

と、強くいった常源は、ほかの負傷者に声をかけ、女たちをねぎらった。常源のうしろを忠吉とともに歩いた忠佐は、家の外にでようとする常源に、

「兄も起《た》てぬことをみこして、明朝、門徒衆《もんと》は砦を襲いにくるのではありますまいか」

と、懸念《けねん》を述べた。

常源はいくさの達人であり、忠佐の懸念を笑殺しない。

「くるであろうな」

「われらは、どなたの下知《げち》に従えばよろしいのでしょうか」

常源はふりむいた。

「この常源が、指図《さしず》を与えよう」

「あっ、さようですか」

忠佐はすこし破顔した。かれは常源の尊崇者である。

「明朝、ここでは、どれほどの兵が、起って戦うことができるであろうか」

それについては、常源のほうがよく知っているはずなのに、あえて忠佐に問うた。

「四、五十でしょう」

悲観的な兵力である。

「それにひきかえ、門徒の兵は、八百から千だ。撃ってでて、勝てようか」

「かならず、負けます」

「では、撃ってでぬ。敵の十分の一よりすくなければ、砦内に籠《こ》もって戦っても、不名誉にならぬ。しかもわれらには殿の後詰《ごづめ》がある。裏門は、そなたにまかせた」

と、いって、常源は去った。

明朝、もしも出撃すれば、大久保党は磨滅《まめつ》する。それゆえ、岡崎衆のあざけりを浴びぬように戦えばよい。常源の気くばりには情もあり理もある。

——出撃はない。

忠佐はほっとしたが、この寡兵《かへい》では、砦を守りぬくのもむずかしいかもしれない。家康が到着するまえに攻め落とされては、それこそ不名誉である。弟の勘七郎忠核《ただざね》の顔をみた忠佐は、

「七郎右衛門がつかっていた鉄炮があろう。それを新蔵に渡して、射術を教えておけ」

と、指示した。門徒兵の猛攻をしのぐには、弓矢より鉄炮のほうが効果が大きい。新蔵忠寄《ただより》は鉄炮を好んでいないが、背に腹はかえられない。

忠佐は幼い弟たちの寝所をのぞいた。平助とその下の弟たちはねむっていたが、彦十郎は目をひらいていた。それに気づいた忠佐は、彦十郎の耳もとで、

「明朝は、矢が尽きるまで、射ねばならぬ。そなたは、矢櫃《やびつ》をはこべ」

と、ささやいた。

「はい」

と、答えた彦十郎は、兄にいいつけられたことでかえって昂奮《こうふん》がしずまったのか、目をつむった。

忠佐は負傷した郎党を見舞い、疲れはてたような女たちに、

「いくさは、明日もある。なるべくねむっておくように」

と、声をかけた。

すると、

「治右衛門さまこそ、おやすみください。われら女どもは、いつでも、どこでも、やすめますゆえ」

と、声を揚げたのは、平助の母のおさかであった。おさかからは、たやすく凋悴《ちょうすい》しない生命力を感じる。その翳《かげ》りのないたくましさは、ときに美しくみえる。ちなみに、おときの美貌《びぼう》は、人格の表皮にすぎず、人としての深趣《しんしゅ》に欠けるといえなくはない。

——女を観《み》る目は、父におよばぬか……。

忠佐の目に苦笑が浮かんだ。

おさかも目で笑った。

「おさかどのは、ふってくる矢の下でも、やすめそうだ」

と、忠佐がいうと、ほかの女たちは笑った。おさかの胆力を熟知している笑いであった。

「冗談ではないぞ。明朝、砦のなかに矢の雨がふるので、やむなく家の外を歩くときは、板などをかざしてくだされよ」

女たちに負傷させたくない忠佐のいましめである。もっともこの種の温情は、家主である忠員が特徴的に保有しているもので、羽根の大久保家はそういうあたたかさでおおわれていたがゆえに、女たちものびやかである。女たちのなかには忠員の子を産んだ者がすくなくないが、男子を産もうが女子を産もうが生母としての特権はいっさい与えられない。この家での母は、三条西どののただひとりである。

——そこが偉いな。

と、忠佐は父の徹底ぶりに感心せざるをえない。忠佐の末弟（九平次）を産んだ女はまだ夭《わか》く、そのみずみずしい体膚に、父は男としての情をかたむけがちになるはずなのだが、

「そんなことがあったかな」

という顔をしている。その顔のつくりかたが、家政というものであろう。家でも国でも政治の基本はおなじであり、それは公平ということである。三条西どのは、おなじことを、一言で、

「衡《こう》」

と、いった。衡とは、はかり、であり、唐土《もろこし》には、人民が衡を阿《たの》むことができる名宰相《さいしょう》がいて、阿衡《あこう》と呼んだのです、と誨《おし》えてくれたことがある。

この夜、忠佐がねむったのは黎明《れいめい》に近く、朝日が昇ると、矢倉の上の貝が鳴らされた。いそいで腹ごしらえを終えた忠佐は、裏門を守る者たちを配置につかせたが、砦外は静かなままである。

――どうしたのか。

疑念をいだいた忠佐は矢倉にのぼった。上にいたのは、大久保権十郎忠直《ただなお》で

ある。かれは常源の六男で、十四歳である。

「どこにも門徒衆はみえないではないか」

貝をおろした忠直は、

「合図がありました」

と、答えた。

「どこから――」

「あれです」

忠直のゆびさすほうをみると、細い煙が立ち昇っている。

「あれが、合図か」

「そうです。土呂《とろ》の門徒兵がでたのです。いまごろは、針崎《はりさき》に到着したはずです」

「なるほど、わかった」

忠佐は矢倉をおりた。常源の深謀を忠佐は推察したのである。すなわち、門徒兵が上和田砦に迫ってから、貝を吹けば、家康の出発はそれ以後になる。上和田砦に兵が充満していれば、一刻以上、門徒兵の猛攻に耐えられるが、今朝は、危急のときである。おそらく無援で防戦すれば一刻ももたない。それゆえ、門徒兵が土呂をでて針崎へむかう時点で、貝を鳴らして岡崎に報《しら》せたのである。いまごろは家康と配下の兵が岡崎を発したであろう。

――半刻ほど禦《ふせ》げば、援兵がくる。

さすがに常源さまよ、と忠佐は敬信を篤《あつ》くした。

「まもなく、門徒衆がくるぞ。殿はすでに出馬なさった。恐れることはない」

裏門にもどった忠佐は、配下の兵に声をかけてまわった。

やがて喊声《かんせい》がきこえた。門徒兵が表門に近づいたらしい。ほどなく裏門に矢が飛んできた。二挺《ちょう》の鉄炮が鳴った。

裏門へ、三百ほどの門徒兵が寄せてきた。門徒兵に鉄炮がないわけではない。弓矢と鉄炮の応酬がはじまった。裏門は矢の雨にさらされた。忠佐の矢は、阿部四郎五郎の矢ほどの殺傷力をもたないが、的確さはある。

――肩があがらなくなるまで射てやる。

と、忠佐はつぎつぎに矢を放った。突然、矢狭間《やざま》あたりの板がくだけ散った。

「おっ――」

忠佐は弓をもったまま跳びすさった。軀《からだ》に痛みはない。鉄炮の玉にはあたらなかったらしい。が、うしろで、彦十郎が矢櫃をかかえてころがっていた。

忠佐の血の気が引いた。弓を棄《す》てた忠佐は、

「彦――」

と、呼び、両肩を抱きあげた。すぐに彦十郎は目をひらいた。その目に苦痛の色は浮かんでいない。

「起たなくてもよい。とにかく、矢櫃をはなせ」

この強い語気を浴びて、彦十郎はおもむろに矢櫃を地に置いた。かれはまだ放心の態《てい》である。よくみると、鉄炮玉が矢櫃にめりこんでいた。忠佐は目で笑った。

「矢櫃がそなたを護《まも》ってくれたぞ。もうよい、家にもどって、母上をお衛《まも》りせよ」

語気にやわらかさを添えて、諭《さと》した。

「いやです」

眉《まゆ》を寄せた彦十郎は、われにかえったようで、はっきりと口吻《こうふん》を兄にむけた。

「兄のいいつけをきけぬのか」

「父上にいいつけられました。兄上をお援《たす》けするのです」

ぞんがい彦十郎は強情である。いくさのさなかである。ここでいいあらそっているひまはない。

「よし、矢櫃をはこんでくるのはよいが、這《は》って往復せよ。わかったな」

弓を摭《ひろ》った忠佐は塀際《へいぎわ》にもどった。

裏門が揺れている。それをみた忠佐は槍を執《と》った。ほどなく、塀を越えようとする敵兵をみつけては撞《つ》いた。いつのまにか塀を乗り越えて砦内にはいった兵が、千丸を襲っている。

「いのちを棄てにきたか」

と、叫んだ忠佐の槍はすさまじい。またたくまに敵兵を倒して、千丸をかばった。

「叔父上――」

「千丸、独りで闘ってはならぬ。この治右衛門から、はなれるな」

そういったとき、裏門が破られる音がした。門徒兵が突入してきた。その先頭の兵が倒れ、うしろの兵ものけぞった。忠員と忠世がならんで矢を放ったのである。

「おっ、父上と兄上か」

一笑した忠佐は、屍体《したい》を越えて突進してくる門徒兵に、

「やめておけ。殿のご到着だ。このまま妻子のもとへ帰らず、西方浄土《さいほうじょうど》へ徂《ゆ》くつもりか」

と、いった。まもなく家康が到着することは、勘でわかる。先駆してきた岡崎衆は、おそらく表門の戦闘に参入したであろう。

眼前の門徒兵の槍先から鋭気がうせた。

「ほう、わかってくれたらしいな。戦うのなら、他国の兵と戦おうではないか」

忠佐がそういったとき、矢倉の上で、貝が鳴った。

「きいたか。あれは岡崎衆が駆けつけた、ということよ」

砦内にいた門徒兵がいっせいに引いた。ただしかれらは針崎のほうへ退却したわけではない。陣をととのえなおして、家康麾下《きか》の岡崎衆と戦うのである。

裏門のあたりから敵兵の影がすっかり消えたとき、

——たすかった。

と、忠佐は虚脱感に襲われ、地に腰をおろして、天空を睨《にら》んだ。純白な雲が、地上の戦乱を映さず、ゆるやかにながれてゆく。千丸は、いくさ巧者である忠佐の疲労困憊《こんぱい》が理解できぬらしく、いぶかしげにながめていた。目の負傷による激痛からまぬかれた忠世は、千丸に近寄って、

「よう戦った」

と、称《ほ》めた。飄々《ひょうひょう》としたところのある忠員はひょいと忠佐の横にしゃがんで、

「裏門には、わが党の死者はおらぬ」

と、かろやかに語《つ》げてから、家人に指図をあたえ、砦内に倒れている門徒兵に合掌しては、屍体を外へはこびだした。それからさらに人数を集めて、破壊された裏門の修築をおこなった。砦内から出撃できる余力が大久保党にはない。

主戦場は、上和田から東へ移った。

門徒衆は岡崎衆の参着を知って、上和田のような低い地を嫌い、陣を東進させ、羽根の登りを通過した。そのあと、急行してきた家康の陣と衝突した。

門徒衆は、渡辺源蔵と蜂屋《はちや》半之丞《はんのじょう》が先頭である。岡崎衆は、植村庄右衛門と黒田半平が先鋒《せんぽう》である。両方が激突し、植村と蜂屋、黒田と渡辺の、槍をもっての戦いは、語《かた》り種《ぐさ》になるほどすさまじかった。

ただし、どう考えても、門徒衆の兵略は粗雑である。今朝、上和田砦の大久保党には無傷の兵が寡《すく》なく、防衛にせいいっぱいで、とても出撃する力がないとみきわめたため、砦近くに扼《おさ》えの兵を置かなかったのはわかるが、上和田の北隣の六名《むつな》から家康方の兵が発することがわかっていながら、そちらへの手当を充分におこなっていないのは、迂闊《うかつ》というより無策である。

はたして門徒衆の陣はうしろを攻撃されて、裏くずれをおこした。こうなると、先陣は孤立することを恐れて後退せざるをえない。

「やむなし……」

槍術《そうじゅつ》においては渡辺半蔵とともに双璧《そうへき》といってよい蜂屋半之丞は、羽根の南隣の柱《はしら》村にある細縄手《ほそなわて》を通って、針崎へ引こうとした。その路は、針崎への近道である。

追ってくる者がいる。

「引くのは、蜂屋とみえたり。きたなし、かえせ」

ふりかえった半之丞は鼻で哂《わら》った。呼びとめたのは、水野藤十郎忠重《ただしげ》である。このとき二十四歳である。

水野家と松平家はなみの姻戚《いんせき》関係ではない。

当主である水野信元《のぶもと》の妹が、お大《だい》、であり、松平広忠《ひろただ》に嫁いで家康を産んだということは周知の事実である。が、お大を産んだ人をお富《とみ》といい、この美貌《びぼう》婉麗《えんれい》の女《ひと》は信元の父の忠政《ただまさ》に愛されながら、なぜか岡崎へ遣《や》られて、松平清康《きよやす》に愛寵《あいちょう》され、清康の横死後、忠政のもとにもどって、藤次郎忠分《ただちか》と忠重を産んだ。したがって忠重は、家康にとって祖母の子であり、生母の弟である。忠重は家康の叔父であるとはいえ、ふたりは一歳しかちがわないので、家康はとくに親しみをおぼえたのであろう、桶狭間《おけはざま》の戦いのあと、忠重を岡崎に招いて、軍事に参与させた。忠重が熱心に家康を援《たす》けて、兄の信元を佐《たす》けなかったことが、信元の気にいらなかったのか、兄弟のあいだに郤《げき》が生じ、ついに忠重は南へ奔《はし》って鷲塚《わしづか》に蟄居《ちっきょ》した。

よけいなことかもしれないが、鷲塚は水上交通の要地で、当然のことながら湊《みなと》があり、その地に一向《いっこう》宗の寺院があったことから、門徒衆は商人的性格をもち、船をつかって往来していたとおもわれる。ただし水野家の菩提《ぼだい》寺は苅屋《かりや》にある楞厳《りょうごん》寺で、曹洞《そうとう》宗であるから、忠重は門徒ではあるまい。

忠重の蟄居は長くなかった。

一向一揆が勃発《ぼっぱつ》すると、家康は鷲塚へ使いをだして、忠重を幕下に招きいれた。忠重は勇胆《ゆうたん》の男で、二十歳になるまえに槍をもって武功を樹《た》てた。ちなみに、家康に仕えた忠重は兄の信元のもとにはもどらず、信元が織田信長に疑われて誅殺《ちゅうさつ》されたあと、苅屋の水野家を襲《つ》ぐことになる。さらにいえば、忠重の子が勝成《かつなり》であり、福山十万石の領主となる。

さて、蜂屋半之丞を呼びとめた忠重は、いきなり蔑視《べっし》された。

「藤十郎どのよ、臑《すね》の白き武者ぶりにて、われと勝負は、ご無用に候《そうろう》」

この嘲笑《ちょうしょう》には、毒がある。臑が白い、とは、合戦で何の役にも立たぬ、ということである。敵の首級を獲《と》ったのは一度や二度ではない忠重は、小僧あつかいされて、嚇《かっ》となり、怒気を槍に凴《の》せて、突っかかろうとしたが、穂先がでてゆかない。手につばをして、おもむろに槍をかまえた半之丞は、

「われにはおよぶまいが、うけとめてみよ」

と、突いた。その速さと槍先のするどさは、尋常ではなく、忠重の槍は最初からふせぎのかたちとなり、ついにからだがひらいた。それをみた半之丞は、

「いわぬことか。とても相手にならぬ」

と、ののしり、反攻の気力を失った忠重に背をむけて歩き去った。三河兵はかつて八百人で八千の尾張《おわり》兵を破ったときくが、半之丞の異様な勁《つよ》さをまのあたりにすると、その伝説に誇張はなかった、と忠重はおもわざるをえなかった。忠重は三河人の気風に染まることで、おのれを変革したひとりである。

半之丞は細縄手をぬけた。針崎の野に足をかけた。

またしても背後に声がある。

「半之丞、かえせ」

と、きこえた。半之丞は槍をもつ自身に陶酔しており、おのれの不敗を信じきっているので、しばしば、

「半之丞が槍先に、たれか向かわん」

と、つぶやく。ここでも、そうつぶやいて背後の声をきき棄てにした。

「半之丞、かえせ」

ふたたびその声をきいた半之丞は、慍然《うんぜん》ときびすをかえした。あの藤十郎のように、弱いくせに、あとで蜂屋半之丞と槍を合わせたと自慢する者はすくなくない。こんどは手ごころをくわえぬぞ、と強い眼光をむけたところに、一騎と二、三の兵がいた。

――なにやつ。

半之丞は騎馬にむかって槍をかまえた。馬上の武人は一笑した。鎧《よろい》の縅《おどし》をみつめた半之丞は、

「ありゃ、殿さまか――」

と、颯《さつ》と逃げだした。それを松平金助が追った。

「きたなし蜂屋、かえせ、もどせ」

走りながら金助はうるさい。やかましいわい、と怒気をたくわえた半之丞は、ふりむいて、

「殿さまなればこそ、逃げたのだ。御身《おんみ》ごときに、逃げようか」

と、いい、槍を合わせた。このとき半之丞は、穂先ではなく石突《いしづき》をむけて、

突きたてた。相手を刺すのではなく、倒すために、そういう槍のつかいかたをしたのであろうか。金助は圧倒されて、後退しつづけたが、たまらずからだをひねって逃げようとした。半之丞はこういう腰くだけを憎悪《ぞうお》した。きたなし蜂屋、かえせ、もどせ、とさきほどまでわめきつづけていた男が、このざまである。

——きたないのは、なんじではないか。

口先にしか勇気のない男にののしられたとあっては、半之丞の名がすたる。

「逃がすものか」

半之丞の槍が、手からはなれて、飛んだ。

この槍に、金助は背から腹までつらぬかれて、まえのめりになって斃《たお》れた。まるで鯨《くじら》に銛《もり》が立てられたようであるというのが『三河物語』の表現であるが、『参州一向宗乱記』は金助の名誉をまもるように、腹の真ん中を前からうしろへつらぬかれた、と記している。武士にとって死にかたは、自身だけではなく家名の毀誉《きよ》褒貶《ほうへん》にかかわるので、ぶざまであってはならないが、ここは『三河物語』の記述のほうが、正しいであろう。筆者の平助・彦左衛門は半之丞の縁戚なのである。記述の正確さは、ときに容赦のない筆致《ひっち》になるものであり、それこそ人と集団の実相にふれるがゆえに、残酷なユーモアを掻《か》きだすことがある。これが、それであろう。

金助は即死といってよい。走り寄った半之丞が、その槍を引き抜いたところに家康が駆けつけた。

「蜂屋め、憎し」

半之丞は一顧《いっこ》だにせず、またしても槍をひきずって逃げた。

門徒兵は総くずれとなった。

敗兵を勝鬘寺《しょうまん》に追いこんだ家康は、馬首をかえして、上和田砦に近い堤の下で諸将をねぎらった。すばやく忠世の妻が女どもを従えて家康に昼食をささげた。兵士をひきとらせた家康は、川辺の風に吹かれながら昼食を摂《と》り終えると、趨走《すうそう》してきた常源に、

「蜂屋めは、みずから逃げだすような者ではないのに、われをみて逃げたわ」

と、機嫌よくいった。

むろん家康は半之丞が常源の女婿《むすめむこ》であることを知っている。家康は半之丞を腹の底から憎んではいないことを常源に暗《あん》におしえて、常源の不安を除くと同時に、門徒衆のすべてに憎悪をむけているわけではないことを広く知らしめたのである。これも、戦略であり、政治でもあるといえる。

家康はさきほど忠世の妻に問うたことをくりかえした。

「五郎右衛門と七郎右衛門の傷はどうか」

このくりかえしは、家康の心配が浅くないことをあらわしている。大久保党への慰撫《いぶ》でもある。

「忠勝はまだ臥《ふ》せておりますが、忠世はすでに起きて、今朝は働いております」

家康は愁眉《しゅうび》をかくさない。

「それは困ったことになった。大久保党を率いる者がおらぬ」

六十六歳の常源に戦陣でのむりはいえぬということである。それに常源は隠居したことになっている。

「忠世に兵をあずけることにしました。明朝からは、忠世だけではなく、回復した者が芝居を駆けることができます」

「さようか……」

と、わずかに考えた家康は、

「七郎右衛門には子がいるであろう」

と、いった。忠世は、生涯、六男二女をもつことになる。

「長男は、千丸でございます」

「いくつになる」

「十二歳になりまする」

「元服してもよい歳《とし》だな。おお、加冠《かかん》させよ」

家康はそういいつけた。が、上和田砦にははいらず、この日、おこなわれた元服式に臨観《りんかん》しなかった。常源の嫡孫《ちゃくそん》に家康は偏諱《へんき》をさずけたが、忠世の子におなじことをすると、大久保一門の宗枝《そうし》を紊《みだ》すとおもんばかったのであろう。

この時点では、重傷の忠勝はやがて快癒《かいゆ》して大久保一門の総帥《そうすい》に復帰するであろうと考えられたはずである。ただひとり常源だけは、はやばやと、

――武将としての忠勝は畢《お》わった。

と、心中で断定していた。恩のある真宗の寺に弓を引いた報《むく》いがこれか、とおもわないでもないが、こういう嫌忌《けんき》すべき事態に大久保一門をおとしいれた家康に怨《うら》みがある、というのが常源の真情ではなかったか。家康の祖父と父とを必死に支えつづけたのは大久保一門だけではないにせよ、その貢献度は他の族より高いはずである。それを想《おも》い、起《た》てぬ忠勝をながめると、常源はやりきれなかったにちがいない。

まさか、このやりきれなさを、弟の子である平助が、のちに代弁してくれるとは常源はおもわなかったであろう。その点、平助が背負ったのは、個人的な怨念《おんねん》ではなく、一門の情念というものであろう。

さて、元服した千丸は、新十郎と称し、忠隣《ただちか》という諱《いみな》をうけた。ただし『藩翰譜《はんかんぷ》』には、忠隣の初名は、忠泰、であったと記されている。大久保一族が三河にきて、妙国寺《みょうこく》のまえに住居をかまえたときの家主を、泰藤《やすふじ》といい、その後、しばらく泰の一字が世襲名にもちいられた。ところが矢作《やはぎ》川のほとりの岩津《いわづ》にあって松平氏を輝々《きき》と興隆させた松平信光《のぶみつ》に仕えた人物を昌忠《まさただ》といい、かれは諱から泰の一字を除いた。昌忠の初名には泰という文字がふくまれていたのではないか。なぜなら、信光の子のひとりを親忠《ちかただ》といい、かれは矢作川を渡って得た安祥《あんしょう》城に住し、安祥松平家を強大にして、一門における宗家の地位におしあげた。その親忠に昵近《じっきん》したがゆえに忠という文字を諱にもちいるようになったのではないか。親忠の子が長親《ながちか》であるが、この人の諱は、長《なが》忠《ただ》のほうが正しいらしい。一方、昌忠の子は忠与《ただとも》（忠興《ただおき》）である。忠という文字は両家に世襲された。早くに松平家に仕えた者の子孫に、諱に忠という文字をふくむ者が多いのは、そういう理由による。

忠隣が最初に忠泰であったにせよ、ここでは忠隣の名で通してゆく。

族人に新十郎忠隣を披露した常源は、そのままおもだった者をとどめ、

「今日は、夕方に、門徒衆の来襲はないとみた。大久保党は連日のいくさで深く傷つき、起って働ける者が寡《すく》ない、と門徒衆はみたにちがいない。ゆえに、明朝、われらは針崎を急襲する。兵法とは、そういうものだ」

と、いって、みなを愕《おど》かした。

――なるほど常源さまは、いくさが巧《うま》い。

忠佐はしきりに感心した。明朝、大久保党の兵を率いることになる忠世は、

「鉄炮をよこせ」

と、新蔵にいった。目を負傷したことで、弓矢に自信がない。

この夜、忠佐は熟睡した。守るよりも攻めるほうが、気分はよい。

翌朝、砦内にそろった人数は貧弱ではない。

「ゆくぞ――」

忠世は馬に騎《の》らなかった。針崎までは、馬でゆかねばならぬ行程でもない。上和田砦をでた兵はまっすぐに南下して井内《いない》村を通過し、勝鬘寺を西から攻めた。たしかに門徒衆のそなえはゆるかった。それゆえこの急襲はほぼ成功し、大久保党の兵は寺内町に侵入した。

門徒衆は意表を衝《つ》かれ、多少狼狽《ろうばい》したものの、なにしろ兵の数が多いので、たやすく潰乱《かいらん》しない。激戦となった。

「大久保党がきた……」

と、つぶやいておもむろに腰をあげたのは、本多正信の弟の三弥左衛門正重《まさしげ》である。かれは、三弥《さんや》、が通称である。鉄炮をつかんだ。

「七郎右衛門を討ち取れ」

と、兄にいいつけられている。三弥は戦闘にくわわらず、忠世を捜した。

——あれが、そうだな。

三弥は目をとめた。忠世の指物はのちに、

「金の揚羽蝶《あげはのちょう》」

として有名になるが、このときは上《あ》がり藤《ふじ》に大《だい》の字を配した紋所であったろう。

三弥は忠世を確実に射殺すべく、狙《ねら》いやすい足場を捜した。家の屋根に登ったとおもわれるが、そこまでの記録はない。とにかく三弥のからだは他の兵の上にでた。この日の忠世は将としていたって冷静で、目くばりに疎漏《そろう》がなかった。それゆえ視界のなかの異様さにすぐに気づいた。

——われを鉄炮で狙っている者がいる。

感覚がそうおしえてくれた。

つくづく運命というものはわからない。忠世は目に負傷しなければ、この日、鉄炮をもってきたかどうか。しかも忠世は、こういうときがくるとはおもわず、負傷するまえに射術の習練をかさねていた。不運は一日、二日で幸運に変わりうるということである。

忠世は本能的にわずかに動いて、鉄炮をかまえた。馬に騎っていればこの俊敏さも不可である。三弥はたやすく移動できぬ高みで忠世を狙っていたため、忠世に動かれて、発射をためらった。狙いなおしているあいだに、忠世にかまえられた。三弥自身は動けない。一瞬、忠世の鉄炮のほうが早く発射された。

「わっ」

と、三弥は顚落《てんらく》した。

しかし三弥にも幸運はあった。鉄炮の玉はかれの股《もも》にあたったが、深い傷にはならず、助け起こされて、足をひきずりながら後退した。このとき三弥は斃《へい》死《し》したら、晩年の一万石はなかったことになる。

戦場となっている寺内町から移って境内の守りについた諸将は、大久保党の猛威をまのあたりにして、歯嚙《はが》みをした。

「寡兵《かへい》ではないか」

みなおなじことをいうが、その寡兵を撃退できない。するとある者が、

「こうしたら、どうか」

と、計略をおもいついた。ここで防戦しているだけでは大久保党の勢いを殺《そ》げないし、大久保党の優勢を知った家康が兵を率いて参入するようになれば、門徒衆はとても押し返せなくなる。そこで、いますぐ門徒衆を、

「二手に分けよう」

と、いう。一手を密《ひそ》かに柱村から妙国寺のほうへむかわせ、大久保党の退路を遮断すれば、おそらく大久保党は動揺する。そこを別の一手が正面から攻める。大久保党は上和田へむかって退却しても、挟撃《きょうげき》されることがわかれば、本多広孝《ひろたか》が籠《こ》もっている土井《どい》城へむかって逃げようとするであろう。ところが土井のあたりには水田がひろがっており、低湿の地なので、歩行がむずかしい。たやすく退避できない大久保党を追撃すれば、全滅させられよう。

「それは、妙算――」

という声が多くの口から発せられたとき、この集まりからめだたぬようにぬけたひとりがいた。

「大久保党が滅ぶ……」

と、昏《くら》くつぶやきながら歩をはやめたのは、蜂屋半之丞である。かれはいちど足をとめて北の野をながめた。勝鬘寺は丘の上にあり、みはらしはよい。野には、旗と兵馬の影はない。すると、大久保党は家康とうちあわせをおこなうことなく、単独で急襲を敢行したことになる。いまだに家康の加勢がないのは、そういうことである。家康が大久保党の敢行に気づいて岡崎を発して、針崎に到着するまで、大久保党は優勢を保てまい。かならず引く。ただし引き揚げどきをあやまると、損害が大きくなり、まして退路が閉塞《へいそく》されていれば、惨敗《ざんぱい》しかねない。

——常源どののお嘆きがみえるようだ。

半之丞には妻の父を哀《かな》しませたくない心がある。二十六歳の半之丞には男子がいない。が、一女はあり、むろんその幼女は常源の外孫である。

昨日、半之丞は家康に遭遇して二度も逃げた。そのとき、追ってくる家康に憎悪《ぞうお》にまみれたけわしさはなかった。むしろ半之丞の勁悍《けいかん》さをたたえているような、楽しんでいるような、藹々《あいあい》としたふんいきさえあった。

——殿には武人の心がおわかりになる。

そう感じた半之丞は、門徒であるというより三河武士であるという自覚をもった。この自覚が大久保党への同情を濃くした。

いそいで坂をおりた半之丞は馬を曳《ひ》きだして、寺内町の外へ駆けだし、柱村の原へのぼった。そこは台地の草原である。

一騎が原を駆けまわった。

遠い騎馬の影に大久保党の兵が気づいた。その兵の名はわからないが、後陣にいたとすれば、おとなしい四郎右衛門忠吉であろうか。むろん馬上の武人の貌《かお》をたしかめるわけにはいかないが、指物に、丸に桔梗《ききょう》の紋をみた。

「あれは半之丞であろう。なにゆえ一騎で駆けまわっているのか」

いま戦いがおこなわれているのは寺内町であり、柱の原ではない。不審をいだいた兵は忠世に報告した。忠世の目が動かなくなった。

「半之丞が、一騎で、柱の原を駆けている……」

それをかたわらできいた忠佐は、はっと表情を変えて、

「兄上――」

と、強い語気でいった。

忠世はうなずいた。

「門徒衆に策があるとみた。半之丞がそれをおしえてくれたのだ」

「いかさま、門徒の兵が柱から妙国寺前へまわって、われらを待ちうければ、われらは全滅します。すみやかに引きましょう」

「そうしよう」

忠世の決断は早く、すぐさま大久保党の兵を引き揚げさせた。合戦には呼吸というものがあり、この突然の退却は、敵の呼吸を乱した。あっけにとられた門徒兵は、劣勢であっただけに、やれやれ、退いたか、とほっとして追撃に移ることを忘れた。この状況を丘の上の諸将は知らず、二隊を編成し終えると、

「ゆこう」

と、坂を駆けくだった。が、寺内町には大久保の兵の影もかたちもなかった。このときの門徒衆の呆然《ぼうぜん》自失を、『三河物語』は、

——手ヲ失イタル風情なり。

と、表現した。その文における手とは、手段と書きかえてもよく、手を失う、とは、あてがはずれてつぎになすすべがないことをいう。それは平助・彦左衛

門の文藻《ぶんそう》から独特にあふれでたものではなく、室町時代に常用された表現であり、ちなみに太田牛一も『信長公記《しんちょうこうき》』のなかで、おなじ表現をもちいている。

岡崎城にいた家康は、大久保党が勝鬘寺を急襲したことを知って、一笑し、

「それは常源の籌略《ちゅうりゃく》であろう。賊の不意を衝いたのは、みごとである」

と、褒《ほ》めた。そうにこやかにいいつつ、家康は、なぜ常源がまえもって今朝の決行を告げにこなかったか、と考えている。みじかく自問自答した。答えはひとつである。

――予に近侍する者のなかに、賊に通じている者がいるからであろう。

父子、兄弟、親戚《しんせき》、友人がわかれて戦っているのであるから、秘密保持がむずかしいのは、家康側だけではない。それを承知している常源は、寡兵しかもたぬゆえに、今朝の敢行をかならず成功させたかったので、家康にも事前に報告しなかったのであろう。真の兵法とは、そういうものだ。

上和田砦から危急を告げる貝が鳴らなかったので、家康はしばらく城にいて、午《うま》の刻に上和田へむかった。

わずかな人数を従えて、颯爽《さっそう》と砦にはいるや、

「やあ、常源、七郎右衛門、してやったり」

と、家康は大声を放った。この声をきいて、おどろき喜んだ多数が集まって跽《ひざまず》いた。郎党や卑人《ひじん》でも家康を身近に感じることができたのは、このときで、のちに雲の上の人となった家康しか知らぬ人々にとって信じがたい光景がここにあった。

母屋《おもや》へみちびかれた家康は、戦いのようすを忠世からきいた。とくに奮戦したのが、杉浦大八郎五郎吉貞と弟の久三久勝であると知り、家康はふたりを招いて、

「大八郎五郎には六名《むつな》において采地《さいち》を加え、久三には三木《みつぎ》に采地をつかわすであろう」

と、いった。このころの家康は気前がいい。

感動してしりぞいたふたりは、忠世がとくにふたりの名を挙げて家康の加恩をひきだしてくれたことに感謝した。忠世が自分をまったく誇らず、麾下《きか》の兵の奮闘ぶりをくわしく述べたところに、凡庸《ぼんよう》ではない将器を感じた。戦場における忠世の視界の広さと目くばりのよさをみると、これから大久保党は忠世の

もとにまとまってゆくであろうし、それに不服をおぼえる者は多くないであろう、とふたりは予感した。

今朝の忠世の采配《さいはい》は、名将である常源とくらべて、みおとりするものではなかった。それが大久保党の未来を明るくしている。

家康は機嫌のよい顔を忠世にむけた。

「元服した千丸を、予にみせよ」

「はっ」

いちどしりぞいた忠世は、新十郎忠隣をともなってきた。家康にむかって名乗った忠隣の容儀が佳《よ》い。

「おお、骨柄《こつがら》が良い。四隣《しりん》にきこえる武将になれよう。わが近習《きんじゅ》にくわえたい。明朝より城に詰めよ」

そういった家康は、忠世の妻がささげた食膳《しょくぜん》に箸《はし》をつけて、

「いつもながら旨《うま》い」

と、ほめてから、

「常源、五郎右衛門の容態は、どうか」

と、問うた。見舞ってやりたい、と目でいった。これが常源へのねぎらいである。

常源は目容《もくよう》にわずかなしめりをみせて、

「かたじけないおことばですが、五郎右衛門の回復はおくれており、病牀《びょうしょう》において、殿に礼を失することになります」

と、いった。主君が見舞ってくれたときに、たとえ重病でも、横になっていてはならず、容儀を端《ただ》さねばならない。いまの忠勝は、それができない。

「さようか……」

家康は常源の悲哀を察して、箸をおき、

「五郎右衛門の忠は、忘れぬ」

と、いって、立った。大久保党は満身創痍《まんしんそうい》である。この忠誠のありかたに、家康は大きく報いてやりたい、とおもっているが、ものごとにはふりあいがあり、すぐに城地をさずけるというわけにはいかない。家臣の家格では、酒井家が最上であり、以下、石川家、本多家とつづき、大久保家はその下である。酒井家の左衛門尉《さえもんのじょう》忠次にさえ、あらたな城地を与えていない。

――われはいまだに三河半国をも鎮安《ちんあん》させられぬ。

上和田砦をでた家康は、馬上から天空を仰ぎみた。曇天である。門徒衆との対立を避けるべきであったか。が、真宗勢力が、君主の意志の下になければ、それは真の国力とならぬではないか。一揆の勃発《ぼっぱつ》まえから、家康はなんど自問自答したかわからない。不入《ふにゅう》の特権をもつ巨大な集団をそのままにしておくことは、まるで虎《とら》を養っているようなもので、かならず後日の災いとなる。いま苦しむか、あとで苦しむか、ということにほかならず、家康はいまを択《えら》んだのである。

――なんとしても、いま、虎を殺さねばならぬ。

そうしなければ、大久保党の必死さに報いられぬではないか。

野を往《ゆ》く家康は、従者がいるとはいえ、天空の下でただ一騎である。天は、この苦悩する若い城主を、なぐさめてはくれない。ゆえに人の上にいるのである。

突然、帰途に門徒兵が起《た》った。わっと従者がくずれた。家康は逃げた。逃げつつ、

――内通者がいる。

と、家康は強く感じた。矢が鞍《くら》のうしろにあたった。

憤然《ふんぜん》と帰城した家康は、さっそく深津八九郎と青山虎之助を呼び、赧《あか》い顔で、

「なんとしても、佐々木《ささき》の寺内に忍び込んで、火をかけよ」

と、するどく密命をくだした。八九郎は甲賀者である。家康はよほど腹が立ったのであろう。ただし、佐々木といったところに、家康の大久保党へのいたわりがある。佐々木の上宮《じょうぐう》寺の怒りは、対岸の上和田へはむかいにくい、という配慮があった。大久保党は疲れきっているというのが家康の認識である。

ちなみに青山虎之助の諱《いみな》を長利《ながとし》といい、父の忠教《ただのり》は松平信忠に仕え、長利自身は清康に仕えたことがあるので、けっして若くはなく、むしろ老臣といったほうがよい。

以前、本多作左衛門が兵を率いて上宮寺に放火しようとしたが、失敗した。上宮寺を焼夷《しょうい》するには工夫が要る。その工夫のために、老熟の知恵を添えたのであろう。ついでにいえば、青山虎之助は享禄《きょうろく》年間に清康が東三河の宇利《うり》城を攻めたとき、物見の役をつとめ、指物に虎という文字を書いて奮戦したため、

清康から、

「いまより虎之助と名乗るべし」

と、いわれた。それゆえ、虎之助とは、主君から勇者であると認定された証《あかし》の呼称である。が、この勇者も、体力がおとろえるにつれて知恵もおとろえた。八九郎と虎之助は、十四日の夜に、上宮寺内に忍び込んだが、太田という者に発見されて、あっけなく討ち取られた。そこからは両人の工夫の跡はみられない。

ふたつの首は、未明に、寺の外の田圃《でんぽ》に梟《さら》された。

これが家康側の武人を刺戟《しげき》したため、門徒兵は襲われ、罵辱《ばじょく》にまみれたこぜりあいが生じた。この刀槍《とうそう》をもっての応酬《おうしゅう》が双方をいっそう怒らせ、さきに上宮寺の兵が大挙して北上し、桑子《くわご》の妙源寺《みょうげんじ》(旧名は妙眼寺)を攻めた。妙源寺は真宗の名刹《めいさつ》であるが、高田派に属しているので、本願寺派の一揆に加担せず、家康方である。

家康は矢作川西岸の門徒衆が北上せぬように、妙源寺に兵を籠めた。巨刹《きょさつ》は貧弱な塁砦《るいさい》より兵火につよい。ついにそこが戦場となった。

妙源寺の早鐘が撞《つ》かれた。

「八九郎と虎之助が死んだ……」

訃《ふ》報《ほう》に接した家康は、一瞬、信じられぬ、という目をした。八九郎の働きを虎之助が助けて、難《なん》なく引き揚げてくるはずだ、と想像していた。八九郎はともかく、虎之助の血気は冷静さをふくんでいる。むざむざ討ち取られるはずがないではないか。

——そうか……。

失敗した時点で、虎之助は復命をあきらめ、かくれることをやめて、門徒兵におのれを斬《き》らせたのであろう。密命を果たせず戦《せん》歿《ぼつ》した虎之助を愛惜した家康は、乱の終《しゅう》熄《そく》後に、上宮寺の門前に石碑を建てて、その功を表彰した。

虎之助長利の子の定親《さだちか》は、姉川の戦いで死に、その子の定長《さだなが》は、長久手《ながくて》の戦いで討ち死にし、その弟の定義《さだよし》は、小田原攻めの際に重傷を負ってほどなく亡《な》くなった。家康の栄《えい》位《い》勢《せい》利《り》は、こういう忠死の累《るい》積《せき》の上にある。

城内で鬱《うつ》々《うつ》としていた家康のもとに、急報がとどけられた。戦場は矢作川の西岸である。

——虎之助の仇を討ってやる。

家康でさえ、感情に復讎《ふくしゅう》の色を塗ったのであるから、この日の兵は殺気が熾《さか》っていた。城をでた家康は六名をすぎて、矢作川を渉り、渡村《わたり》にあがった。かれは妙源寺にむかわず、軍頭を佐々木にむけた。

——岡崎衆は上宮寺を攻めるのか。

妙源寺を攻めていた門徒兵はおどろいて引いた。それよりまえに、上宮寺から発して家康にむかって直進したのは、矢田作十郎を将とする三百余の兵である。

この日の家康は、機嫌が悪い。前途をふさいだ門徒兵を睨《にら》むと、

「赦《ゆる》さぬ」

と、烈《はげ》しくいい、みずから先鋒《せんぽう》にくわわるほど鋭気をむきだしにした。家康は、往時の清康のように、激越に戦った。清康は馬上で指麾《しき》をおこなったが、家康もおなじである。戦っているあいだに、駆けつける岡崎衆がふえた。

矢田作十郎は退くということを知らぬ武人であるが、家康の気魄《きはく》に圧倒されて、ついに兵を撤した。

「戦いは、今日だけではない」

と、いまいましげにつぶやいた作十郎は、後拒《こうきょ》をおこないつつ、上宮寺に引き揚げようとした。が、斃《たお》れた。

作十郎ほどの勇者でも、遠い敵に討たれるのである。鉄炮の普及は、軍記という叙事詩の生産地であった戦場を、無機質に変えつつある。作十郎は、狙撃《そげき》されて、ほとんど即死であった。家康の怒気に打たれたといったほうがよいかもしれない。武功が多く、悍驕《かんきょう》でもあった作十郎は、家康が考える軍制にはおさまりにくい型の武人であったにちがいないが、とにかく一揆の枢要《すうよう》にいた将で、かれの死は、牙爪《がそう》を失ったにひとしく、門徒衆を気落ちさせた。

門徒兵を上宮寺へ追い込んだ家康は、すばやく馬首をめぐらして、妙源寺へむかった。

伏兵がむらがり起った。

家康への怨《うら》みが積もってきた門徒衆は、主君へのはばかりを棄《す》て、すさまじい形相《ぎょうそう》で岡崎衆を襲った。岡崎衆は乱れ、家康の馬廻りもくずれ、家康は迫撃《はくげき》された。ついに家康は一騎となり、妙源寺へむかって駆けた。

「殿をお助けしよう」

妙源寺に籠《こ》もっていた兵が出撃して、家康を護《まも》った。

かろうじて寺内に逃げ込んだ家康は、さっそく内陣《ないじん》へむかい、

「一揆退治、国家安泰」

の祈願をおこなった。じつはこの日が、最大の激戦の日であり、乱の火がこの日をさかいに衰えてゆくのであるが、家康にとっては、淖濘《どうねい》に踏みいれた足がぬけなくなったような感じであった。

家康が妙源寺にいると知って、岡崎衆が続々と駆けつけてきた。家康を追撃した門徒兵はすでに引いている。

ようやく落ち着いて住持と対話しはじめた家康は、

「水野下野守《しもつけのかみ》さま、ご参着——」

という声をきいた。ほどなく本堂に水野信元が、二、三の側近とともにあらわれた。家康は頭をさげた。

「おどろきました、伯父上、よくここがおわかりになりました」

「岡崎へゆく途中よ。陣中見舞のつもりが、まことに陣中でお会いできた」

信元は哄笑《こうしょう》しつつ腰をおろした。

——ははあ、織田どののご指示か。

三河がどうなっているか、織田信長は信元にみてくるようにと指図をあたえたのであろう。信長はすでに本拠を清須《きよす》から小牧山《こまきやま》へ遷《うつ》し、美濃の斎藤氏を攻略すべく、工夫をかさねている。


信元は、家康のまえでは磊落《らいらく》さをみせているが、もともと剛愎《ごうふく》な人である。かれは若いころに、父の忠政が岡崎の松平家を翼《たす》けて、東の今川にも西の織田にも属さない勢力を築こうとしたことを、妄想であると哂《わら》い、家督を継ぐや、織田へ帰属して松平家との同盟を破棄した。この分袂《ぶんべい》によって、岡崎松平家は独立しつづける力を失い、今川に隷属《れいぞく》せざるをえなくなったため、信元の妹であるお大《だい》を離縁して、今川へ誠意をしめした。

家康が生母から引き離された原因は、信元にある。

生母との生き別れ、という悲哀の深さは、家康にしかわからない。たしかにいまお大は岡崎城にいるが、広忠の妻としてではなく久松俊勝《としかつ》の妻として在り、純然たる家康の母とはいいがたい。お大がいかに広忠を愛していたかを仄聞《そくぶん》している家康は、悲痛な運命のねじれをみざるをえない。お大も、家康も、苦悩の深淵《しんえん》に淪《しず》んだことがある。

伯父である信元への怨みの深さは、いまも家康のうちにある。家康は怨みの大小にかかわらず、かならず復讐《ふくしゅう》する。復讐は家康にとって、自身と家の生存を正当化する倫理的表現なのである。儒教の聖典である『論語』は、寛容を説く書ではなく、復讐を容認している。家康は『論語』より『孟子』によって革命思想の脊髄《せきずい》をつくったとおもわれるが、儒教がもっている情念と家康の性癖《せいへき》とは整合している。

むろん、信元のまえに坐《すわ》っている家康は、怨みを忘れた貌《かお》である。かれは信元に問われるまえに、攻防の経緯と現状を語った。

――見通しは、昏《くら》い。

と、信元は感じた、門徒衆の集結と連合を解体させる決め手がみあたらない。双方が寄せては返しているだけで、戦禍《せんか》だけが大きくなり、この状態があと一年もつづけば、農地は荒れはてて、民力は衰萎《すいい》する。

西三河が疲弊《ひへい》すると、家康と岡崎松平家が立ち直るのに三年はかかる。その間に、家康に誼《よしみ》を通じてきた東三河の国衆は、ことごとく離れてゆくであろう。

「今年のうちに、三ヶ寺と本宗寺を、すべて、破壊するしかあるまい。いつでも助力する」

と、信元はいった。

一揆がかたづくまで、家康を援《たす》けよ、とひそかに信長にいわれた信元は、早々に埒《らち》をあけたくなった。

「野寺と八ッ面の交通を断ち、両所を同時に潰《つぶ》すのがよい」

南のほうから戦況を好転させてゆくべきだという信元の考えかたである。

「さようですか」

水野の兵の加勢があるとなれば、家康はあらたに戦略を立てられる。南にある一揆の拠点をどのように攻めるかについてふたりが話しあっているさなかに、急報がはいった。

「土呂の賊、大平《おおひら》へ働き、火を放っております」

大平は小豆坂《あずき》の東北にあり、そこまで本宗寺《ほんしゅう》の兵が進出したとなると、岡崎城下はかれらの兵威にさらされる。ただしその兵に勝鬘寺の兵が加わっていないのであれば、かれらは上宮寺の兵を救うために、岡崎城を攻めるふりをしただけである。

眉《まゆ》をあげて家康は起った。腰の重そうな信元へは、

「どうかお帰りください。わたしはただちに上和田へ渡り、賊をのこらず討ち取ります」

と、いった。おもむろに腰をあげた信元は、

「ご無用」

とだけいった。無用とは、役に立たぬ、ということであるが、してはならぬ、という意味もあり、この場合、

「そのような指図は、無用である」

と、答えたことになろうか。わずかに苛立《いらだ》ちを眉宇《びう》にみせた家康は、かさねて、

「とにかく、お帰りください。われらは急ぎます」

と、いって本堂をでた。信元はゆっくりと歩き、

「その儀ならば、お供しよう」

と、すこし語勢を強めていった。むろん信元は万一にそなえてすくなからぬ兵を率いてきている。ここから岡崎衆に助勢したのである。

もう家康は馬に乗っている。武将は馬上で思考をめぐらすべきである、というのが、岡崎松平家の伝統であり、馬術に長じた家康はその伝統美を体現した。初春の風のなかを川辺にむかって疾走する騎馬は、合戦のなまぐささを忘れさせる爽快《そうかい》さそのものであった。

渡村から矢作川を越えた家康が、上和田砦に近づくと、門がひらいて、忠世、忠佐など十数人が趨《はし》りでてきた。

「七郎右衛門、針崎の兵を扼《おさ》えよ。嚮導《きょうどう》に、弥三郎を藉《か》りるぞ」

と、家康はよく通る声でいった。若いころの名を呼ばれた三郎右衛門忠政は、喜躍《きやく》して、数人の配下とともに先頭に立った。

この家康の速さが、本宗寺の兵にとって不幸となった。

家康に率いられた岡崎衆が、趨数《そくそく》と小豆坂を登って、馬頭《ばとう》原にさしかかった

とき、大平から引き揚げてきた八百余人の門徒兵が、それに遭遇した。

「まさか――」

家康の馬標《うまじるし》をみた門徒兵はわが目をうたがった。

――なにゆえ、殿がここにいるのか。

門徒衆を率いて寇擾《こうじょう》をおこなわせた石川新九郎正綱《まさつな》と石川新七郎親綱《ちかつな》は、さすがに動揺したものの、新九郎は肚《はら》をすえなおして、

「道を替えて退却しては、たとえ生きのびても、おもしろくない。あとで、わき道で討たれた、といわれては、骸《かばね》の上の恥辱《ちじょく》となる」

と、甥《おい》の新七郎にいい、家康の陣をまっすぐに突破しようとした。うしろからも二百余の岡崎兵が追ってきていることを新九郎は知っている。どうせ死ぬのであれば、家康の馬前がよい、というのが新九郎の意地であったにちがいない。

朱具足《あかぐそく》の新九郎の指物《さしもの》は金の団扇《うちわ》であったので、よくめだち、

「あれが、新九郎よ」

と、岡崎衆に狙《ねら》われた。われもわれも、と岡崎衆は新九郎に襲いかかった。

新九郎を討ち取ったのは、槍場を厭わない水野藤十郎忠重である。ただし『松平記』では、忠重が突き伏せたのは、石川新七郎である。伝承が混乱したため、諸記録に齟齬《そご》がある。新七郎も戦死した。

信元の水野勢がおくればせながら戦場に参入したので、ますます門徒衆は不利となり、ついに崩れた。道の前後をふさがれた門徒衆は、藤川《ふじかわ》や桑谷《くわがい》のほうへ逃げるしかなくなった。ここで本宗寺の兵を徹底的に叩《たた》いておきたい家康は、鞭《むち》をあげて、みずから敗兵を追った。

無類のあばれ者というべき波切孫七郎が、大谷《おおや》坂へあがったとき、家康は追いついて、二槍突いた。ささいなことでも忘却することのない家康は、この二槍の突きを忘れるはずはなく、かなりあとで、

「孫七郎を二槍突いたが、逃げ去った」

と、いったところ、孫七郎は仏頂面《ぶっちょうづら》で、

「われは上様に突かれなかった。別の者に突かれた」

と、いいはった。上様に突かれた、といえば、かわいげがあるのに、頑《がん》としてその言をひるがえさなかったので、

「にくげなやつよ」

と、家康はいい、孫七郎の子孫を召しだすことをやめた。とにかく、この日の家康は執拗に戦った。おそらく妙源寺で急報に接したときに、大平まで大胆に進出した兵が、援兵や伏兵をもたぬ孤軍であることを推察したのであろう。それゆえ大久保忠世に勝鬘寺の兵を扼えさせておけば、完勝することができると確信していたにちがいない。兵が多ければ動きが鈍《にぶ》くなるので、水野信元の援助を必要としなかった。が、信元はいくさのまずい人ではない。それでも勝機をのがさぬ行軍の速さと、合戦の様相を想定する正確さは、若い家康におよばなかったといえる。ただし信元はそれを目撃しても、いくさにおける家康の巧妙ぶりは、家康のなかにある水野の血が為《な》すところである、という感想をもっただけかもしれない。

日没となった。

「もう、よい」

と、追撃をやめさせた家康は、血のしたたる首をひっさげてきた岡崎衆に、明朝、菅生《すごう》川原で首実検をする、といい、信元に会釈《えしやく》して帰陣した。先導役の

大久保三郎右衛門忠政には、

「なんじの嚮導が、予を大勝へ到《いた》らせたわ」

と、褒詞《ほうし》をさずけた。馬頭原での勝利が、一揆の熾盛《しせい》に水を浴びせたことになったので、乱が鎮静したあと、家康は三郎右衛門忠政に三十貫文の采地《さいち》を下《か》賜《し》した。

この日が、西三河の大乱の峠であった。

翌十六日の朝に、菅生川のほとりで、首実検がおこなわれた。ならんだ首は百三十であった。八百余の門徒兵のうち、百三十人が戦死し、しかもそのなかに主将格の石川氏がふくまれ、土呂に逃げかえった負傷者の数を想《おも》えば、本宗寺の兵力は激減したといってよい。

――静かになった。

と、忠佐が感じたように、上和田砦に籠もる人々は、以後、ひと月ほど干戈《かんか》を偃《ふ》せることができた。

「もはや、門徒衆は打つ手があるまい。まだ悪あがきをするのか。本多弥八郎は上野の将監《しょうげん》どのの軍師きどりらしいが、弥八郎に、いくさの何がわかる」

あいかわらず忠佐は正信へは手きびしい。

家康は上野《うえの》の隣松寺《りんしょう》に兵を籠めて、酒井将監の動きを油断なく見張らせている。酒井将監は一揆に加担しながら、いまや傍観者になっている。それほど将監の軍事は不活発である。

「弥八郎は、何を考えているのか……。今川勢の来援を俟《ま》つはずはないのだが……」

と、忠世はゆるやかに首をふった。忠佐はすこし表情を変えた。

「いま今川に攻撃されたら、殿はひとたまりもない。吉田の小原が静かにしているのは、天祐《てんゆう》におもわれる」

たしかに吉田城主の小原鎮実《しげざね》が兵を率いて西進しているとはきこえてこない。かれは西三河の内乱を遠望している。

「今川の内情はわからぬが、今川が門徒衆を援けることはない。永正《えいしょう》のころに、似たような大乱があった、ときく。今川の兵を率いて伊勢宗瑞《そうずい》（北条早雲）が三河を攻めたが、けっきょく敗退した。門徒の兵に悩まされたらしい。いまも、今川の兵が岡崎に近づけば、門徒衆は矛先を転じて、今川の兵を襲う」

と、忠世はいった。

西三河の門徒衆は孤立しているのである。それ以上に酒井将監は孤立している。そのありかたが正義の姿であるとする本多正信の倫理的な主張は、家康の政治力にかきけされてしまう美観にすぎないであろう。三河の歴史において閃《せん》光《こう》を発するためにだけ、正信は家康に叛逆《はんぎゃく》しているのか。正信の才能を惜しんでいるらしい忠世の風情《ふぜい》を感じた忠佐は、

「兄上を鉄炮で狙ったのは、弥八郎の弟ではないか。あの兄弟は、そういう兄弟だ」

と、毒づいた。

忠世は静かに笑っただけであった。

すでに、家康に背逆して野羽《のば》に立て籠《こ》もっていた夏目次郎左衛門吉信《よしのぶ》は、深《ふ》溝《こう》松平の伊忠《これただ》に攻められて、降伏した。家康はこの降将を誅殺《ちゅうさつ》せず、しばらく伊忠に付属させたが、

――みどころがある。

と、おもい、自身の下においた。吉信は家康の恩遇《おんぐう》を痛感し、報恩の機を待

っていたが、元亀《げんき》三年に遠州の三方原《みかたがはら》において徳川軍が武田軍に惨敗《ざんぱい》したとき、浜松城を留守《りゅうしゅ》していたかれは、主君の危殆《きたい》を想って出撃し、敗走してきた家康を掩護《えんご》して討ち死にした。享年《きょうねん》が五十五であったということは、家康に宥赦《ゆうしゃ》されたこの年に、四十七歳であった。ちなみに吉信の子の吉忠《よしただ》は、伊豆の韮山《にらやま》城と一万石をさずけられることになる。

二月上旬に、家康は水野信元の力を藉りて、酒井正親の西尾《にしお》城に兵糧《ひょうろう》をいれた帰りに、本證寺の兵と戦って、克捷《こくしょう》した。この勝ちによって家康は、本證寺の兵を畏懼《いく》させた。

仲春の風が川から上和田砦へ吹いてくる。

――交戟《こうげき》の音が衰弱した。

と、感じた忠佐は、彦十郎と平助をつれて、矢作川のほとりへゆき、ふたりの弟に春の光を浴びさせた。土手に腰をおろした忠佐は、川辺を走るふたりを見守った。平助をみていると、ついおやえを憶《おも》ってしまう。

「わからぬ……」

と、つぶやいた忠佐は、仰臥《ぎょうが》して青天を視《み》た。灰色がかった雲が速くながれている。

おときを動かしている力の正体がわからぬのである。おときがおやえをかかえて去ったように、こんどは、おやえをいだいて本證寺からもどってくればよいではないか。そうならないのは、忠佐の力が正体不明の相手の力にまさっていないからであろう。

――真相を知っているのは、お笹だ。

おときの養母であるお笹が、ここまでの経緯を悉知《しっち》しているにちがいないが、残念ながら、忠佐はお笹の顔も知らない。人をつかってお笹を呼びだすことを考えたが、本證寺の門徒衆に知恵をつけられたお笹が、忠佐を罠《わな》にかけるということもありうるので、

――本證寺へ往《ゆ》くのは、乱が終わってからだ。

と、自分にいいきかせている。

草のかおりが、妙になやましい。

雲が多くなってきた。陽射《ひざ》しが消えた。

「さあ、帰るぞ」

胸に冷えた暗さをおぼえた忠佐は川辺のふたりに手招きをして、土手を登らせた。五歳の平助は、彦十郎に手を執《と》ってもらわなくても、緑の斜面を登ることができる体力がついた。上和田砦は遠くない。

砦の裏門の近くにしゃがんでいる童女がいる。

——おやえではないか。

心が揺れた忠佐は、目を凝らした。童女は忠佐をみると起《た》った。おやえではなかった。が、みおぼえのある顔である。

——蜂屋半之丞の女《むすめ》だ。

忠佐は半之丞とは親しい。

「ここで何をしている」

と、声をかけた忠佐に、童女は趨り寄って、折りたたんだ文《ふみ》をわたすや、ものもいわずにきびすをかえして、趨り去った。遠くに母親らしい影がみえた。いぶかしげに立ち止まっているふたりの弟に、

「さきに帰っていよ」

と、声をかけ、背を押してから、文をひらいて読んだ。

「至急　浄珠院《じょうじゅ》　半」

と、ある。半之丞が浄珠院で忠佐を待っているということであろう。文を裂《さ》いてからまるめて棄《す》てた忠佐は、ためらうことなく浄珠院へ往った。半之丞が卑怯《ひきょう》なまねをするはずがない。

本堂の宇下《うか》に立っている半之丞をみた。むろん槍をもっていない。半之丞は無言のまま目で忠佐を誘って本堂のうしろへまわった。人目を避けたのであろう。

「和議だ」

と、半之丞は低い声でいった。

「殿に降参するのか」

「いや、和睦《わぼく》だ」

声がすこし高くなった。

「降参するといえ」

半之丞にたいしては、気を回してものをいう必要がない。半之丞の口調にも忌憚《きたん》がない。

「和睦、といったはずだ」

「半之丞、殿に背いたことを詫《わ》びずに、和睦が成るとおもうか。おもいあがるな」

忠佐の叱声《しっせい》を浴びて、半之丞は黙った。

花の香りがただよっている。しばらく口をつぐんだふたりに、春のせつなさが染《し》みた。

この沈黙を嫌うように口をひらいた忠佐は、

「なんじは門徒衆の先頭に立って戦ってきたが、大坊主衆は寺内でふんぞりかえっているだけで、ひとりも戦場にでぬではないか。みずから門徒衆を護《まも》るべき大坊主がそれでは、戦って死んでゆく者は、浮かばれぬ。殿をみよ。さきの戦いでは、ただ一騎で、上和田に駆けつけてくださったのだぞ」

と、喜怒をまじえていった。

半之丞はうつむいた。それから、

「降参する。が、みな、処罰を恐れている。旧《もと》のごとく、殿にお仕えしたいのだ。常源さまに頼んでくれぬか」

と、いった。一揆を続行することに意義を見失った門徒衆が、本宗寺において合議し、

――殿を説得できるのは、常源どのしかいない。

という結論を得たので、常源の女婿《むすめむこ》である半之丞が使者に立ったのである。和議は本宗寺の門徒衆から浮上し、他の三ヶ寺の門徒衆は知らぬことかもしれない。半之丞は本宗寺におらず、勝鬘寺にいるので、内密に招かれて使命をあたえられたとみることもできる。

なにはともあれ、義父に刀槍《とうそう》をむけてきた半之丞にとって、いきなり上和田砦に乗り込むにはいかにも敷居が高い。そこで気心があっている忠佐に口をきいてもらうことにした。

「もともと常源さまは、内乱を憎んでおられた。一揆が熄《や》むのであれば、喜んで、殿に訴願なさるであろう。だが、みせかけの降参では、常源さまが面目を失う。なんじだけではなく、他の者の魂胆をみきわめてからのことだ。なんじと二、三人は、常源さまに会わねばなるまい」

「わかっている。望むところだ」

半之丞の顔があがった。小さくうなずいた忠佐は、

「では、明朝、ここで会おう。常源さまのお許しがあれば、そのまま砦へゆくつもりで、人数をそろえてきてくれ」

と、強い語気でいった。

「承知した」

ふたりは浄珠院をでて、すぐに別れた。

――まもなく、いやな戦いが終わる。

忠佐は光を失っている天空を瞻《み》た。戦いが終われば、おときを迎えにゆける。ただし、不安はある。

おときが忠佐のもとにもどらないという事態があるかもしれないが、おときをしばっている複雑な事情とおときの真意をたしかめることはできよう。

いそいで砦にもどった忠佐は、父の忠員と兄の忠世に、半之丞との話の内容を語《つ》げ、ついで常源のもとへゆき、

「土呂の門徒衆が降《こう》を告げてまいりました。殿に謁見《えっけん》するにおいて、常源さまの介添えを望んでおります。半之丞には、いかが返事をしましょうか」

と、述べた。常源の眼光が強くなった。

「半之丞がきているのか」

「いえ、かえしました。明朝、ふたたび会うことにしました」

常源はため息をついたが、目容《もくよう》にやわらかさをみせた。

「半之丞をここにつれてくるがよい。土呂の門徒衆の真情をきかねばならない」

忠佐は横をむいて微笑した。

「かれらは、少々虫のよいことを考えているようです」

「ほう……」

顔をもどした忠佐は、

「要するに、かれらは殿の厳罰が怖いのです。どこの国に、主君に叛逆した者が、無罪でいられましょうや。しかるにかれらは常源さまにすがれば、お咎《とが》めをまぬかれると、算用したのです。それがしは、半之丞の甘さに呆《あき》れたしだいです。常源さまは、どうか、半之丞を大いにお叱《しか》りになってくださ い」

と、ほかの室《へや》にもきこえるほどの声でいった。

常源は苦笑した。

「叱らねばなるまいの」

「背が割れるほど、折檻《せっかん》なされませ」

「はは、なんじは司馬宣王《しばせんおう》を育てた厳父《げんぷ》になれる」

常源は無限のやさしさをもった人である。

翌朝、忠佐にみちびかれて、蜂屋半之丞、石川源左衛門、石川半三郎、本多甚七郎という四人が、常源のまえにならんで坐《すわ》った。内乱を終熄《しゅうそく》させたい者たちのここでの密談が、三河を疲弊《ひへい》させなかったといってよいであろう。

大久保常源の徳の巨《おお》きさは、銘心鏤骨《めいしんるこつ》にあたいする。

東《とう》方《ほう》の敵《てき》

「平助《へいすけ》、まもなく、いくさが終わる」

と、兄の彦十郎に声をかけられた平助は、すこし淋《さび》しさをおぼえた。

上和田《かみわだ》の砦内には多くの童幼《どうよう》がいて、五歳の平助でも他の童子と協力して働いた。

――いくさとは、こういうものだ。

と、平助が肌で知ったのは、この上和田砦の戦いが最初である。砦が陥落すれば、父母や兄弟が死ぬかもしれないという切実さのなかで生活したのは、平助だけではない。それゆえ、力を合わせて砦を守りぬくという意識が上から下まで濃厚にあり、その意識を共有するがゆえに他家の童子とも親密になれた。

平助は、砦内では、

「常源《じょうげん》さまに賞されて、墨をさずけられた」

と、知られている。それゆえ大人からも、あの平助か、と特別に声をかけられる。そのつど、平助の心に小さな喜びが湧《わ》いたが、

——文字とは、このような力があるのか。

とは、おもわなかった。文字がもっているふしぎさを、真に認識するには幼すぎた。成人になれば、弓矢と刀槍《とうそう》の人となる。文字は、知らぬよりも、知っていたほうがよい。平助は漠然とそう想《おも》っていたにすぎない。

砦内の緊張が解《と》けつつある。

常源は蜂屋半之丞らと語りあったあと、

——この機をのがすと、国がこわれてしまう。

と、感じ、次男の三郎右衛門忠政《ただまさ》を岡崎へ遣《や》り、家康の意向を打診した。

「会ってもよい」——

という家康の許しを得た常源は、片目を失った忠勝《ただかつ》をともない、半之丞らを

従えて、岡崎城に登った。家康に謁見《えっけん》した門徒衆《もんと》は、蜂屋半之丞、石川源左衛門、石川半三郎、本多甚七郎ほか数人である。かれらは家康にたいして、

「ご赦免《しゃめん》くだされば、過分のご慈悲《じひ》と存じまする」

と、述べ、いっせいに平伏した。

「いかようにも、ご存分になされませ」

と、いっておきながら、門徒衆はひたすら恐れ入っていただけではなく、ぞんがいしたたかであった。

降伏するための条件をだしたのである。くどいようであるが、家康が条件をだしたのではなく、降伏する側が、つぎの三か条を提出した。
一、一揆に加担した諸侍の本領を安堵《あんど》すること。
二、道場（寺院）、僧侶《そうりょ》、信者を旧《もと》のごとく立ちゆくようにすること。
三、一揆の首謀者の一命を助けること。
「なんぞや、これは——」

と、家康はにがにがしくおもったであろう。実際、かれは露骨にいやな顔をした。家康を法敵呼ばわりして激烈に叛逆《はんぎゃく》した坊主と門徒は、たれひとり謝罪しないばかりか、旧来の不入《ふにゅう》の特権を認めよ、といっている。厚かましいにもほどがある、というべきである。それらのことを許せば、今日まで何のために血をながして戦ってきたのか。

「容《い》れがたし」

と、家康は眉間《みけん》に皺《しわ》を寄せていった。

すかさず門徒衆のひとりが仰首《ぎょうしゅ》して、強い語気を吐いた。

「申し上げましたことは、寺内のすべての者の同意を得たうえでのことではありません。和議を望まぬ者もすくなからずおりましょう。これをお聴《ゆる》しくださいませんと、われらはなすすべを失います。不忠を望まぬのに、不忠を犯すことになるのです」

ことばは荒々しくはないが、みかたをかえると、これは家康を恫《おど》していることになる。交渉術とは、こういうものであろう。すべての門徒衆を納得させて武具を臥《ふ》せさせるためには、三か条を家康が聴許してくれることしかなく、一か条でも不可となれば、和議をたずさえて突出してきた者たちは、居場所を失い、やむなく本宗寺《ほんしゅう》の奥に引き籠《こ》もることになろう。

それがわからぬ家康ではないが、さしだされた条件が身勝手というほかないので、

「ならぬ」

ということばを吐きそうになった。が、唇を嚙《か》んでこらえた。

家康という人は、ものごころがついた齢《とし》に、岡崎城主の嫡男《ちゃくなん》でありながら、弱者の立場におかれている家と父を識《し》り、当然のことながら、自身もわがままがゆるされない環境にあって、力をもつ他者を意識し忌憚《きたん》しなければならないことを知った。聡明《そうめい》ということばをつかえば、学問において早々と異能を発揮することだけがそれにあたらず、他者と家族、それに自己をふくめた人というものを知ることの早さが、それにあたるであろう。家康は聡明であった。

竹千代と呼ばれていた家康がまず努めたのは、我慢と忍耐であるということに、おどろかねばなるまい。人は起《た》てば、烈風にさらされるが、臥せていれば、人を害する風は頭上を通りすぎる。今川義元の監視下にあった家康は、義元に

警戒心をおこさせる奇才のかたちを、いちどもみせなかった。庇護者《ひごしゃ》の貌《かお》をしている義元がいつなんどき加害者に変貌《へんぼう》するかわからぬ、と家康は用心して生きていた。大いなる賢者《けんじゃ》は大いなる愚者《ぐしゃ》にみえる、というのが人質時代の家康であったであろう。

いつか天に昇る龍も、時にめぐまれなければ、地に臥せていなければならない。家康は人が万能であると信じる思想をもたなかった。もちようがなかった、といったほうがよい。天候によって農作物の豊凶がさだめられてしまう農業国に生まれたということも、人を過大に観《み》させなかった。人は、独りでは、稼穡《かしょく》をおこなうことができない。これが、真理なのである。穀物は、多くの人が植えつけて、多くの人が取りいれる、という協力の風景が三河ではふつうである。家康はそれを精神の風景とした。

いま、家康の眼前に、人が集まっている。そのなかに無言で坐《すわ》っている大久保常源と忠勝がいる。家康はふたりを意識している。常源と忠勝を棟梁《とうりょう》とする大久保党が、岡崎衆のなかではもっともすぐれた働きをしたが、常源が真宗寺院に恩を感じていることも、家康は知っている。さきの三か条は本宗寺の門徒衆がつきつけたものにはちがいないが、実質的には、常源の訴願《そがん》なのである。

「話にならぬ」

と、家康が三か条を一蹴《いっしゅう》すれば、常源の顔をつぶしたことになり、大久保党の忠勤ぶりに変化を生じさせかねない。そういう気配りをするのが家康なのである。

——世に、人の怨《うら》みほど恐ろしいものはない。

怨みも恩《おん》も、けっして忘れない質《たち》の家康であるからこそ、それが倫理の枢奥《すうおう》となり、経制《けいせい》の術に応用される。

自分にむけられた門徒衆の怨みは、じつは家康にとって恐ろしいものではなかった。宗教集団の驕《おご》りと特権意識の表れが一揆であり、悪政をおこなって民をしいたげたおぼえのない家康は、

——逆怨《さかうら》みは、怨みではない。

と、きめつけていた。悪政者は、天と民によって滅ぼされる。そう信じている家康は、観念と感情の浄化につとめるべき信徒が、利をむさぼればかならず頽墜《たいつい》するはずであるから、かれらと対決しても負けることはない、とおもって

いた。どのように勝っても、家康は自分に理があるので、勝ちかたにまで気をつかう必要はないと考えてきたが、常源のような老練な人物が、家康に譲歩をつきつけてきたことを、慎重にうけとめねばならぬであろう。

「敵にゆずって、勝ちなされ」

と、常源にいわれているような気がしてきたが、引いて勝つことほどむずかしいことはない。勝ちは、あざやかなものでなくてはならないのであり、あいまいな勝ちは、勝ちとはいえまい。

家康はしばらく口を閉ざして、考えつづけている。ただし心のなかで常源と対話をしている。常源が凡愚《ぼんぐ》な老臣であれば、家康はこれほど考え込まなかったであろう。なにしろ常源は、岡崎を逐《お》われた父の広忠をみごとに帰城させた玄謀《げんぼう》の持ち主である。門徒衆が掲げた三か条が、どの条も聴許されがたいことがわかっていながら、あえて門徒衆とともに提出した常源の真意を汲《く》まなければ、家康は小器とみなされ、さげすまれるであろう。

「もっともなことか……」

表情をあらためた家康は、まず、そういった。ついで、

「なんじどもの申すように、面々のいのち、ならびに寺内は、前のごとくにいたすであろう。ただし、一揆をくわだてた者については、成敗《せいばい》することになろう」

と、力のある声でいった。

門徒衆の首がいっせいにあがった。

「惶《おそ》れながら――」

これは全員の声であるといってよい。

「寺内ならびに各々《おのおの》のいのちをお助けくだされたことは、過分であると存じます。おなじように、いたずら者のいのちもお助けくださいい」

いたずら者とは、凶徒あるいは悪徒をいい、ここでは一揆のきっかけをつくった者たちをいう。

叛逆者をひとりも処罰しないで、全員無罪という要求をうけいれれば、領主の威権がそこなわれる。今後の治法《ちほう》にかかわることであり、家康は最後の一か条を容れるつもりはなく、

「首謀者は、斬《き》らねばなるまい」

と、厳然といった。

門徒衆は顰眉《ひんび》してうつむいた。首謀者には門徒武士だけではなく真宗寺院の住持がふくまれるであろう。かれらの刑死をみて、自分たちが生きのびるのは、いかにも後生《ごしょう》が悪い。が、家康の厳色《げんしょく》にむかって、

「なにとぞ、ご再考を――」

と、言を揚げる者はいなかった。かれらは重苦しいふんいきを耐えた。このままでは土呂《とろ》に帰ることができない。

ひとり常源が仰首して家康をみつめた。ここまで一言も発しなかった口が、ひらかれた。

「わが甥《おい》と子どもは、殿のお先手《さきて》となり、日夜、休むひまなく戦ってきました。あまつさえ、正月十一日に一揆の兵が一手となって上和田へ攻め寄せましたので、一門の者どもは撃って出て、防ぎ戦い、その日に倅《せがれ》は目を射られ、甥も目を射られ、そのほか手負《てお》いとならぬ者はいませんでした。早々と駆けつけてくださった殿は、ながれた血のおびただしさをご覧になったでしょう。そのときの甥や子の辛労《しんろう》分と思《おぼ》し召《め》して、一揆をくわだてた者のいのちをお助けくださ

い」

常源の目からしずかに涙がながれた。その目と忠勝の目を視《み》た家康の胸も目頭も熱くなった。

さらに常源はいう。

「この一揆をぶじにお斂《おさ》めなされば、かれらを先陣に立たせ、上野《うえの》の酒井将《しょう》監《げん》をすぐに踏みつぶせましょう。桜井《さくらい》の松平監物《けんもつ》どのも、八ッ《や》面《おもて》の荒川どのも、その日のうちに押しつぶせることは、いうまでもありません。いかなるご不満もうち棄《す》てなさって、面々が望み次第とさせて、一揆を収斂《しゅうれん》なさいませ」

一揆を企画した者を家康が誅殺《ちゅうさつ》しなければ、門徒武士団は何の遺恨ももたず、そっくり家康のもとへもどってくる。が、門徒集団の外郭《がいかく》で叛旗をひるがえしている酒井将監などは、家康の父の代から岡崎松平家に心服しておらず、西三河が揺れるような騒動があれば、そのつど敵対者となった。すなわち家康が潰《つぶ》さなければならないのは、一揆の徒ではなく、将監のような質のちがう有力者であろう。常源が述べたことを補足すれば、そういうことになろう。

家康はまた口をつぐんで考えた。

真宗本願寺派の寺院の存在とその勢力は、家康の政治の根幹をおびやかすものであり、それを排除せずに旧のごとく認めることは、三河の改革をおくらせることになる。一向一揆との戦いは、改革の推進であった。この推進をみずから停めてよいのであろうか。しかし、

「利《り》を獲《と》る」

とは、常源の述べた通りにすることが最善であることもわかる。

ものごとには内と表があり、家康は内を革《あらた》めなければ、表は変わらない、と考えてきたが、表を改めれば、内も変わる、ということがあるかもしれないと考え直した。世事《せいじ》は、理屈通りにはならない。世故《せこ》をくぐりぬけてきた常源の知恵は、家康のおよばないところにある、と想うべきであろう。

「御手さえ広くなれば、何をなさろうとも、おもいのままになるのですから、ただいまは、なにかと仰《おお》せらるるところにあらず」

と、常源はことばを結んだ。

家康はその言志《げんし》の内容よりも、常源の胆力に打たれた。人が他人《ひと》を感じるとは、こういうことなのであろう。

手が広くなる、とは、勢力が拡大する、ということである。勢いが増してしまえば、すべてを押しながしてゆける。その端緒《たんしょ》がここにあるのに、あれこれいっていては、何もはじまらない。

人事における常源の観照は非凡である。

家康はここで、理では割り切れないことについて、常源から誨《おし》えられたというべきである。家康の自我は、あらゆるところにある教訓をとりいれることができるしなやかさをもっている。巨大な受容の自我も、大志なのである。

「さらば――」

と、家康は口調をあらためていった。

「常源次第に許しおき、起請《きしょう》を書くべし」

常源のいう通りに、すべてに許可を与え、それについて起請文を書くことにする、と家康は明言した。

「あっ」

と、顔をあげた門徒衆は、ここで喜躍《きやく》したい気持ちをおさえて、いっせいに平伏《へいふく》した。

ここから一揆は急速に鎮静へむかった。

家康の生涯にはかぞえきれぬほどの難所があるが、一向一揆との戦いもそのひとつであり、それをここで乗り越えた。のちに織田信長が一向宗徒と凄惨《せいさん》な戦いをながながと続けることを想《おも》えば、この家康の切りぬけかたは奇蹟《きせき》的である。むろん調停をおこなった常源の功は大きい。

はるかのちに新井白石《はくせき》という碩儒《せきじゅ》は『藩翰譜《はんかんぷ》』という著作のなかで、大久保家には五つの大功がある、と書いた。松平清康のために山中《やまなか》城を取ったことが大功の一であり、松平広忠のために岡崎城を奪回したことが大功の二であり、家康のために一揆を鎮《しず》めたことが大功の三であるとする。残る二つの大功は、忠世と忠隣の才徳によるものであるが、ここで披露するのは早すぎるであろう。

城をでた門徒衆は、常源と忠勝にむかって頭をさげた。常源と忠勝は黙って答礼した。まえにでた蜂屋半之丞は、

「常源さま、さらにひとつ、お願いがあります」

と、いった。常源はおだやかな目容《もくよう》をこの女婿《むすめむこ》にむけた。

「殿は起請をお書きくださるとのことですが、城中ではなく、阿弥陀如来《あみだにょらい》のま

えで、おこなっていただきたい。それがわれらの願いです」

「なるほど――」

幽かに笑った常源は、殿にそう申し上げておく、といってから、

「半之丞よ、矢田作十郎に子はいるか」

と、問うた。

「ひとり、女児がいます」

「兄弟は――」

「惣助《そうすけ》という弟がいます」

「作十郎は阿弥陀如来のために懸命に戦った。それゆえ殿に憎しみをむけられた。惣助が召しだされることはあるまい。剛毅《ごうき》木訥《ぼくとつ》の者の家が潰れてしまうのは、三河の損失である」

惜しいことよ、といって、半之丞に背をむけた常源は、数百の家の潰滅《かいめつ》をふせいだといえる。その背にむかってふたたび門徒衆は頭をさげた。

ちなみに、鉄炮で狙《ねら》い撃たれた矢田作十郎の弟は、家康に仕えることをあきらめ、織田信長に仕えた。

帰途、常源と忠勝は浄珠院《じょうじゅ》に立ち寄った。ふたりから話をきいた住持は、

「殿が、ここへ――」

と、かるく愕《おどろ》いたあと、阿弥陀如来の名のもとではじまったいくさが、阿弥陀如来の御前《みまえ》で終わるのは、道理と申すものです、といった。

上和田砦にもどった常源と忠勝は、それぞれ弟たちを集めて、

「和議は成った。殿には、浄珠院にお越しいただき、起請をしていただくが、和議をこころよくおもわぬ者もいるにちがいなく、武器をもってそれをさまたげようとするかもしれぬので、みなは、ひそかに浄珠院を警護してもらいたい」

と、いった。

翌日、ふたたび忠勝が登城して、起請の日と場所についての要望をおこない、肯可《こうか》された。起請の日は、二月二十八日で、場所は浄珠院となった。阿弥陀仏を本尊とする浄土宗の寺はほかにも多くあるが、この和議は常源に一任されており、大久保党によって警護される寺院には門徒衆は不審をいだかずにでむいてくるが、そうでなければ門徒衆は用心して難色をしめすにちがいないので、

上和田砦に近い浄珠院がえらばれたのである。浄珠院が岡崎城と本宗寺のあいだにあるという位置のよさもあった。

それらのことを忠佐が半之丞につたえるのである。忠佐は六名《むつな》にある半之丞の家へゆき、妻女に会って、

「今月、二十八日、浄珠院、佐」

と書いた文を渡した。妻女はその文を勝鬘《しょうまん》寺にいる半之丞にとどけてくれる。

半之丞の老母の顔もみた忠佐は、

「これで乱が終わります。半之丞は苦しんだでしょうが、このいくさで苦しまぬ者はなく、それを終わらせるきっかけをつくったのですから、半之丞は称《ほ》められるべきです」

と、素直に感想を述べた。

この老母はつねに背すじのまっすぐな人で、口調もあいまいではない。

「半之丞は、気が小さく、仏罰を恐れております。このたびの半之丞の所業を、称めてくれるのは、治右衛門どのだけです」

「何を申されますか。殿もご存じのことです。骨肉の争いをやめさせた者を、

なにゆえ仏が罰するのでしょうか」

　半之丞は仏法にそむき、仲間を裏切ったわけではない。

　老母はしずかに微笑した。

「半之丞の心力は、治右衛門どのに及ばぬ。そこもとの心力は、常源どののゆずりか……。上和田の砦が落ちなかったことを、みな驚嘆しています」

　忠佐は微笑で応《こた》えた。

「題目をとなえて砦を守っていたにすぎません。法華《ほっけ》の題目が、南無阿弥陀仏《なむあみだぶつ》という六字名号《みょうごう》に勝ったともおもっていません。争うこと自体が、人の弱さではありませんか。人の愚かさではありませんか。半之丞が仏法にそむいたのであれば、われもおなじです。どうしてわれが半之丞にまさりましょうか」

　これは謙遜《けんそん》ではない。一揆による地の揺れがおさまっていないのに、和議の梁《はし》を架けようとした半之丞の勇気は、多くの人を救うことになるがゆえに、敵の城に先登して人を殺傷する勇気とはくらべものにならぬほどの意義がある。

忠佐はそうおもっている。

　老母はすこしまなざしをさげて、

「治右衛門どの、かたじけない」

と、湿った声でいった。半之丞より苦しんでいたのは、真宗信者であるこの老母であろう。半之丞が大久保家に通じて、かってに和議をすすめたことで、門徒衆からうしろ指をさされることになるかもしれぬ、と心を痛めていたのであろう。それほどこの老母は半之丞を愛する心が篤《あつ》い。

蜂屋家をあとにした忠佐は、ふと、

――半之丞の老母より苦しんできたのは、常源さまであろう。

と、想った。忠佐の裏面には人一倍のおもいやりがある。そこも常源に肖《に》ている。

ぶじに二月二十八日となった。

蜂屋半之丞、石川源左衛門、本多甚七郎らが和議をすすめていることは密事であっても、わずかな漏洩《ろうえい》もなかったはずがないのに、その日までに横槍がはいらなかったのは、門徒側が提出した三か条がすでに家康に容れられたという事実が知られていたためであろう。

二月二十八日は、記念すべき日となった。この日に、三河一向一揆が終熄《しゅうそく》したということだけではなく、この日から家康と松平家が真の伸展をはじめたからである。

大久保一門の者は、早朝から浄珠院の警備にあたった。

門徒衆が本堂にそろったあと、家康が到着した。阿弥陀如来像のまえで起請文を書いた家康は、蜂屋をはじめ門徒武士たちにそれらをさずけた。起請文をおしいただいた武人たちは、先導者となって本宗寺へむかった。かれらのうしろをすすんだのは、石川日向守《ひゅうがのかみ》家成《いえなり》と二百ほどの兵である。

家成は、生母が熱心な真宗信者であるため、門徒衆への同情が篤い。家康はそれを知っての上で、鎮圧の兵を家成に率いさせたのであろう。

蜂屋たちはその兵を高須《たかす》口から寺内へ引きいれた。

寺内町に住んでいた人々は、岡崎衆の突然の乱入におどろき、悲鳴をあげて逃げまどった。

「一揆どもの一命は、いずれも御助けあるぞ、騒ぐな、騒ぐな」

と、家成は大声で混乱を鎮めようとした。が、擾乱《じょうらん》は熄《や》まず、寺内を右往左往した住民は、ついに寺域をでて針崎《はりさき》の勝鬘寺へ走った。寺内の処々に火の手があがった。家成は配下に放火を命じたわけではなく、むしろ寺内の家屋と本宗寺の堂宇《どうう》を保全したかった。が、ここで消火に兵をまわすゆとりはない。火は風に煽《あお》られて、恐ろしいはやさで蔓延《まんえん》しはじめた。

――まずい。

と、家成が見守るうちに、火が生き物のように虚空《こくう》を飛んで山門に落ちた。こうなると、寺内の人々をとどめるわけにはいかず、

「焼け死んではならぬ。逃げよ」

と、いうしかなく、家成は兵をまとめて風上へ引いた。

この日、本宗寺は寺内町とともに焼失した。

浄珠院で起請を終えた家康は、すぐに起《た》たず、大久保家の常源、忠勝、忠次、忠重、忠員、忠世、忠佐、忠政と上和田砦に籠《こ》もって大久保家を援《たす》けた阿部忠政、加藤景成、景直、杉浦吉貞、久勝、勝吉、田中義綱、宇都野正勝らをゆっくりとねぎらった。そうしているあいだに、岡崎衆が続々と浄珠院に到着した。

「さて、ひといくさよ」

と、家康がいったので、常源がいぶかしげに、

「今日、南へ征《ゆ》かれますか」

と、さぐるようにいった。目で笑った家康は、

「常源が申したように、門徒衆が先手《さきて》になってくれよう。八ッ面を落とす」

と、蹶然《けつぜん》と起ったので、常源はおどろきを隠して笑い、

「殿は、善德院（清康）さまに、肖似《しょうじ》なさっている」

と、称嘆した。常源は家康の祖父のいくさぶりを知っている。けっして無謀ではなく、調儀と力攻めを併用し、決断すれば、実行はおどろくほど早く、戦場では鬼神のごとく激越であった。

大久保一門の兵はただちに家康の麾下《きか》にはいった。

――あっ、これから荒川甲斐守《かいのかみ》を攻めるのか。

一刻も早く本證寺へ行っておときを捜したい忠佐は、困惑をかくさず忠世のもとへゆき、

「半之丞の佐弐《さじ》にしてくれぬか」

と、片手で拝んだ。八ッ面城の攻略が長びけば、それだけ野寺《のでら》へ行くのがおそくなる。忠佐の心事が手にとるようにわかる忠世は、

「いま半之丞は、土呂にはおらず、針崎にいよう。勝鬘寺の門徒衆を説いているはずだ。ただし、矢作《やはぎ》川のむこうの寺は、まだ降伏したわけではない。むりをするな」

と、注意をあたえて、軍をぬけることをゆるした。

「わかっている」

忠佐は具足《ぐそく》をつけずに浄珠院をでると、針崎へ走った。南の天がうすよごれてみえる。

——あれは、煙だな。

煙の下に火炎があるとすれば、土呂の本宗寺における兵火しか考えられない。門徒衆におもいやりのある石川日向守が寺と町を焼くはずがないので、失火があったのだろう、と残念に意《おも》いつつ、針崎に近づいた忠佐の目に、勝鬘寺に押し寄せるおびただしい人の波が映った。

——土呂の衆だな。

胸に痛みをおぼえた忠佐だが、あえて同情をわきにおいて、その閙《さわ》がしい波に潜《もぐ》り込んで寺内町にはいり、半之丞を捜した。半之丞は筧助大夫正重《かけいまさしげ》と仲がよいので、ふたりが住んでいる長屋の見当はついている。ただし土呂から逃げてきた人々が増えつづけているので、寺内町の路は混雑して、歩きにくい。ここからでて矢作川を越えようとする人々もいるようで、人と物とが悲鳴や怒声とともにぶつかっている。

忠佐も人に掠《かす》りながら長屋をのぞいた。半之丞はいない。ほかの長屋をのぞきつつ歩いていると、

「治右衛門ではないか」

と、声をかけられた。忠佐はふりかえった。

「八右衛門どの――」

老武士が平助とおなじ年ごろの童子を随《したが》えて立っている。八右衛門とは、渡辺八右衛門義綱《よしつな》で、童子はかれの三男である。この童子はのちに加平雅綱《かへいまさつな》と称し、家督を襲《つ》ぐ。さらにいえば、雅綱は慶長五年に、関ヶ原合戦のまえの伏見《ふしみ》城合戦において城に籠もって討ち死にする。それはさておき、八右衛門義綱は

大久保忠勝の妻の父である。

「今日、殿のもとへ参ずれば、ご赦免《しゃめん》と本領安堵《あんど》がさずけられるときいたが、まことか」

「まことです。まもなく殿は浄珠院をお発《た》ちになり、八ッ面へむかわれます。赤渋《あかしぶ》におもどりになっているひまはありませんぞ。ここから、参陣なされよ」

赤渋に八右衛門の家がある。赤渋の位置は針崎の西北で、往復しているあいだに、家康と麾下の兵は針崎どころか土呂さえも通過してしまうであろう。ここから家康の南征軍に加われば、家康の心に好印象をあたえる。

五十歩逃げても、百歩逃げても、逃げたことにかわりはないというが、家康にとっては、それはおなじではなく、逆に、百歩進んだ者は五十歩進んだ者にまさるのである。家康がこまかなことも憶《おぼ》えている人であるからこそ、おなじ参陣でも、遅参は渡辺家にとってさほどの益にならない、と忠佐はみた。その忠告を容《い》れた八右衛門は、従者を呼び、人のいない長屋にはいって具足をつけた。

八右衛門の子が従者に付き添われて去るのをみとどけた忠佐は、

「八郎三郎どのは、どうなさった」

と、問うた。八右衛門の長男である八郎三郎秀綱《ひでつな》の姿がみえない。わずかに八右衛門の顔が暗くなった。

「あれは、和議を怒り、ご住持を護《まも》る、と申して堂奥《どうおう》にいる」

「それは……」

よくない、と忠佐は感じた。勝鬘寺の勢力を主導してきたのは渡辺党であり、そのなかでも八郎三郎と源蔵真綱《さねつな》らが強硬派を形成していたことはわかっていたが、事態がこうなったかぎり、主義に拘泥《こうでい》すべきではあるまい。

「半之丞をみませんでしたか」

「坂を登っていったようにみえたが……」

坂道は寺門に到《いた》る。おそらく半之丞は住持と寺内の武人たちに和同が成ったという報告に行ったのであろう。が、半之丞は門内にはいれたか。いや、半之丞は八郎三郎たちに襲われるということもありうる。

「では――」

と、忠佐は八右衛門に会釈《えしやく》して、走りはじめた。人にぶつかりながらも、走りに走った。坂道にさしかかったとき、おりてくる数人をみつけた。筧助大夫、渡辺平六直綱《なおつな》、渡辺半蔵守綱《もりつな》、坂部造酒丞正家《みきのじょうまさいえ》らの顔がある。

「造酒丞どの――」

忠佐は息をしずめながら、大久保常源の妻の兄に声をかけた。

「治右衛門か……」

造酒丞だけではなく、みな冴《さ》えない顔つきである。

「半之丞をみませんでしたか」

「寺のなかにいる」

忠佐は造酒丞をまっすぐにみつめた。

「もしや、半之丞は、誹謗《ひぼう》されているのではありませんか」

「ふむ……」

と、造酒丞は幽《くら》くうなずいた。

「かたがたは、すべての門徒衆の助命に尽力した半之丞を、なにゆえ弁をもって護ってくださらぬのか」

忠佐は嚙《か》みつくようにいった。造酒丞はにがい顔をした。

「もはや、そういう段階ではない。半之丞は拘《とら》えられたよ」

「ばかな――」

忠佐は顔を赫《あか》くして怒った。

「一揆を画策した者にも、御赦免があったのに、それではご住持にまで、咎《とが》がおよびますぞ」

この声を聞き捨てにした造酒丞は、

「あれをみよ」

と、本宗寺のほうを指した。濛々《もうもう》と煙が昇っている。

「殿のお指図によって、本宗寺が焼かれた、と怒っている者がすくなくない。ここも焼かれると恐れているのだ」

「土呂へむかったのは、石川日向守です。日向守が寇掠《こうりゃく》をおこなうはずがないではありませんか。本宗寺はみずから火をかぶったのです」

そう強くいった忠佐は、坂道を登ろうとした。筧助大夫があわてて止めた。

「やめよ、射殺されるぞ」

寺門は固くとざされ、近づく者は容赦なく矢を浴びせられるらしい。

——半之丞を助けたい。

一瞬、六名にいる老母の顔が脳裡《のうり》に浮かんだ忠佐は、踵《きびす》をかえすや、また走りはじめた。雑沓《ざっとう》を避けて、塀を乗り越え、寺内町の外にでた。それから林をぬけた。

南進する岡崎衆の先陣がみえた。大久保の旗はみあたらない。

——兄は旗本か。

忠佐は農家に飛び込んで、井戸の水を飲み、喉《のど》の渇《かわ》きをとめてから、畦道《あぜみち》を走った。大久保の旗をみつけた忠佐は、

「兄上——」

と、叫んだ。容易ならざるけはいを察した忠世は馬からおりた。勝鬘寺の内情を、忠佐は舌をもつれさせながら忠世に語《つ》げた。

「殿に申し上げる」

忠世は忠佐をともなって家康の馬前まですすみ、言を揚げた。うなずいた家康は、

「助四郎」

と、石川数正《かずまさ》を呼び、

「治右衛門を嚮導《きょうどう》として、勝鬘寺に当たれ」

と、命じた。機知に富んでいる数正は、その命令を承《う》けると、すぐに弓術の達者を三十人集め、忠佐を先頭に立てて、勝鬘寺へむかった。

寺内町にはいり、坂道を駆けあがった忠佐と数正に、矢が飛んできた。ついで寺門のあたりに声があった。

「治右衛門と助四郎とみた。それよりまえにでると、死ぬことになる」

「その声は、八郎三郎か。すみやかに寺門を開いて、半之丞を解き放ち、殿の馬前に参ずべし」

と、忠佐は大声でいいかえした。

「半之丞は裏切り者ゆえ、処刑する。まもなくその首を寺門に梟《さら》し、殿におみせできよう」

「正気か――」

忠佐が怒声をなげつけて突進するのを掣《せい》するように、半歩まえにでた数正は、

「今朝、殿は阿弥陀如来《あみだにょらい》の御前で、お盟《ちか》いなさった。そのご盟約は、仏がお認

めくださったものだ。半之丞は仏の使いであるのに、それを監禁したとあっては、諸仏だけでなく、諸天がお赦《ゆる》しにならぬであろう。いまだに寺門の内に籠《こ》もっている者どもは、仏敵とみなす。ゆえに、浄火《じょうか》をもって、滅ぼさねばなるまい。悪霊《あくりょう》がごとき者どもに、人のことばは通じぬようなので、もはや、いうこともない。かたがた――」

と、うしろの三十人に火矢を用意させた。一歩さがった数正は、ふりかえって、

「弓の名手の火矢は、伽藍《がらん》にとどくぞ。勝鬘寺の伽藍を焼いたのは、渡辺八郎三郎とその与党であると、後世まで悪名が残るであろう」

と、坂の下につめかけた人々にむかっていった。人々のざわめきが忠佐の耳にとどいた。この間に、三十人の射手が左右にひろがって、火矢をつがえた。

数正はむきなおって片手を揚げた。その手がおりれば、三十の火矢はいっせいに伽藍にむかって飛ぶ。

一瞬、静寂が生じた。

「待て――」

八郎三郎の声ではない。

「きこえぬな」

「待て、とにかく、待て」

渡辺源蔵の声であるらしい。数正は数歩すすんだ。

「ほどなく殿が針崎をお通りになる。待っておられようか」

「半之丞を返す。寺を焼くな」

胸をなでおろした忠佐は、数正とともに寺門に近づいた。しばらく待つと、寺門がひらいて、源蔵の弟である金蔵吉綱《よしつな》が半之丞につきそってあらわれた。

半之丞はむごい仕打ちをうけたわけではないらしいが、顔は蒼白《そうはく》であった。

「半之丞、よくやったな」

「治右衛門……。住持のまえで、裏切り者とののしられたのは、つらかった」

半之丞は虚脱したように地に坐《すわ》った。

石川数正は若い金蔵を睨《にら》みすえた。

「八郎三郎と源蔵はどうした」

「ふたりは、もはや、ここにはおりませぬ」

「阿呆《あほう》め。妻子を路頭に迷わせる気か。なんじは、殿の陣に加われ。早うゆけ」

と、数正は突きとばすように吉綱の肩を推《お》した。それから門内の兵に、

「いまなら、まにあうぞ。そのまま、八ッ面攻めに参ぜよ」

と、大声で下山をうながした。顔を見合わせていた兵たちは、この数正の声にはじかれたように、門をでて、坂道を駆けくだった。

すでに門徒武士たちは、路傍に跪坐《きざ》して、家康の馬標《うまじるし》をみるや、

「犬塚七蔵、御供、つかまつる」

「筧助大夫、御供、つかまつる」

と、つぎつぎに声を挙げて、行軍に加わった。

数正と忠佐は半之丞をつれて復命した。

「半之丞、そなたが死ぬと、槍が哭《な》く」

この家康の声に、半之丞は感涙にむせんだ。半之丞は家康にみじかく謝辞を述べ、よけいなことをいわなかったが、じつは渡辺八郎三郎は渡辺源蔵らと、針崎を通る家康の襲撃を計画した。その計画は未遂に終わったとはいえ、この

あとも楯《たて》をつきつづけた。それゆえ八郎三郎は源蔵などとともに追放されることになる。追放された者たちは、のちになってほとんど帰参がゆるされるが、八郎三郎だけがゆるされず、ついに陸奥《むつ》の国で死ぬ。死ぬまで八郎三郎をゆるさなかった家康の情義のありかたが、家康という玄々《げんげん》たる人物を解く鍵《かぎ》であろうが、家康が考える武士道に、八郎三郎は片足も乗っていなかったということはできる。

半之丞を誘って野寺《のでら》の本證寺《ほんしょう》へゆくつもりであった忠佐のもくろみはついえた。八ッ面へゆくしかない。

馬上の家康は、矢作川西岸の寺については、処事はあとだ、という顔で軍をすすめた。この軍には、門徒衆のほかに土井《どい》の本多広孝《ひろたか》が参入し、土呂で石川家成と配下の兵が加わり、さらに南下すると、桜井松平の与一忠正《ただまさ》が矢作川を越えて、家臣とともに家康を趨拝《すうはい》した。

岡崎松平家にさからいつづけてきた桜井松平家は、家主の家次《いえつぐ》が昨年亡《な》くなった。二十歳で家督を継いだ忠正は、一揆に加担した。当人の意思ではあるまい。家次の遺言をこころならずも尊重したのであろう。それゆえ門徒衆を強く推さず、合戦にもほとんど兵をださなかった。じつはそのあたりの細報《さいほう》を家康はうけていて、桜井松平家は潰《つぶ》すまでもないと考えていた。

馬からおりて、路傍の草の上で跪伏《きふく》した忠正は、馬上の家康にむかって声を揚げた。

「面縛《めんばく》し、負荊《ふけい》せねばならぬところを、ご赦免をたまわり、かく参じました。御供は、かないましょうや」

「ゆるす。与一、励むべし」

この家康の朗々《ろうろう》たる肯下で、桜井松平家は零散《れいさん》をまぬかれた。この家は、忠正の子の家広《いえひろ》のときに武蔵の松山城をさずけられ、一万石を領することとなる。

家康の南征軍は、規模も兵力も、膨張するばかりである。

野羽砦《のば》を捐《す》てて六栗《むつぐり》にもどっていた夏目吉信は私兵を率いて駆けつけ、西尾《にしお》城からは酒井正親が兵を従えてきた。そればかりか、野寺の門徒武士が八ッ面城攻めに加わるべく、続々と川を渉《わた》った。

八ッ面にむかう旗は、めったにみられない多さである。

うわさは疾風のごとき速さで、八ッ面城にいる荒川甲斐守義広《よしひろ》のもとにとどいた。

「一揆の徒に御赦免がくだったのに、なにゆえわれが攻められる」

怖悸《ふき》した義広が北の野を瞰《み》ると、青紗《せいしゃ》がひろげられたような地に、白い旗が林立していた。

「われは岡崎どのの姻戚《いんせき》である。あえて、あらがおうとはおもわぬ」

と、うわ言《ごと》のようにいった義広は、すぐに降伏の使者をだした。

「容《い》れかねる」

家康は義広の使者に厳切さをみせた。過去に荒川義広がどのような向背をおこなってきたか、家康はよく知っている。要するに荒川義広は自尊の心が旺《さか》んで、本家の吉良家へは頭をさげようとしなかった。ただし隆盛のころの今川家が厚遇してくれたので、義元には低頭した。岡崎松平の家康などは、義広にすれば、賀茂《かも》の山猿の末にすぎないであろう。そういう名門意識が過剰な者を赦しても、向後も、ことあるごとに叛《そむ》き、害となる。それゆえ、

「予の起請《きしょう》は、門徒衆にたいしておこなったものである。荒川甲斐守は、吉良の支流であり、門徒ではあるまい」

と、家康はいい、使者をしりぞけるや、兵を八ッ面城へ寄せた。

忠佐はここまで具足をつけなかったので、兄の忠世から、

「それでは、いくさはできまい。具足をもってきてやったぞ」

と、いわれた。具足櫃《ぐそくびつ》を背負ってきた十代の若者は、はじめてみる顔である。つねに忠世の近くにいる小者は、兵藤弥惣《やそう》という律儀《りちぎ》な者で、近藤左近右衛門幸正《ゆきまさ》の女《むすめ》が忠世に嫁いだときに、随従《ずいじゅう》してきて、以来忠世に仕えている。はじめてみた若者は、弥惣の弟ではないようである。顔が肖《に》ていない。

「妻の遠縁の者で、犬若《いぬわか》という」

と、忠世はいった。

犬若は眉宇《びう》が明るく、才覚がありそうである。ただし体軀《たいく》は巨《おお》きくない。

忠佐はさだまった従者をもっていない。いくさになると、父の従者を借りた。

忠世も、弥惣以外の者を父から借りてきたが、忠勝の負傷によって、大久保一門の軍事に関するしくみが変わりそうなので、忠世は手足のごとくつかえる従者を欲したのであろう。

忠佐は具足をつけながら、

「犬若よ、実家はどこにある」

と、訊《き》いた。犬若はわずかに顔をゆがめた。

「鴛鴨《おしかも》です」

「それは、少々、遠い」

鴛鴨は、酒井将監忠尚《しょうげんただなお》の居城がある上野より、北に位置する。鴛鴨には多少伝承の怪しい松平家があり、家康に従い、一揆の勢力を撃退した。

「実家は、もうありません」

と、犬若はいった。犬若の母は、数年前に孀妻《そうさい》となり、今年、病死した。犬若は母を扶《たす》けて、何でもやってきたという。小さな農地しかもっていなかったので、鳥や魚をとらえて生きてきたらしい。

「そうか。いやなことを訊いたな」

「かまいません」

母を喪《うしな》ったという哀痛をひきずっていないような口調で犬若は答えた。これから犬若は槍や旗をかついで戦場を走りまわることになるが、その春秋はどうなるのであろうか。

忠世のもとにもどった忠佐は、すでにはじまった城攻めをながめて、

「われらは見物しているだけで、このいくさは終わる。具足をつけるまでもなかった」

と、断定するようにいった。

いま城を攻めているのは、これまで家康に敵対してきた勢力に属していた者たちである。ここで家康に忠誠のかたちをみせておかねばならない、とかれらは考えて、先陣を形成した。家康はかれらに明確な指図《さしず》を与えておらず、

――やりたいように、やってみよ。

と、いわんばかりに静観している。旗本の忠世と大久保党の兵は、家康の下《げ》知《ち》がなければ動けない。

――荒川甲斐守《かいのかみ》には、戦意が残っていないだろう。

と、忠佐はみている。

八ッ面城の陥落は、一向一揆の終焉《しゅうえん》を象徴することになるであろう。昨年の十月中旬から攻防戦がはじまったので、この内乱は、閏月《じゅんげつ》をいれて五か月半という長さであった。が、忠佐にはその長さが五、六年にも感じられた。

——あとは、上野城か。

上野城の酒井忠尚は、一揆にかかわりなく特立している。いまや今川の援兵を待っているようでもないので、かれはたれにも頼らず、酒井家支配の領邑《りょうゆう》を建てたいのかもしれない。しかしながら、人の世とは、人と無関係では生きてゆけない世、ということである。そういう関係を嫌忌《けんき》する者は、人との交際を絶って山中に隠れ、幽人《ゆうじん》になるしかない。仏門は人との関係において、完全な絶縁体であるとはいえない。それを想《おも》うと、孤独であることを顕赫《けんかく》させようとしている酒井忠尚は、孤高の人をきどっているが、生きることをあきらめた奇妙人にみえる。

忠佐にいわせれば、上野城は、

「死の城」

である。家康に屈服したくない者たちは、簇々《そうそう》と上野へ奔《はし》っているであろうが、その城郭は高大であっても、それは虚空《こくう》につくられた葬穴《そうけつ》である。

——乱は畢《お》わったのだ。

八ッ面城の一隅から煙が立った。この時点で、

「かかれ」

という家康の下知を承《う》けて大久保党が動きはじめた。まもなく日没である。この時刻まで家康が総攻撃をおこなわなかったのは、荒川甲斐守に落ち延びる時を与えた、とも考えられる。

――殿とは、そういう人なのだ。

と、忠佐は意《おも》い、ひそかに胸を熱くした。城主にとって、落城が半刻のびるより一刻のびたほうがよく、日没前より日没後のほうが敵兵の手にかかりにくい。

大久保党が城内に突入したとき、ほとんど戦闘は終わっていた。

荒川甲斐守はすでに城を棄《す》てて、西へ奔《はし》っていた。なんと河内《かわち》まで奔って、三好《みよし》家に頼ったといわれる。とにかくこの日、八ッ面城は陥落し、荒川甲斐守義広は歴史からも消えた。それにともない、名門の吉良氏の勢力は西三河から掃蕩《そうとう》された。

城内において自軍の兵の功を検分した家康は、夜中に陣を動かすと不測の事態に遭遇することがあるので、八ッ面から遠くない西尾城へ移動し、翌日、岡崎城へ帰った。

城では、酒井将監忠尚の使者が家康の帰還を待っていた。

「降《こう》は、容《い》れぬ」

家康の応《こた》えはにべもない。使者は愁然《しゅうぜん》と立ち去った。

——上野の城はおのずと落ちる。

とはおもうが、およそ油断ということがない家康は、向《むか》い城《じろ》といってよい隣《りん》松《しょう》寺の兵をふやして見張りを強化した。

それから論功行賞にはいった。

大久保常源や忠勝に、加恩はなかった。常源は、子や甥《おい》の辛労分にかえて一揆の首謀者の助命を訴願した。それを容れた家康は、その通りにした。

常源は、加恩がなかったことについて、怨《うら》みがましいことをいっさいいわなかった。それが常源という人物をいっそう爽《さわ》やかにみせた。しかしながら、終戦へむけてのむずかしい調停をおこなった常源は、家康と門徒衆へ同時に恩を売ったことはたしかであり、真宗の寺には、昔の恩に報《むく》いたことになる。人にせよ族にせよ、ほんとうに大きくなるには、人に知られぬ陰徳を積むほうがよい。昨日の功を今日賞美されては、人は成長しにくくなる。その点、もっとも大きな功があった常源に、何の賞賜《しょうし》もおこなわなかった家康の論功行賞には、奥ゆきがあったというべきかもしれない。

「殿は、吝嗇《りんしょく》か」

上和田砦のとりこわしがはじまったというのに、忠世にも賞功がなかったので、忠佐はあきれたようにいった。八ッ面で家康の情の機微にふれたおもいの忠佐であるが、賞首《しょうしゅ》であるべき大久保党の主導者が、まったく加恩にあずからぬのは解《げ》せない。

「いや、賞功はあったさ」

忠世は意味ありげに微笑した。

「たれが、どのように――」

忠佐は眉《まゆ》をひそめた。

「殿が一騎で駆けつけてくださった日に、殿は、なんじどもの恩を、七代、忘れぬ、と仰《おお》せになったではないか。あれにまさる恩賞があろうか。たとえ不肖の子孫がでても、大久保家はおとりつぶしにならぬ。ありがたいことではないか」

「あれは――」

修辞にすぎない、と忠佐はいいたい。家康は砦内で起請文を書いて常源や忠世にさずけたわけではなく、また、家康が亡《な》くなり、その子孫が百年後、二百年後に、そのことをどうして憶《おぼ》えていられようか。そういいたい忠佐の心の声を、忠世はききとったかのように、

「ことばは、紙に書かなければ、後世まで遺《のこ》らぬというわけでもあるまい。殿のおことばは、天がきき、地がきき、人がきいている。むしろ起請文より永く遺る。とにかく、罰せられぬことは、賞されることにまさる」

と、明るく信念をいった。

「なるほど……」

起請文のはかなさを知りぬいている忠佐は、兄の高見《こうけん》にうなずいた。

忠世と忠佐らはふたたび屋敷を移築して、羽根《はね》にもどるのである。もはや上

和田に砦を建てることはあるまい。木戸と塀のおびただしい傷あとをみて、大きな苦難を乗り越えた、と忠佐はおもった。大久保一門の結束の堅さが、難敵をしのぎ、運命のむごさにひしがれなかったというべきであろう。

夕方、忠世は忠佐の耳もとで、

「本證寺の兵はすっかり去ったようだ。残念ながら、おときのことはわからぬ」

と、ささやいた。すでに忠佐の心は、はずみを失っている。

「以前、おときのことを報《しら》せてくれたのは、加藤宮内右衛門か」

「そうだが……」

「では、宮内右衛門に会ってから、野寺へ行ってみる」

そういった忠佐は、翌朝、砦の解体をおこなっている加藤党のもとへゆき、宮内右衛門と面談した。宮内右衛門は、忠佐がかかえている不可解な事情を仄《そく》聞《ぶん》している顔であった。

「二年ほどまえまで、わが家で働いていたおたねと申す者が、嫁いで、野寺に住み、一揆の際には、寺内にいたのです。おときどのの家は、近くにあったのです。が、おたねは多くの者とともに立ち退《の》いてしまい、ゆくえがわかりませんん」

と、宮内右衛門は幽《くら》い口調で語《つ》げた。

寺内町の住人の大半は、岡崎の兵の寇掠《こうりゃく》を恐れて、あわただしく移住した。三河からでた者もすくなくない。いまだにおときが寺内町に残っているとは想われない。

「すまぬが、おときが住んでいた家が、どのあたりにあったのかを、地図を画《か》いて、しめしてくれぬか」

と、忠佐はたのんだ。

それに応えて丹念に地図を画いてくれたのは、宮内右衛門の子の与八郎である。気がつくと、忠佐のうしろに弟の新蔵忠寄《ただより》と勘七郎忠核《ただざね》がいた。

「治右衛門のてつだいをしてこい」

と、ふたりは忠世にいいつけられたという。

三人は矢作川を渡り、野寺へむかった。その道を歩くと、山が遠いので、天地が広く感じられる。晩春の野は、兵が往復したあとであっても、彩《いろど》りが衍《ゆた》かであった。

野寺の本證寺は武装を解除したあとのおだやかな容体であった。濠《ほり》を越えると寺内町にはいる。合戦では、そこが外郭になっていた。

「空《から》というわけではないな」

と、新蔵がいったように、ぞんがい人が残っている。忠佐はふところから地図をとりだした。路が造り変えられたらしく、地図とはちがう。迷いながらも、おときが住んでいたとおもわれる家屋をみつけた。まったく人のけはいがない。忠佐の胸のなかにも空き家があり、おときが去ったその家屋を、もうとりこわさなければなるまいと考えつつ、眼前のくすんだ家屋をしばしながめていた。

「隣に、人がいます」

勘七郎が、桶《おけ》をかかえて家からでてきた老女をみつけた。忠佐はすこし趨《はし》った。

「ちと、おたずねしたい」

この忠佐の声に、老女がふりむいた。利《き》かぬ気がその目にでている。

「隣に、与兵衛とお笹という夫婦に、おときというむすめが住んでいたとおもうが……」


「おまえさまは――」

老女は用心して問い返した。

「おときの夫で、治右衛門と申す」

忠佐を睨《にら》んだ老女は口をゆがめた。

「おまえさまは、大嘘《おおうそ》つきじゃ。知らぬ、知らぬ」

怒ったように老女が歩きはじめたので、あわてて走った忠佐は老女のまえに立った。

「嘘ではない。おときは羽根にきて、おやえを産んだ。おやえの父は、われぞ。まことのことを申したのに、なにゆえののしりをうけねばならぬ」

老女は桶を足もとにおいて、忠佐をするどく視《み》た。やがて目つきをあらためて、

「おまえさまは、善人じゃな。すると、隣の住人が大嘘つきか……。まさか、まさか」

と、老女は困惑しはじめた。

「われにもわからぬことが多い。どうか、おしえてくだされ」

忠佐は頭をさげて、桶を手にとった。それをみた老女は黙って歩きはじめた。濠を越えて、さらに歩き、池のほとりで足を停めた。この池で、水草を採るようである。

忠佐がおろした桶のかたわらにすわった老女は、

「与兵衛さんとお笹さんが夫婦であるはずがない。お笹さんは、おときさんとおなじ年ごろだった」

と、いって、忠佐をおどろかした。さらに忠佐を驚惑させたのは、

「女の子をつれて帰ってきたのは、おときさんではなく、お笹さんであったような……」

と、老女がいったことである。

——どういうことか。

忠佐の脳裡《のうり》は混乱した。老女のいうことが正しければ、お笹がここをでて羽根の大久保屋敷に仕える際に、おときと名を交換したことになる。

解せぬことは、まだある、と老女はいう。隣家にはじめて与兵衛とふたりの

むすめがはいったとき、法体《ほったい》で刀をさした者がつきそってきた。その者はしばらく本證寺にいたが、いつのまにか姿を消してしまった。が、お笹が女児をつれて帰ってきたとき、ふたたびその法体があらわれた。やがて、法体とお笹がいなくなり、与兵衛はときどき不在となり、ある日、屍体《したい》で帰ってきた。

「与兵衛を殺したのは、わたしだ」

と、忠佐はここではいえない。

「それで、与兵衛さんの亡骸《なきがら》といっしょに、法体とお笹さんは帰ってきたのだろうか」

「いいや」

と、老女は首をふった。法体とお笹だけではなく、おときとおやえも、その日のうちに姿を消したという。

「みな善い人たちじゃった」

老女はなつかしむようにため息をついた。

「そうでしたか。ところで、法体の者の名はわかりませんか」

「たしか、源次郎さま、と呼ばれていたような……」

「よくぞ、おしえてくださった。かたじけない」

老女に一礼した忠佐は、ふたりの弟をうながして、帰途についた。話をきいていた弟たちも、すぐに頭のなかを整理することができないらしく、すこし忠佐から離れて歩きながら、

「おときとお笹は、ふたごか姉妹ではないのか」

と、語りあった。

忠佐が野寺にきたのは、おときを忘れるためであり、たとえそれができなくても、渋さをましてきた記憶を酬《さわ》すことができるのではないか、とおもったからである。とにかく気持ちの整頓《せいとん》をしたかった。ところが、おもいがけなくおときに連繋《れんけい》している半透明な人物たちの存在を知り、愛憎とは別なものが動いて、謎《なぞ》を解きたい意《おも》いにひきずられた。

想像を、本願寺派の寺院に限定して、

——法体で帯刀している者といえば……。

まずおもい当たるのは、

「下間《しもつま》氏」

である。その氏は、常陸《ひたち》の下妻《しもつま》から生じたといわれ、その族は、親鸞《しんらん》以来、本願寺法主の側近中の側近でありつづけている。一家衆の寺院が建立《こんりゅう》されれば、かならず下間氏が寺内にいると想《おも》えばよく、げんに土呂の本宗寺には下間 澄《ちょう》慶《けい》がいた。本證寺住持の空誓《くうせい》も蓮如《れんにょ》の孫の次男であり、上宮寺にも本願寺の血がはいっている。

源次郎が下間氏であれば、本願寺法主の意向を伝達すべく、大坂の石山《いしやま》本願寺と三河のあいだを往復していたことが考えられる。ただし、どこで源次郎がおときらと接触したかは不明である。

おときとお笹が、名をいれかえたとすれば、ほんとうのおときが、佐久間全《ぜん》孝《こう》の息女であることを見破られないようにするためであろう。もしもおときとお笹が、ふたごか姉妹であれば、名をいれかえても意味がない。実際、亡くなるまえに与兵衛は、おときの名しかいわなかった。おときとお笹には血のつながりはあるまい。ふたりが名をいれかえたのは、本證寺の寺内町に定住してすぐではなく、しばらくしてからであろう。隣家の老女には、もとの名を知られているので、怪しまれないために、ふたりはもとの名で接したとおもわれる。

そういう知恵をふたりにさずけたのは、与兵衛ではなく源次郎であろうから、源次郎はおときの出自《しゅつじ》を知っていたことになる。

——広瀬《ひろせ》に一向宗の寺があるのか。

おそらくあるであろう。源次郎がそこにいたとすれば、西広瀬城の陥落直後に、与兵衛とおときをかくまったということはありうる。

——お笹は、おときの侍女かな。

それなら推理に紊《みだ》れがなくなる。忠佐の目には晩春の景色が映らない。

——疲れた。

何に疲れたのか。それははっきりいえないが、とにかく、魂をどこかに落としてきたように疲れた。上和田にもどった忠佐は、忠世に声をかけられて、

「知る、とは、どういうことであろうか」

と、幽《くら》く問うた。今日野寺へ行って、おとき（ほんとうはお笹か）に関する知識をふやしたが、ここに帰ってくると、わからないこともふえたような気がする。

「知る、とは——」

すこし考えた忠世は、

「知らぬ、といえることかな」

と、いった。その答えには忠世の誠実さとおもいやりが罩《こ》められている。

柱にもたれてうつろに目をあげた忠佐は、

「おときは去った。もはや、もどってこぬ」

と、いい、涙をながした。何が悲しいのかわからず、泣く自分をも解《げ》しかねたが、涙だけはでてくる。忠佐の涙をはじめてみた忠世は、

「おときは、なんじの妻でいたかったさ。が、妻であることより、おやえの母であることのほうが重かったのではないか。その重さにひきずられたのであろう」

と、推測をまじえて、なぐさめた。

――三月とは、これほど昏《くら》かったか。

忠佐の心は、晩春の闇《やみ》に淪《しず》んだようであり、その視界は光を失った。上和田砦の解体が終了して、忠員の屋敷が羽根へもどってからも、忠佐は独り寡黙《かもく》であった。

ある日、静かに庭をながめていた忠佐は、背後に人のけはいを感じたので、首だけをまわした。平助が坐《すわ》っていた。平助はいぶかしげにこの兄をみつめていた。口をひらくことにわずらわしさをおぼえていた忠佐だが、平助には、

「妙国寺《みょうこくじ》へ通っているか」

と、いった。

「はい」

「いま習っている文字を、誦《よ》んでみよ」

「寒来暑往《かんらいしょおう》」

「寒さが来れば、暑さは往《ゆ》くか……」

忠佐は膝《ひざ》をまわして、庭を背にした。庭は光に満ちて、その明るさは初夏のものであった。平助の目に、兄は影であった。

「この兄が、疾《やまい》ではないか、と心配してみにきたか。われは、……疾ではない。人生における季節が、他の者とはちがうだけだ。人にとっては春であっても、われにとっては冬である。人だけではなく、家にもそれぞれ四序《しじょ》のめぐりがちがう。わが羽根の大久保家も、まだ春ではない」

と、忠佐はさとすように平助にいった。

平助はこの兄が病気ではないことを知ってはいたが、人を近づけない異様な暗さに惹《ひ》かれた。その暗さこそ、人としての深さであるという認識を、さすがに五歳の幼児ではもちようがなかったが、ほかの兄がもっていない何かを、この兄に近づくことで知ろうとした。平助は自分が特別な感情の目で忠佐から視られていることを感じとっていた。はたして忠佐は真摯《しんし》に語ってくれたではないか。

平助は黙ってあとじさりをした。

「む……、母上のもとへゆくか」

忠佐は微《かす》かに苦笑した。

「ゆきませぬ」

平助は誤解されることを嫌うように、はっきりといった。平助は三条西どのにいいつけられて、忠佐のようすをうかがいにきたわけではない。自分の意思で忠佐をみにきたのである。あえていえば、自分をみせにきたのである。この兄が特別な感情の目で視てくれるのであれば、それに報《むく》いたい、というのが平

助の意いである。忠佐にはそういう平助の心事がわかり、
——平助は、我《が》が強い。
と、おもった。付和雷同《ふわらいどう》とはもっとも遠いところで生きてゆくのが平助では
あるまいか。ただし忠佐にとって平助がもっともむずかしい弟になるという予
感はない。父事《ふじ》し兄事《けいじ》することにおいて、いささかもひねくれたところをみせ
ていない。その点では、むしろ柔順で平凡な弟である。
——だが、外面ではなく、内面がおもしろい。
それに最初に気づいたのは三条西どのであるが、忠佐も平助が退室してから、
急に笑いがこみあげてきた。平助が陰鬱《いんうつ》そうに黙座していたのは、忠佐をまね
たのである。それを忠佐にみせたところに、諧謔《かいぎゃく》がある。
三月と四月は、忠佐にかぎらず多くの武人にとって、乱で負った傷を癒《いや》す時
間となった。
ただし上野城だけが叛旗《はんき》をひるがえしつづけているので、家康の事後処理は、
完理というわけではない。大久保党が上野城攻めにつかわれるということはな
かった。

本多弥八郎正信は弟の三弥左衛門正重とともに酒井将監忠尚《しょうげんただなお》を佐《たす》けているらしい。

「阿呆《あほう》もここまでくると阿呆とはいえぬ」

忠佐はもちまえの快活さをとりもどした。

「弥八郎のことか……」

家康に降伏するのであれば、浄珠院で起請《きしょう》がおこなわれた直後でなければならず、その機を逸した本多兄弟は、上野城が陥落するまで、帰参することはあるまい、と忠世はみている。

「三河者らしくてよいではないか。阿呆が惚《ほう》けると、阿呆とは呼べぬ。他国の者は、三河者をそのように観《み》ていよう。だが、愚公《ぐこう》山を移す、といい、山を動かすことができるのは、賢者でなく愚者だ」

「弥八郎は、賢者としても愚者としても、似非《えせ》よ。山どころか、小城ひとつも動かすことはできぬ」

あいかわらず忠佐は、正信に辛《から》い。

「そうかな。あるいは弥八郎は、山より大きい国を動かせるかもしれぬ」

「あっ、兄上も阿呆になりかけている。あの兄弟は禍《わざわ》いのもとです。かかりあうと、わが家に不幸を招くことになりますぞ」

正信の弟は忠世を射殺しようとしたのである。それを忘れて、本多兄弟の帰参がかなうように尽力しそうな忠世に、強い口調で忠告した。寛容にもほどがある、と忠佐はいいたい。

五月になると、家康はすべての門徒衆に改宗をおこなわせた。人だけではなく、寺にもそれを強要した。本宗寺（大半は焼失）、上宮寺、勝鬘寺、本證寺にたいして、

「宗旨《しゅうし》をかえよ」

と、命じたのである。寺側は憤然として、

「以前のごとくでよい、と起請なさったではないか」

と、家康に抗議した。

「寺のあるところは、以前は野原であった。以前のごとく、野原にせよ」

と、家康は多数の人をつかわして、それらの寺をことごとく破壊させた。この儼乎《げんこ》とした処事の速さは、一種の報復であろう。門徒衆と戦って歿《ぼっ》した者は

すくなからずいたのである。家康はおのれに弓矢をむけた門徒衆を罰せぬかわりに改宗させた。その門徒衆を用いて家康に楯《たて》をついた大坊主衆をも刑戮《けいりく》せぬという寛容をしめしたのであるから、大坊主衆はなんらかの礼容をしめすべきであるのに、

——家康め、いのちびろいしたな。

と、いわんばかりの態度で、傲兀《ごうごつ》さを改めない。それは、いわゆる無礼なのである。たしかに宗教集団には、世俗の倫理は通用しない。が、人はどのように在るべきかと考える家康にとって、一集団だけに特権を認めることは、どう考えても不公平である。家康が理想とする倫理社会において、そういう集団は障害でしかない。大坊主衆は多くの人々を指導して善良の道にいざなう責任があるはずなのに、利権の保持しか考えず、自身は大勢力を恃《たの》んで驕《おご》っていては、けっきょく多くの人々を迷わせるだけで、幸福を奪う存在でしかなくなる。

ゆえに、家康は敢然と戦ったのである。本願寺勢力と戦うことは自殺するようなものだという者もいたであろうが、それでも戦った。これが家康の勇気なのである。戦いが終わり、家康は斃死《へいし》することなく、国も失わなかった。いま

家康はこの事実の上に立っている。

——人として尊敬されるような僧が、大坊主であるべきだ。

そうではないとみた家康は、大坊主衆をも逐《お》った。一向宗寺院は消え、寺内町も消えた。

ちなみに佐々木の上宮寺から尾張の苅安賀《かりやすか》へ移った勝祐《しょうゆう》と信祐《しんゆう》父子は、十年後の天正二年に伊勢の長島に籠《こ》もって織田勢と戦い、自害する。が、死ぬまえに信祐は子の幸松丸に、

「そなたは生きのびて、三河の佐々木の地に上宮寺を再興するのだ。力になってくれるかたは、ただひとり、石川日向守《ひゅうがのかみ》さまだ。日向守さまを頼め」

と、いいきかせて、逃がした。ただし勝祐と信祐が三河を退去して隠棲《いんせい》したのは信濃《しなの》の伊那《いな》谷であるともいわれ、尾張の苅安賀はふたりが戦死した地であるという説もある。

報告のために大坂の石山本願寺に上った幸松丸は、第十一代法主顕如《けんにょ》によって尊祐《そんゆう》という法名をあたえられ、上宮寺の継職を認められた。

尊祐の帰国が赦《ゆる》されたのは、天正十三年であるから、苦難の十余年であった

ろう。三河の本願寺派の寺院が赦免《しゃめん》されたのは、石川日向守家成《いえなり》の生母である妙春尼《みょうしゅんに》の尽力のおかげである。妙春尼は小河《おがわ》の水野忠政《ただまさ》の女《むすめ》で、お大の妹であり、石川清兼《きよかね》に嫁《とつ》いで数人の子を産んだ。水野家の宗旨は曹洞宗《そうとう》であるが、妙春尼は石川家にはいって真宗への信仰を深め、西三河の地から本願寺派寺院の巨刹《きょさつ》が消滅したことを哀《かな》しみ、その復興を家康に嘆願しつづけた。

「一向宗は——」

と、つねに難色をしめした家康が、

「専福寺《せんぷく》は、赦しましょう」

と、いったのが、天正八年である。専福寺とは祐欽《ゆうきん》のことで、家康と四ヶ寺のあいだに立って、調停のために奔走した僧である。祐欽は摂津《せっつ》に逃れていたが、この吉報に接して、喜躍して帰国した。天正八年は本願寺と織田信長が和議を結んだため、石山合戦が終わった年である。それでも家康は一向宗を警戒した。それほど国内での門徒衆との戦いは苦しく、一向一揆がしこりとして家康の胸底に残っていたのであろう。

忠佐の喪失感も風化しなかった。

五月にはいって数日たった夕方に、ひとりの少年が羽根の大久保屋敷をたずねてきた。みたところ、十五、六歳である。その少年は忠佐に面会を求め、

「文をあずかってきた」

と、笠《かさ》の紐《ひも》にむすんでいた紙縒《こよ》りをほどいた。文字は女手《おんなで》で、おやえはおまえさまのこではありませぬ、なにとぞ、おゆるしを、とあり、最後に、

「さゝ」

と、あった。手は、まぎれもなくおときのものである。

――おときの本名は、やはり、お笹か。

しかしながら、おやえがわが子ではないと知った忠佐の衝撃は大きかった。悲哀もおぼえたが、むしょうに腹が立ってきた。そういう女を愛したおのれをどうしたらよいであろうか。

女は偽名をつかい、産んだ子は忠佐の子ではなく、忠佐の妻であったことは仮の姿であったとは、人を弄玩《ろうがん》するにもほどがあろう。それでも、その女をゆるせるのか。

――これは、天罰か仏罰か。

またしても忠佐の心に闇がおりてきた。怒りで目が眩《くら》んだといってもよい。忠佐はながいあいだ唇を噛《か》み、虚空《こくう》を睨《にら》んでいた。その間、少年は地にすわって苦悩する忠佐をながめていた。その忠佐の背が遠くなったので、あわてて腰をあげた少年は、

「あの——」

と、呼びかけた。忠佐はふりかえらず、

「銭は、使いを頼んだ者から、わたされておろう」

と、冷えた声でいった。

「銭のことではありません」

「ふむ……」

「文をおとどけすれば、治右衛門さまにお仕えできる、とおしえられてきました」

「われに、仕える……」

ようやく忠佐はふりかえった。

「どこからきた」

「すげだわ（菅田和）です」

「どこにある」

「山また山の、かなたです」

そのいいかたに関心をもった忠佐は、少年に近づいて凝視した。ただの山童《さんどう》ではないらしい。

「名は――」

「余六《よろく》です」

「家は、南無阿弥陀仏《なむあみだぶつ》か」

「そうです」

「では、仕えられぬ。岡崎の殿は一向宗を嫌っておられる。わが家は、南無妙《なむみょう》法蓮華経《ほうれんげきょう》だ」

「南無阿弥陀仏をやめればよいのですか」

「口先だけで、やめても、だめだな」

「どうすれば、あなたさまにお仕えできるのでしょうか」

「そうだな……」

忠佐は翌朝この少年を尾尻《おじり》村の長福《ちょうふく》寺へつれてゆき、三か月、ここですごしたら、羽根へもどしてやろう、といいふくめ、住持にわけを話してあずかってもらった。余六を忠佐に仕えさせようとしたのは、お笹かおときであることはまぎれもない。余六の過去か出生に多少のいわくがあろう。余六を忠佐におしつけようとしたことが奸計《かんけい》であれば、お笹は腐りきった女であると唾棄《だき》することができる。

五月の中旬になるとすぐに、

「小坂井《こざかい》の糟塚《かすづか》砦へはいれ」

という命令が忠世にくだった。家康は東方の敵にたいして攻勢に転じようとした。忠佐も忠世を佐《たす》けて東進した。

（中巻につづく）

この作品は平成二十年八月新潮社より刊行された。

新潮文庫最新刊

宮城谷昌光著
新三河物語（上・中・下）
三方原、長篠、大坂の陣。家康の覇業の影で身命を賭して奉公を続けた大久保一族。彼らの宿運と家康の真の姿を描く戦国歴史巨編。

宮城谷昌光著
古城の風景Ⅲ
――北条の城　北条水軍の城――
徳川、北条、武田の忿怒と慟哭を包んだ古城を巡り、往時の将兵たちの盛衰を思う城塞紀行。歴史文学がより面白くなる究極の副読本。

佐伯泰英著
熱風
古着屋総兵衛影始末　第五巻
大黒屋から栄吉ら小僧三人が伊勢へ抜け参りに出た。栄吉は神君拝領の鈴を持ち出したのか。鳶沢一族の危機を描く驚天動地の第五巻。

佐伯泰英著
朱印
古着屋総兵衛影始末　第六巻
武田の騎馬軍団復活という怪しい動きを摑んだ総兵衛は、全面対決を覚悟して甲府に入る。柳沢吉保の野望を打ち砕く乾坤一擲の第六巻。

高杉　良著
人事異動
理不尽な組織体質を嫌い、男は一流商社の出世コースを捨てた。だが、転職先でも経営者の横暴さが牙を剝いて……。白熱の経済小説。

嶋田賢三郎著
巨額粉飾
日本が誇る名門企業〝トウボウ〟の崩壊。そして、東京地検特捜部との攻防――。事件の只中にいた元常務が描く、迫真の長篇小説！

新潮文庫最新刊

鈴木敏文著
朝令暮改の発想
—仕事の壁を突破する95の直言—
人気商品の誕生の裏には、逆風をチャンスに変えるヒントが！　巨大流通グループのカリスマ経営者が語る、時代に立ち向かう直言。

遠山正道著
成功することを決めた
—商社マンがスープで広げた共感ビジネス—
はじまりは一社員のひらめきだった。急成長を遂げ、店舗を拡大するSoup Stock Tokyo。今、一番熱い会社の起業物語。

湯谷昇羊著
「できません」と云うな
—オムロン創業者　立石一真—
昭和初頭から京都で発明に勤しみ、駅の券売機から健康器具まで、社会を豊かにするためあくなき挑戦を続けた経営者の熱き一代記。

岩波明著
心に狂いが生じるとき
—精神科医の症例報告—
その狂いは、最初は小さなものだった……。アルコール依存やうつ病から統合失調症まで、精神疾患の「現実」と「現在」を現役医師が報告。

國定浩一著
阪神ファンの底力
阪神ファンのDNAに組み込まれた、さまざまな奇想天外な哲学。そんな彼らから学ぶ人生を明るく、楽しく生きるヒント満載の書。

井形慶子著
戸建て願望
—こだわりを捨てないローコストの家づくり—
東京・吉祥寺に、1000万円台という低価格で個性的な家を建てた！　熱意を注ぎ込み、理想のマイホームを手にした涙と喜びの記録。

新《しん》三《み》河《かわ》物《もの》語《がたり》 上巻

新潮文庫 み-25-37

平成二十三年四月一日発行

著者 宮《みや》城《ぎ》谷《たに》昌《まさ》光《みつ》

発行者 佐藤隆信

発行所 株式会社 新潮社

郵便番号 一六二―八七一一
東京都新宿区矢来町七一
電話 編集部(〇三)三二六六―五四四〇
読者係(〇三)三二六六―五一一一
http://www.shinchosha.co.jp

価格はカバーに表示してあります。

乱丁・落丁本は、ご面倒ですが小社読者係宛ご送付ください。送料小社負担にてお取替えいたします。

印刷・錦明印刷株式会社 製本・錦明印刷株式会社

ISBN978-4-10-144457-4 C0193